路地裏をさまよった伯爵夫人

アニー・バロウズ 作

琴葉かいら 訳

ハーレクイン・ヒストリカル・スペシャル

東京・ロンドン・トロント・パリ・ニューヨーク・アムステルダム
ハンブルク・ストックホルム・ミラノ・シドニー・マドリッド・ワルシャワ
ブダペスト・リオデジャネイロ・ルクセンブルク・フリブール・ムンバイ

THE COUNTESS'S FORGOTTEN MARRIAGE

by Annie Burrows

Published by Harlequin Japan, a Division of K.K. HarperCollins Japan, 2024

アニー・バロウズ

つねに本を読んでいるか、頭の中で物語を創作しているような子供だった。大学では英文学と哲学を専攻し、卒業後の進路を決めかねていたところ、数学専攻のハンサムな男性と出会い、結婚する決心をしたという。長年、2人の子供の子育てを優先してきたが、彼女の頭の中にある物語に興味を持ってくれる人がいるかもしれないと思い、小説を書きはじめた。

主要登場人物

メアリー……………………エピング伯爵夫人。記憶喪失時の仮名パーディタ。
ジャック・B・ニンブル……パーディタの同居人。旅一座を率いる軽業師。
クロエ………………………旅一座の女優。
フェネラ……………………旅一座の女優。
アンソニー・ラドクリフ……メアリーの夫。エピング伯爵。
マーカス・ラドクリフ………アンソニーの上の弟。
ベンジャミン・ラドクリフ…アンソニーの下の弟。
エピング伯爵未亡人………アンソニーの母親。
サラ…………………………アンソニーの亡き妻。
レディ・ダルリムポール……メアリーとアンソニーの知り合い。
レディ・マーチモント………メアリーの元雇い主。
シモンズ……………………アンソニーのロンドンにある屋敷の執事。
フランクリン………………アンソニーの田舎にある屋敷の厩番。

1

仕立屋の店舗のドアに雹が打ちつける中、その女性は肩を丸めていた。天気がましになるまで、ここで待つことさえできれば。でも、行かなくてはならない。ジャックがこの夜会服を待っている。ジャックがこれを着たあと、出かける前に直さなくてはならない部分があれば、その作業をする時間が必要だ。

若い紳士たちの前で、ジャックに最高の装いをさせたかった。彼らのような階級の人々がジャックのような人を夕食に招待するのは、日常的にあることではない。

それに、仕立屋も自分に長居されるのをいやがっている。店をひいきにしてほしい階級の客ではないからだ。お前みたいな女がカウンターのそばをうろついているのを、裕福な男性の顧客たちに見られたくないのだと、仕立屋の態度は告げていた。

だから、歯を食いしばり、店のドアをぐいと開けて、気が変わらないうちに外へ飛び出した。すると、通行人に勢いよくぶつかってしまった。男性だ。相手が悪態をついている間に、女性はその大きく頑丈な体に跳ね返されて、手すりに衝突した。

「前をちゃんと見ろよ、この馬鹿女が」男性はどなり、大股に歩き去った。

これがロンドンの悪いところだ。人があまりにも無礼で、攻撃的なところ。春からの社交シーズン本番前、秋から始まる〝リトル・シーズン〟に合わせて劇場が開くまでに身を落ち着けられるよう、九月にここへ来て以来、居心地の悪さは増す一方だった。夏の間、田舎で旅一座に参加するのは、確かに苦労はあったが、楽しくもあった。ロンドンに戻ったとたん、この稼業のまったく新しい側面を知った。役者たちは大きな役を巡って競い合わなくてはならないため、当然ながらある程度の競争は存在する。だが、時にはその競争がそれ以上のものになることが、徐々にわかってきた。場合によっては、それは純然たる敵意になる。中には、大きな権力を持つ劇場支配人に不公平さを感じるだけでなく、前シーズンより出世したほかの役者に対しても、長年恨みを抱く役者もいた。そして、仕立屋も、大家も、この混み合った、騒々しくて不潔な街にいる誰も彼もが、何かに腹を立てているように見えた。

女性は手すりに思いきりぶつけた肩をさすった。そして、ジャックのしゃれた新しい夜会服が入った大切な包みを見下ろした。その茶色の紙は無傷だった。ありがたいことに、破れた気配はない。この服を仕立屋から手に入れるためにこれだけの苦労をしたのだから、損傷があったらもう立ち直れなかっただろう。仕立屋は一ペニー残らず受け取るまで商品を手渡そうとはしなかった。自分やジャックのような人間は掛け売りをしてもらえない。そのため、サドラーズ・ウェルズ劇場の近くのパブで商売をしているフランス人のもとに行って借金の申し込みをしなければならず、それには長い時間がかかった。最初に提示された法外な条件をのまされていてもおかしくなかった。自分がそれを公正な利率だと信じ込むほど世間知らずに見え、この女ならカモにできると思われたことはわかっている。確かに、顔は少し愚かそうに見えるかもしれない。目は色が薄くて大きく、口元にはどこか頼りない雰囲気があった。

だがすぐに、見た目ほど愚かではないことを金貸しに見せつけた。ほかの役者たちに同じような短期の貸し付けをする際、彼が課している条件を正確に知っていることを。その後、この金を借りるのはジャックのためだと告げると、金貸しはたちまち態度を変えた。ジャックがどれほどの才能の持ち主であるかを彼は知っていた。ジャックなら借りた金に利子をつけて返せることをわかっていた。いつかは。

ジャックといえば、今ごろは自分の居場所をいぶかりながら、床の上を行ったり来たりしているに違いない。痣をさすり、考え事をすることに、ずいぶん無駄な時間を使ってしまった。

女性は手すりから体を起こし、できるだけ速く走った。失った長い時間を取り戻さなくてはならない。仕立屋と口論したあと、街の半分を横切って、代金を即座に払えるだけの現金を借りる交渉をし、また仕立屋へ引き返したのだ。三十分もあれば終わるはずだった作業に、半日費やすはめになっていた。そして今、このような一日にはよくあることだが、仕立屋から出て数メートルも進まないうちに凍った舗道ですべり、体が前に投げ出されて顔から地面に倒れた。体内の空気がすべて押し出され、しばらく手足を投げ出したまま動けなかった。胸に抱いていた包みのおかげで、衝撃はある程度和らいだが、敷石で打った肘と膝がずきずきした。近くで誰かが笑っている。男性だ。さっきと同じ男だろうか？　そうだったとしても、少しも驚きはない。

自分のぶざまな姿が誰かを楽しませているなら、喜ばしいことだ！　女性は頬を熱くし、誰の助けも借りずに立ち上がった。転んだときに笑っていた男性はもうどこにも見当たらなかった。よくあることだ。男は笑い、人を傷つけ、後ろを振り返ることなく歩き去る。男とはそういうものだ。

なぜ自分はそれを知っているのだろう？　たいていの人が記憶をしまっている脳の中を渦巻く濃い霧の中を探ろうとしたが、いつもどおり、確かなものは見つからなかった。怒りが湧き起こったあと、悲しみの波に見舞われるだけだった。波は渦巻のように、どんどん速くなりながらぐるぐる回った。女性をのみ込もうとする。

体を引き上げなければ、溺れてしまう。それはわかっていた。以前も何かで気が動転したときや、答えようのない個人的な質問を誰かがし始めたときに同じことが起こった。

恐ろしい、黒い悲嘆に溺れさせようとしてくるのがその渦巻でない場合、それは恐怖だった。ある意味、恐怖のほうがましだった。恐怖からはとっさに後ずさりできるからだ。

だが渦巻は、対処するのが難しかった。

手袋をはめた片手を伸ばし、手近な手すりをつかんで体を支えた。そして、そこに立ったまま、手すりを見ながら、ただ息をした。

吸う。

危険は何もない。

吐く。

自分はロンドンの街路に立っている。

吸う。

自分は安全だ。

吐く。

自分は一人きりではない。

吸う。

友人たちがいる。

吐く。

ああ、それにしても今日は寒い。

これでいい。理性的な、ちぐはぐでない思考ができた。ただ息を吸って吐き、自分がかつていたかもしれない場所ではなく、今いる場所に集中するだけのこの方法に、これほどの効果があるのは驚きだった。ジャックに最初に促されたときは、これが効くと思っていなかった。この空虚な、黒っぽい場面に何度も襲われており、そのときもそうだった。あの漠然とした怒りと悲しみ、そして痛みに、潮のように全身を洗われる。パニックで喉がつまり、窒息しそうになることもあった。その方法にも効果はないだろうと思いながらも、ジャックを信頼していたので、彼を喜ばせるために試しても害はないと考えた。それ以上気分が悪くなるはずがないのだから。

確かに、普段はそうだ。だが今日は、落ち着こうとして息を吸ったり吐いたりしている間に、あの出来事の震えが、いつのまにか寒さの震えに変わっていることに気づいた。しかも、雹は今や本格的に降っている。体中の痣がずきずき痛む。そして、そのすべてに心からうんざりした。

自分は何をしているのだろう？　ここに立って、気分を上向きにしようと頑張っているなんて。とにかく家に帰るべきだ。ジャックが新しい服に着替えられるよう、家に帰る必要がある。それに、この寒さから逃れたくてたまらない。

ジャックの包みを抱きしめ、今やボンネットのつばに当たっている突き刺すような雹を避けるために下を向くと、スカートの裾から左、右、左、右と規則的に突き出され、すべりやすい敷石を踏む自分の足しか見えなくなった。ロンドンの自分たちが住む界隈（かいわい）を動き回れるようにと、ジャックに繰り返し復唱させられた目標物を、顔を上げて見ようとは思わなかった。今回ばかりは足が体を運ぶのに任せ、パブのピッグ&ホイッスルを過ぎて二本目の裏通りに入り、ドルリー・レーンの裏の入り組んだ街路や路地を抜けていった。今ではこの経路を何度も通っていたため、考えたり、道順を復唱したりする必要はなかった。できるだけ速く帰りさえすればいいのだ。重要なのはそこだ。よりによって今夜は……。

一度も顔を上げることなく、幅の広い正面階段を上りきると、つやつやに塗られたドアを片方のこぶしでたたいた。

つやつやに塗られたドア？　それはおかしくない

だろうか？　ここには薄暗い通路があり、その脇に表札が並んでいるはずでは？　そして、鍵は手提げ袋に入っている。それなのに、なぜ自分はノックしたのだろう？

これは明らかにおかしい。ここは自分の居場所ではない……。

頭がくらくらし、一歩後ずさりした。今の今まで恐ろしい感覚しか見せてくれなかった霧の中に、ついにぼんやりとした輪郭が現れ始めていた。

だが、それが認識できるイメージへと固まる前に、誰かがドアを開けた。上品な服装の白髪混じりの男性で、執事であることは見間違えようがなかった。

そして、そのつやつやのドアの奥の光景に目が留まると、本当に奇妙な何かが起こった。霧が完全に晴れたという感じではない。むしろ、新しい公演の幕が上がり、そこに真新しいセットが見えると思いきや、その背景のすべての部分に、すべての小道具に、すべての役者に、その公演を過去に何度も観たことがあるかのように見覚えがある、という感じだった。

床の黒と白のタイルとそれがホールの縁にぐるりと作るジグザグ模様を見ても、何の驚きもなかった。つやつやしたオーク材の手すりを凝った作りの鉄製の柱が支えている、立派な階段も。あの左手のドアを開ければ、朝食室があることまで知っている気がした。あの右手のドアは書斎に通じていることも。

そして、ついさっきドアを開け、今は幽霊を見るような目で自分を見つめている男性の名前が、シモンズであることも。

女性がまだくらくらしている間に、執事は態勢を立て直した。「お、奥様」彼はあえぎ、後ろに下がってドアを大きく開け、軽くおじぎをした。

中に招き入れてくれているのだ。

〝奥様〟？　そんなはずがない。自分は奥様ではない。自分は……自分は……。

額に手を当てた。自分は混乱している。そう、それが正解だ。奥様ではない。何者でもない。どこから来たかもわからない。名前もない。初めて会ったとき、ジャックがパーディタと呼び始めた。途方に暮れているように見えたからだ。そして自分が何者なのかも、なぜあの日、その小さな市場町にいたのかもわからなかったからだ。

だが今、唐突に、自分が孤児であることをはっきりと思い出した。両親は二人とも、何かの疫病の流行中にとつぜん亡くなった。記憶が、本物の記憶が止まらない潮流のように脳内に流れ込み、心臓が早鐘を打った。立ちつくし、布に覆われた二人の遺体を見ているときの悲嘆。自分は祖父の兄弟だから、お前を連れていくと言った男性の怒った顔。自分に祖父がいたことさえ初めて聞かされたことへの当惑。自分を憎んでいるようにも見えるこの見知らぬ人についていくことへの不安。そこから、次々とイメージが浮かんだ。本当の意味で自分の居場所ではなかった家々、お前の家族だと言いながら、態度は家族らしくなかった人々。お前を食べさせ、家に住まわせるのが自分たちの務めだが、いずれ学校に行く年齢になれば、そこで家庭教師や教師として生計を立てる術(すべ)を身につけて……。

だがそのとき、玄関ホールの奥のほうからとてつもない衝撃音が聞こえ、脳内を駆け巡っていたひと続きのイメージが煉瓦(れんが)の壁にぶつかったかのように急に止まった。女性はそこに、ロンドンの大きな家の玄関に立っていて、一人の従僕がたった今、銀器がのった盆を落とし、それらが磨かれたタイルの上で飛び跳ね、音をたてていた。

「失礼します」立ったまま口をぽかんと開け、頭が二つ生えた生物を見るかのような目でこちらを見ている従僕に向かってたしなめるように顔をしかめたあと、執事は言った。「お荷物をお持ちします」

荷物。パーディタは両手で抱えている茶色の包みを見下ろした。そこに書かれている名前を。ジャック・B・ニンブル。

「ジャック」視界がぼやけ、ささやき声でそう言った。ジャック。この三カ月間、一緒に住んでいた男性。自分を助けてくれ、世話をしてくれた男性。自分の不器用さに、空っぽな記憶に粘り強くつき合ってくれ、自分が何者なのかさっぱりわからなくても、市が立つ日の人だかりの前で滑稽な芝居をする彼を水飲み器の脇で見ていたところを連れ出してくれ、自分がそれ以前のことを何も思い出せなくても、気にしなかった男性。

この家には住んでいない男性。

2

エピング伯爵、アンソニー・ラドクリフは、紳士クラブの従業員を冷ややかに一瞥(いちべつ)した。

「じゃまをしないよう言ったはずだが?」

「はい、伯爵様、申し訳ございません」従業員はそわそわと言った。「ですが、お宅の執事が今すぐにこの手紙を伯爵様にお渡しするようにと」彼は銀の盆にのせて運んできたひねられた紙片を、磨かれたダイニングテーブルの上のアンソニーの手の脇に置いた。そのテーブルは今、アンソニーが議長を務める委員会が使っている。

アンソニーは従業員が慌てて部屋から出ていくのを待った。

「再開しよう」アンソニーは言った。「さっき中断したところから」

「もちろんです」前回このテーブルに集まったとき、書記に選出されたウィテカーが言った。「あなたが議長を務めることに同意してくださった以上」そう言いながら、媚びへつらうようにアンソニーに向かってうなずく。「今日の会議の最初に皆さんにお渡ししたリストにある人々の支援は、難なく取りつけられるはずです」

アンソニーはすでにそのリストに目を通していた。いつもどおり、そこには本物の慈善家に混じって、上流階級の仲間入りを目指す人々の名があった。ウィテカーが仄めかしたように、それによってアンソニーがいる界隈への出入りが許されるのであれば、喜んで財布の紐をゆるめる人々だ。

「もちろん、その奥方たちの支援も」ウィテカーはくすくす笑いながらつけ加えた。

確かに、夫の慈善活動を妻が支えるという概念は滑稽だ。ほぼ幻想と言ってもいい。

正直に言うと、どんな活動であれ、妻が夫を支えるという概念は馬鹿げている。だが、ここでその意見を口にするつもりはない。重要なのは、この名士たちが実際にはどれほど低俗だろうと、彼らの支援を確保し、維持することだ。彼らに大きな経済的負担をさせ、金はもちろん時間も惜しみなく差し出させることだ。ロンドンのような街には孤児や物乞いがあふれていて、アンソニーの考えでは、彼らの世話をするための公的手段はまるで足りていない。アンソニーの地所のような、全国各地にある村や町では、土地を所有する貴族が賃借人や使用人をよく知っているが、ロンドンは違う。しかも冬が近づくにつれ、アンソニーのような立場にある人間や、今ともにテーブルを囲んでいる爵位を持った人たちが何も手を打たなければ、ロンドンの貧民は揃って凍え、飢え、死んでいくだろう。たとえそれが、普段はあえて避けている種類の人々と肩を触れ合わせることを意味しようとも。

長々と時間をかけてすべての議題を処理し、家路につくための活力を得ようとポートワインのお代わりを頼んだあとようやく、アンソニーはシモンズがよこした手紙を快く手に取り、その内容に目を通した。書かれていたのは一文だけだった。

だが、象が天井を突き破ってテーブルの上に落ちてきたのと同じ効果を持つ一文だった。

〈奥様が帰宅されました〉

冷たい憤怒(ふんぬ)が全身に押し寄せ、アンソニーは手紙を握りつぶし、立ち上がった。

「皆さん、私はここで失礼させてください」何とか正気を保ち、委員会の面々に言う。「実は……」

まさか、説明する気か？　なぜその必要がある？　この男たちは友人ではなく、単に共同事業における仲間というだけだ。

それに、どう説明すればいい？　最近の私生活の汚れた詳細は、文字どおり私的な状態に留(とど)めてきた。何も言わないことで。浮気者で策略家の妻、メアリーのことを、誰にも疑わせないようにしてきた……。

「もちろんです」テーブルのまわりで口々にそう言う声が聞こえた。この一時間ほど、アンソニーと話ができたことで満足したのだろう。皆、アンソニーには処理しなくてはならない重要な用件がいくつもあることを知っている。アンソニーの時間を必要とする人が大勢いることを。これがそれらの用事のうちのどれなのかを説明する必要はない。

クラブの従業員がコートを着るのを手伝い、帽子と手袋を手渡してくれたらしく、アンソニーが降りしきる雹(ひょう)の中へ出ていったときには、それらを三つとも身につけていた。アンソニーに少しでも分別があれば、自宅へ帰るのに辻馬車を呼んでいたはずだが、その分別は消えてしまったようだ。あるいは、ほかの何かが頭を占めていたのかもしれない。だが、たとえ辻馬車に乗ったとしても、車内にじっと座り、自分以外の誰かが手綱を握る馬車でグローヴナー・スクエアにある自宅までおとなしく送られることはできなかっただろう。アンソニーは動かずにいられなかった。歩行者を突き飛ばしながら、舗道を大股に歩かずにいられなかった。

　妻のもとへ着く前に、全身に押し寄せる怒りをいくらか燃焼させたかった。さもないと、妻の首を絞めるという重大なリスクを冒してしまいそうだった。

　よくも何事もなかったかのように、のこのこと自宅に戻ってこられたものだ！　夫は不貞を許してくれると思っているのだろうか？　アンソニーはさっき議長を務めていた委員会のような慈善活動で名を知られていても、お人好しではない。どんな女性だろうと意のままに操らせはしない。かつて妻に対して思っていたように、その女性がどれほど美しくて魅力的だろうと。どれほど無防備だろうと。無垢だろうと。

　怒りのせいで歩幅が大きく、歩調も速くなったため、ほとんど一瞬のうちに自宅の玄関ドアの前に着いた。歩いたところで、怒りが和らぐ時間はとれなかった。

　シモンズがドアを開けた。

　アンソニーはコートを脱ぎ、大理石のタイルに雹をまき散らした。シモンズが払いのけ始めたのを見て、帽子も氷に覆われていたことに気づいた。メアリーが自分にした不当な仕打ちについて考え込んでいたため、嵐にはほとんど気づいていなかったのだ。メアリーはその仕打ちを、今からアンソニーが後始末してくれるものと思っている。そうでなければ、なぜここに来るだろう？

「どこだ？」アンソニーはシモンズの腕にコートを掛けながらどなった。「あの女は！」

「ご自分のお部屋でございます」アンソニーが言っているのが誰のことか正確に理解し、シモンズは答えた。「ですが——」

執事がどんな言い訳をしようとしているにせよ、アンソニーは足を止めてそれに耳を貸す気はなかった。どんな言い訳も聞きたくない。誰が何と言おうと、自分が妻の所業を許すことはないのだ。

一段飛ばしで階段を上がり、ノックもせずまっすぐ部屋の中に入った。

そして、シモンズが〝ですが〟に続いて何を警告しようとしていたのかを悟り、ぴたりと足を止めた。

妻は入浴していた。石鹸の泡だけに覆われて。しかも、浴槽が置かれた場所のすぐ向こうの火床で赤々と燃える火の明かりが、裸の手足に温かな輝きを投げかけていた。

何と忌々しい女だ！　なぜあれだけのことをしておいて、今も自分を欲情させるのか？　ただそこに、裸で、濡れて座っているだけで。こちらを見てもいないのに！　まるで魂は何キロも先にいるかのように、アンソニーが入ってきたことに気づいてもいないかのように、メアリーは目を半分閉じていた。

ここに立ち、彼女を見ているのが、ほかの誰であってもおかしくないのだ。しかもアンソニーはまだドアを閉めていないため、階段の下り口を通りがかった者がいれば妻が見えてしまう。

アンソニーは振り向き、ばたんとドアを閉めた。そして勢いよく振り返り、妻と対峙した。

「おい、恥ずかしくないのか？　そこに服も着ずに座っていて」

妻は、以前のアンソニーなら心をつかまれていたであろう、あの目つきを向けてきた。実際に、以前は心をつかまれていた目つき。困惑と、かつては完璧な無垢さだと、無防備さだと思っていたものを含んでいる目つき。この腕に抱き寄せ、守ってやりたいと思わせられていた目つき。

「そんな目で私を見てももう無駄だ」アンソニーは言い放ち、胸の前で腕組みをした。その腕が妻に向かって伸び、胸に抱き寄せてしまう前に。そして、彼女が無事だったことを、無事にここにいることを天に感謝するという恥さらしな行動をとる前に。決して答えを聞きたくない質問を、矢継ぎ早に浴びせる前に。「その目つきは、かつての私には効果があったかもしれない。私は君が無防備で、無垢で、守ってやらなくてはならないと信じていたからな。でも、今はそこまで愚かではない」

妻の両眉が上がった。

「それに、君が私の人生に戻ってきて、何事もなかったかのように妻の立場に収まることができると思っているなら、それは間違いだ。君が愛人に飽きられたからといって、再び君を迎え入れるほど、私がまぬけだと思っているのか？　ほかのどこかの男のお古を受け入れる気があると？　私をどうしようもない馬鹿だと思っているのか？」

その男性が入ってくるまでしばらく、女性は薔薇(ばら)の香りの泡の上から満足げにこちらをちらちら見てくる爪先を見つめながら座っていた。その賢さに感嘆する。自分をここまで運んできたのは、この爪先、あるいはそれがついている足なのだ。この浴槽を満たすために湯の入ったバケツを上階まで運んでくるメイドがいるこの家に自分を連れていくことができると、なぜ足は知っていたのだろう？　頭は何も知らなかったのに。石炭を買えるかどうかを心配しなくても、誰かが暖炉に火を入れてくれる家に入る権利があると、足はどうやって思い出したのだろう？

自分はまったく思い出せなかったのに。ロンドンにいた何週間もの間ずっと。よろめきながらドア口をまたぎ、大理石のホールと執事に見覚えがあると気づくまでは。

執事といえば……。

自分があの階段を優雅に上るのではなく、ホールをよろよろと横切り、階段のいちばん下の段にどんと足をかけたとき、執事はどう思っただろう？　片腕でジャックの包みをしっかり抱え、反対側の腕を手すりの親柱に巻きつけたときは？　めまいと混乱がひどすぎて、執事にされた質問に一つも答えられなかったときは？

女性の中の一部分、手すりの柱に腕を巻きつかせたのであろう部分が、自分はかつてここに住んでいたに違いない、でなければ使用人の顔や家具に見覚えがあるはずがないと告げていた。それに、あの執事がドアを開け、自分にその権利があるかのように中に入れてくれた理由も、それ以外に考えられないのではないか？

だが、ジャックの包みを抱えていたほうの一部分は、ここは自分の居場所ではないと主張し続けていた。まったく違うと。

自分との戦いのようなことをしている間に、シモンズに促されていつのまにか階段を上り、執事が言うには自分の部屋であるこの部屋に入っていた。

この部屋に入ったとき、一階の玄関ホールのドアが開いたときのような衝撃はなかった。見覚えがあることが予期できていたからだ。実際、入った瞬間に見覚えがあるとわかったが、やはり自分の居場所だという実感はなかった。また、自分がこの家に実際に住んでいたことも思い出せなかった。ここで自分の身に起こったことも、何一つ。

そうは言いながらも、最初に感じためまいを伴う驚きは、比較的速く薄れていった。結局のところ、ロンドンに来てからずっと、誰かもしくは何かが真後ろをうろついていて、いつ肩をたたかれてもおかしくないような、奇妙な落ち着かない感覚につきまとわれていたのではないか？

その感覚は脇へ押しやるようにしていた。振り返って亡霊の顔を見ることも拒んでいた。視界のすぐ外で待っているものが何であろうと、それが快いものでないとわかっていたからだ。さもなければ、なぜあの奇妙な、形のない、恐ろしい夢を見続けるのか？　なぜ、何かがすぐそこに、もう少しで手が届くところにあるという感覚に見舞われるたびに、そこから走り去りたくなるのだろう？　逃げ出したくなるのだろう？

だが、なぜ自分はこの家から逃げ出したいと思ったのだろう？　これほど贅沢な家から。筋が通らない。

そのとき、ドアが勢いよく開き、雷雨の生きた化身が部屋に飛び込んできた。雲のように暗く、厳しい、怒った顔をした男性だ。髪には雹までついている。その表情から、ポケットから稲妻を取り出して自分に投げつけてきそうに見えた。

それならなぜ、自分はこれほど無防備な状態にあり、男性はこれほど怒っているのに、ひとかけらの恐怖も感じないのだろう？

それは、たとえ今は見知らぬ相手でも、自分は明らかに彼を知っている、あるいは知っていたからだ。

それになぜ、これほど無情な顔つきをしているというのに、自分は彼をひどく魅力的だと思うのだろう？　眉根は寄せられ、その下に刃のような鼻と、切れ込みのような厳しい口が見えるのに？

自分がキスしたことのある口が。

ああ！　あの口が自分にキスしたことを覚えている。そして、それが自分の中にまき散らした究極の幸福感を。喜びを。信じられないような気持ちを。

自分には彼が、神のように見えていたのだ。神。

ああ、かつてはこの男性を崇めていた。まさにこんな気分になったことがある。このような親密な状況で、この見知らぬ人がこれほど自分に近づけることに、無防備さと驚きを感じていた。

今日はそれとは何が違うのか、とつぜん気づいた。以前、彼に今と同じようなしかめっつらを向けられていたら、自分は取り乱していただろう。打ちのめされていただろう。

そして彼が今のように自分に向かって叫んでいたら、彼に夢中で、彼を崇拝していた女性は、縮こまり、すすり泣き、死にたくなっていただろう。それが自分のかつての姿だと、とつぜん思い出した。

つまり、その女性と、彼女の感情に関する記憶がところどころ回復しつつあっても、自分はもう彼女と同じ人間ではないということだ。この数カ月間、自分が本当はどういう人間なのかさっぱりわからなかった。そのため、あらゆる事柄に自分がどう反応するかを日々観察することで、それを突き止めなくてはならなかった。それは、見知らぬ人と出会い、相手を知っていくことに似ていた。ただ、自分自身がその見知らぬ人だ。馬鹿げた話だが、自分自身を知らなかったのだ。観察した結果わかったのは、自分が知的で有能な人間であることだった。自分を受け入れてくれた旅一座の役者たちに欠かせない存在になった人間。さらに言えば、せせら笑う商人に対峙し、無慈悲で冷酷な金貸しと交渉して好条件を引き出すことができる人間だ。

どこかの男が自分を責め立てている間、ここに座って縮こまっているつもりなどまるでない人間だ。まず、もしここが本当に自分の部屋なら、彼にノックもせずに入ってくる権利はない！

また、こんなふうに汚い非難の言葉を投げつける権利もない。なぜなら、自分が知る限り、自分は何も間違ったことはしていないのだから！　自分は何人がぎっしりつまった家を所有している男性と結婚したことを、なぜ忘れていられたのだろう？　自分はこのような家で一生使用人を務めるための訓練を受けてきたのに。

女性はゆっくり立ち上がり、火の前で温めていたタオルを取ろうと手を伸ばした。そして、男性がぎょっとして黙り込んだことに満足感を覚えた。

ええ、そうね。かつての私は痛ましいほど内気だったものね？　彼ほど地位の高い男性に結婚を申し込まれたことが信じられなかっただけでなく、彼に服を脱いだ姿を見たいと言われたときは恥ずかしさで死にそうになった。

それに、二人をそれぞれの身分に固定していたはずの障壁を、どうやって破ることができたのか？

すんでのところで、自分が裸であるという些細(ささい)な事実を思い出した。そして、今思い出したとおり自分は既婚者であるし、彼がこれまでに何度も見ていたはずのものを思う存分見てはいけない法律上の理由もないとはいえ、確信犯的に彼に体を見せたのは初めてであろうことに思い至った。

その特定の記憶が蘇(よみがえ)り、あと少しでタオルに手が届くというところでたちまち凍りついた。

タオルをつかみ、胴体に巻きつけて、苦心して胸元で結ぶ。

この男性は、自分の夫だ。

そう、そのとおりだ。彼は〝妻の立場〟について何やら言っていた、いや、叫んでいた。

まったく、もう！　自分はもう痛ましいほど内気ではないが、自分を見せびらかしたいわけでもない。

今にも振り向いて、彼を見つめそうになった。夫であることを忘れていた男性を。このような、使用

それは巡業中に学んだのではないか？　たとえ体が

しっかり隠れる衣装を着ていても、舞台に立ち、人に見られることは少しも好きになれなかった。

つまり、本質的にはさほど変わっていないのかもしれない。

「それから」その男性、いや、夫が言った。「売り物を見せびらかして、自分を受け入れるよう誘いかけるのはやめるんだ」

なるほど。以前はそんな女性ではなかったことが有利に働いている？　女性はそう思いながら、ついに振り返って彼と向かい合った。

「君への要求はたった一つ」彼はどなり、大股で部屋を横切って、やがて浴槽の女性が立っている場所の反対側にブーツの爪先が当たった。「私たちの子供がどうなったかを話すことだ！」

3

私たちの子供？　子供がいるの？

とつぜん、この何週間もの間、肩のあたりをうろついていた亡霊が顔を上げ、首を絞めてきた。彼の質問は、ハリケーンの勢いですべての霧を吹き飛ばした。これ以上、その恐怖から顔を背けることも、脇に押しやることもできなくなった。

私の子供。

絶望の大きく暗い波のような何かが押し寄せ、女性を引きずり込もうとする。

赤ちゃん。私の赤ちゃん。

溺れかけていた。息ができない。暗黒へ引きずり込まれそうになる。意識の中で、ヘドロで緑になった木製の壁に手をかけようともがき、爪が折れても抗（あらが）い、水中に沈まないよう抵抗していた……。

溺れずにすんだ。

でも、ああ神様、赤ちゃん！

痛みに、喪失感にのみ込まれ、喉からすすり泣きの声がもれた。

かつてはこの男性との愛の結晶でふくらんでいたが、今は空っぽの腹を両腕で抱く。

そして、声をあげて泣いた。

何も思い出せないのも無理はない。何も思い出したくないのも無理はない。ジャックと出会う前の過去に近づいたときの震え、揺らぐような感覚にたじろいでいたのも無理はない。これが隠されていたのだ。この痛みが。この悲嘆が。この喪失感が。

耐えられなかった。耐えたくもなかった。ああ、あの霧は、視界を覆い隠してくれていた霧はどこ？ どうして今、そこに身を沈め、その中に隠れることができないの？

妻が崩れ落ち、腹を抱きしめ、とめどなく泣き始めるのを、アンソニーはぞっとした目で見ていた。

「エピング、エピング」妻はうめいた。

ほんの一瞬、アンソニーは助けを求めるその声に抗おうとした。だが、これほどの嘆きを前にして、何もせずにいることはできなかった。

そこで浴槽の反対側へ回り、この部屋に入ってきてメアリーがそこに座っているのを見た瞬間から切望していたとおり、彼女を腕に抱いた。今なら、もっともな理由がある。この痛みは妻だけでなく、自分のものでもあるのだ。妻はこんなにも大っぴらに子供の喪失を嘆いているが、今や自分もその子供を失ったのではないか？ そして、妻が明らかに感じているその痛みを共有できるのは、自分だけなのだ。自分の子を失った痛み。彼女の子を。二人の子を。

そして、自分はここにいる。それに妻がほかに何をしていようとも、我が子を失った悲しみは本物だ。

さらに、罪悪感も少しあった。メアリーがこれほど人目もはばからず泣いているのは、間違いなく自分の責任なのだ。少なくとも部分的には、とアンソニーは自分を慰めた。自分がわざと責め立てたからだ。もともと、メアリーが帰ってきたことに腹を立てていた。その後、妻が裸であることを意に介さず浴槽から立ち上がったせいで、それだけは感じたくないときに欲望が炎のように全身に広がり、いっそう怒りが募った。驚くほど均整のとれたメアリーの体を見つめ、妻を求める自分を憎み、新婚当時の幸せに満ちた日々に妻が演じていた内気なかわいらしい花嫁とは似ても似つかない、これほどまでに厚かましい態度をとる彼女を憎み、非難の言葉を浴びせた。妻がもう妊娠していないのは見ればわかった。しかもどんな愚か者でも、健康な子供が生まれるには時期が早すぎるのは計算できる。それなのに、やはりアンソニーはメアリーを非難し、赤ん坊に何があったのか説明するよう要求したのだ。

これが、その結果だ。

ああ、巨大な報われない愛が一人の男にどれほど影響を与えるか。自分を残酷だと思ったことはない。だが、今自分がしたことは確かに残酷だった。

「き、来てくれたのね」メアリーはすすり泣いた。

「まあ」アンソニーは落ち着かない気分で認めた。「君がそんなふうに泣いているのに、ぼうっと突っ立っているわけにはいかないだろう？　私は怪物ではない」妻からはうっとりするような薔薇の香りがした。温かい、濡れた女性。

メアリーはアンソニーを見上げ、顔をしかめた。頭を振る。

「違う……これは今……そうよね？　あのときじゃない。生々しく感じられたけど……」妻は片手を額に当て、仕組みはわからないが重力に逆らっている、頭の上に複雑に結い上げられた髪に指を差し入れた。

「ここはロンドン」妻は言い、そこが痛むかのように頭皮に指を押しつけ、痛みを揉みほぐそうとした。

「今は十一月。あのときじゃない。私が本当にあなたを必要としていたとき、あなたはいなかった。私はあなたを呼んだけど……」妻はアンソニーの抱擁から抜け出した。「来ないのはわかってた……」

「当たり前だろう」アンソニーはそっけなく言った。

「私には君の居場所が見当もつかなかったんだ」

「でしょうね」妻は言い、再びアンソニーの胸にもたれかかった。「あなたにはどうしようもなかった。でも、少なくとも今、あなたはここにいる。それから、こんなふうに」ため息をついた。「私に腕を回してくれて、おかげで力がもらえた……それを思い出すための力、それを認識するための力が」

メアリーの言葉は完全には理解できなかったが、アンソニーにはその要点をつかむだけの知性はあった。妻は、アンソニーが自分に腕を回し、子供を失ったことを慰めようとしているというだけで、その悲しみを共有しているというだけで、それ以外のすべてを見逃すつもりでいると思っているようだ。

だが、そんなつもりはない！

まだ若く、世間知らずで、分別が身についていないころであれば、美しい女性にだまされていたかもしれない。だが、今では年を取り、厳しさを備えている。どれだけメアリーを求めていようと、不貞を働いた女性を迎え入れることはできない。

アンソニーが後ろに下がると、メアリーは支えにしていた腕が引っ込められたせいで少しよろめいた。

「君を慰めようとしたからといって、君を許したわけではない」辛辣に言う。「これからも許すつもりはない」

メアリーがアンソニーを見上げる目は驚きに見開

かれていた。

「どういう……どういう意味？　私を許す？　どうしてあなたが私を許さなくてはいけないの？」

アンソニーは辛辣な笑い声をあげた。「偽の無垢さを見せつけて、私をだまそうとしても無駄だ。以前なら、君は雪のように真っ白なのだと私に信じ込ませることができたかもしれない。だが、その後の君のふるまいが、そうではないことを証明しているだろう？」

「ふ、ふるまい？　何の話をしているの？」

「フランクリンとの駆け落ちの話だ」

「フランクリン？」メアリーは、アンソニーがもっと愚かであれば、自分が話していることに彼女は何の心当たりもないと断言してしまいそうな、いかにも当惑しているふうの表情を作った。

「ああ、フランクリンだ。あのにきび面の、読み書きのできない厩番だ」

「ああ！」妻はよろめきながらアンソニーから離れ、衝撃と痛みの表情が、説得力のある困り顔に取って代わった。「あの人の名前は……フランクリン。そうなのね」
一、二秒、両手に顔を埋めたあと、アンソニーを見上げた。その表情はまたも変わっていた。ただ今回は、傷ついたのと同じくらい怒っているようだった。
「あなた、私が彼と駆け落ちをしたと思っているの？　あの若い厩番と？」

「もちろんだ。ほかにどう考えればいい？」

メアリーは目を細めた。口がきっと引き結ばれる。「整理させて。あなたは私がほかの男性と駆け落ちしたと思っていて、それで……」頭を振った。まとめられた髪から一筋の巻き毛がほつれて首に落ち、濡れた肌にくっついた。「私がいなくなったとき、探してくれた？」

「まさか」アンソニーははぐれた髪の一筋とクリーム色のすべすべした肩の曲線から視線を引きはがし、嘲(あざけ)った。「田舎で妻の捜索をして、妻が不貞を働いたことを誰も彼もに触れ回りたいと思うか？　私が五分背を向けている間に妻に裏切られたことを、誰も彼もに知らせたいと？」

「五分？　あなたがいなかったのは五分どころじゃないわ！　それに、私は体調が悪かったの。そのことは考えなかった？　私に下品な情事を始めるような趣味はもちろん、そのための体力もあるはずがないでしょう？　ああ！　もう……」頭の中に飛び込んできた考えを否定するかのように、メアリーは頭を振った。

無垢な人が激昂(げっこう)したようなその表情は、実に巧みに作られていた。そのことは認めざるをえない。

「あなたの頭には一度もよぎらなかったのね？」メアリーはアンソニーに言い放った。「私が事故に遭ったとは思わなかったのね？　ましてや、私が命に関わる危険に陥っているなんて思いもしなかったのね？」

「命に関わる危険？」アンソニーは腕組みをした。「そんな芝居がかったことを言うな」

「あなた……あなた……」メアリーは深く息を吸った。「あなたはついさっき、自分は怪物じゃないと言ったわね。でも、あなたは怪物そのものだわ！」

「図々(ずうずう)しくも、私を悪者にしようとするのはやめろ」アンソニーはぴしゃりと言い返した。

「図々しい？　図々しい！　ええ、私は図々しいわ。前よりも図々しくなったの。自分の面倒を自分で見られるようになったから。私を愛し、慈しむと約束してくれた夫がそれを実行する気がないことも思い知ったから。あなたはもともと私を愛していなかったんでしょう？　でなければ、それほどすぐに思い込んだりしないはずよ。私が……私が売春婦みたいなふるまいをするって！　あなたは私をそんなふうに思ったのよね？」

アンソニーはメアリーを愛していた。それが問題だった。あまりに短い間に、あまりに深く愛してしまい、それが怖かった。茶番のような最初の結婚のあと、女性にはいっさい感情を持たないと誓ったのに、メアリーの指に指輪をはめることに必死になるあまり、勇気がしぼんだり、思い止まるよう誰かに説得される隙を与えたりする前に、彼女を祭壇へと急かした。

アンソニーがそのハウスパーティに行ったのは、親戚への義理立てと、政治上の盟友になりうる人とのつながりを作る一週間のためにすぎなかった。だが、そこで意地悪な雇い主のために急いで何かを取ってこようとしていたメアリーとぶつかり、彼女を支えようと肩をつかんだとき……衝撃が走った。決定的な瞬間だった。一人の女性として彼女を認識した。彼女からは、最初の妻サラが好んだエキゾチックな香水ではなく、清潔なリネンと石鹸の香りがした。それは、侘しく厳しい冬のあと、初めて春の若芽を見たような気分だった。

ハウスパーティが終わるころには、彼女は自分のたった一つのチャンスだと確信していた。まともな人生のようなものが送れる最後のチャンスだと。

こんな女性はほかでは見つからないと、なぜだかわかっていた。そして、二人の仲を深めるには、思い切った手段に出るしかないと。メアリーと結婚するのだ。二人が社交の場で再会することはありえそうにないのだから。型どおりの方法で彼女を口説くチャンスもないだろう。思い切った行動に出る……そう、それがあのときの気持ちだった。崖から十五メートル下の凍りつくような、波打つ水の中へと、生き延びられることを願って飛び込むような気分。

それはリスクだった。巨大なリスクだった。

だが一方で、メアリーに希望を感じていた。最初のうちは、そのリスクを冒して本当に良かったと思えた。女性との愛の営みが、これほど価値のあるものだとは知らなかった。革命的と言ってもよかった。アンソニーがベッドの中でするあらゆることにメアリーがあまりに深く感銘を受けるため、自分をある種の神だと思っているのではないかと感じることもあった。

そういう場面で退屈していることを隠そうともしなかったサラのあとでは、それは恍惚（こうこつ）となるような行為だった。

だが、これらのことをどうして認められるだろう？ それは、自分を攻撃するための武器をメアリーに与えるようなものだ。そのことは最初からわかっていた。メアリーに、本人がその気になればアンソニーにどれほどの力を振るえるかを知らせるのは、愚かさの極みだ。それに、二人の関係が外見的にはうまくいっていたころですらそれを認めなかったのなら、メアリーがアンソニーの人生に再び潜り込むための何か深く複雑なゲームをしている今、認めることはありえなかった。

「証拠は動かせない」そういうわけで、アンソニーはきっぱり言った。「今、君が何を主張しても、逃れることはできないんだ」

「証拠！ 証拠なんてなかったわ」メアリーは叫んだ。「あなた……あなた……ああ、あなたを崇めていると思っていたなんて。あなた……」妻は急にそっぽを向き、肩をいからせた。「たとえ私を愛していなかったとしても、自分の赤ちゃんがどうなったか気にしないなんて、あなたはいったいどういう男性なの？」

「自分の赤ん坊がどうなったか、気にしていたに決まっているだろう！」そのことで動揺したからこそ、二度とメアリーの魅力に屈しないと誓ったにもかかわらず、さっき彼女を腕に抱いたのだ。メアリーの魔力はあまりに強く、理性が働かなくなるほどだった。

とつぜん、恐ろしい考えが毒蛇のようにアンソニーの頭の中へずるずると入り込んだ。自分は今、メアリーがいかに夫婦の営みを楽しんでいたかを思い出していたのでは？　サラよりもずっと。それでも、サラは積極的に愛人を作ろうとしていることを隠そうともしなかった。アンソニーがそれを阻止する行動に出ていなければ、実際に作っていただろう。

そして、サラにできたのなら、メアリーにできないと誰が言えるだろう？　あのにきび面の厩番と駆け落ちする前に！

痛みの矢がアンソニーを貫き、蛇に噛まれたかのような痛みを感じた。

「ただし」アンソニーは辛辣に言った。「その赤ん坊が私の子であればの話だ」

「今、何て言ったの？」メアリーが勢いよく振り返り、その目には嫌悪感があふれていた。「私の部屋から出ていって」その声はとても冷たく、まるで誰かがアンソニーにバケツいっぱいの氷水を浴びせかけたかのようだった。「さあ、出ていって」憎悪らしきもので目を燃え立たせ、メアリーは繰り返した。

なぜこんなことになったのだろう？

この女性に、あれほどの希望を持っていたのに。

自分は何と途方もない愚か者だったのか。

「喜んで」アンソニーは言い、メアリーに皮肉めかしたおじぎをしたあと、くるりと向きを変え、大股でドアまで歩いていった。

4

しばらくの間、メアリーはこぶしを握りしめてそこに立ち、夫が出ていったドアをにらみつけていた。ドアに向かって投げつけられる何かが手元にあればよかったのにと思う。気持ちいいほど大きな音をたてて粉々になる何かが。

少なくとも、これで夫が自分に腹を立てている理由は理解できた。妻が厩番(うまやばん)と駆け落ちしたと思っているのだ！　それどころか、結婚した当初から不貞を働いていたかもしれないと！　よくもそんな疑いが持てるものだ。自分は本当に夫のことを理解していたのだろうか？

いや。理解していたとは思えない。彼はいつも、どこかよそよそしく、底の知れない感じがした。

ああ。だから夫がそこに立ち、自分を見ていることが、なじみ深く感じられたのだろうか？　彼と本当に親しくなれたと思ったことがなかったから。

でも、いったいどういうわけで、夫は不貞を裏づける証拠があると主張できるのだろう？　ふん！　証拠などない。あるはずがない。

自分はただ、あの一頭立て二輪馬車に乗り、そして……。

ひと続きの混乱した恐ろしい記憶が頭の中に飛び込んできて、メアリーはこぶしをこめかみに当てた。最悪の記憶の扉を夫が打ち砕いた今、残りの記憶があふれ出すのを防ぐ術(すべ)はなさそうだった。

記憶を失ったのも無理はない。このような経験を誰が覚えていたいと思うだろう？

自分の人生から誰かが失われたというあの不穏な感覚に襲われるたびに、それを避けようとしていたのも無理はない……。

メアリーは首を絞められたような叫び声をあげ、部屋を横切った。特別な理由はなかったが、じっと立っている間に、処理しなくてはならないことが頭の中で起こりすぎていたのだ。そこから立ち去らなければ、床の上に崩れ落ちてしまいそうだった。

いや。崩れ落ちはしない。これ以上現実から逃げることもしない。不快な真実にぴしゃりと扉を閉ざすことも。すでに、そうすることにあまりに長い時間を費やしてきたのだから。

そもそも、そうするにはもう遅かった。まずは足が反逆し、温かく居心地が良いはずのこの家にメアリーを運んできた。次に、彼が入ってきて、メアリーがこのすべての痛みから、苦悩から、悲嘆から自分を守るために築いていた障壁を打ち砕いた。

自分がすべてをこれほど深く埋めていたのも無理はない。自力で生活していたのだ。当然ながら、見知らぬ人の前でさっきのように泣き崩れるわけにはいかない。何一つ受け入れる力も、勇気もなかった。たった今、彼が腕を回してくれるまでは。

たとえ彼が見知らぬ人間同然だったとしても。それでも、彼こそが自分が求めているものへの答えだと、どういうわけか知っていた。

実際、そうだった。彼が疑念と馬鹿げた非難で、一からメアリーを傷つけ始めるまでは。

対処しなくてはならないことは、すでにじゅうぶんあるというのに。つらい記憶が押し寄せてくる中、そのすべてに対処するのを助けてくれる誰かが必要だった。

いや、少なくとも、このすべての困難に対処するのを彼が助けてくれることを、メアリーは求めていた。

メアリーは額に手を当て、部屋の中を引き返した。さっき彼の名前を呼んだときに、自分がまったく同じことをした別の瞬間、彼を必要とし求めた瞬間へと引き戻された。メアリーは高熱で正気を失いかけていた。そこへ、がさがさした手と優しい顔をしたあの女性が苦い薬をくれた。

「お嬢さん、そのことは考えないで」女性はそう促した。「ただこれをのんで、もっとましなどこかへと身を任せればいい。これ以上痛みもなく、悲しみもないどこかへ」

　メアリーは不快な味がするその薬をのんだ。すると、確かに幸せな忘却へと運ばれていった。現実に直面するのではなく、その忘却へと何度も何度も逃げ帰った。〝それについて考えないこと〟が得意になりすぎて、それを少しでも思い出すための力はしぼんでしまった。

　だがさっき、少しの間、二つの場面が一つに溶け合った。それはまるで、薬をのむ前の時間を頭の中で再び生きているかのようで、取り乱し、苦痛にあえぐ一方で、体はこの部屋の浴槽の中でうずくまり、彼の腕の中に抱かれていた。しばらくの間、何が現実なのかよくわからなかった。彼が自分から離れ、君を許してはいないというあの言葉が発せられるまでは。そのとき、自分は当然ながらロンドンにいるのだと理解した。

　彼は実に効果的にメアリーを現実に引き戻し、まるで平手打ちをしたかのようだった。イギリスの町や村を巡業している間は、うまく避けられていた現実だ。だがロンドンに来ると、現実が体を這い上がってくるようになった。街路のいくつかに実際に来たことがあったからだと、今になって気づいた。だから、何か覚えがあるような気がしたのだ。そのような場所からは妙な、反響のようなものを感じることしかできなかったが、それは街路を別の角度から見ていたからではないだろうか？　以前、街路で乗っていた馬車の高みではなく、路上を歩くときの目線で見たから。そして、ロンドンに来る前は、何かを刺激するような力を持ったものはなく、そんな人もいなかったのではないか？　ロンドンに来てからも、凍った舗道の上であの男性とぶつかるまでは、自分が本当は誰なのかも、何が起こったのかも、思い出させるものは何もなかった。

食い扶持を稼ぐために行った場所も、出会った人々も、やったことも、過去には縁がなかったからだ。ジャックがそれらに何も感じないのと同じくらい、メアリーも何も感じなかった。

「恐ろしいことだろうね」ジャックは思いやりを込め、何度もそう言ってくれた。「自分が誰なのかも、どうやってここに来たのかもわからないなんて」

だが、そこまで恐ろしくはなかった。しばらくの間は。ほとんどの時間は。どういうわけか、かつての自分だった人間に比べれば、パーディタのほうがのんきに生きられると知っていたからだ。

だから、ここでパーディタとしての人生を送ることに、完璧に満足していると言ってきた。実際、そうだった。ジャックに出会う前のことを、頭は何も思い出したがらなかった。心も同じだった。傷ついた心だ、とメアリーはとつぜん気づいた。自分があまりに性急に、あまりに無謀に結婚した男性のぞんざいな手にこれ以上痛めつけられればしなびてしまいそうな、傷ついた心。

実際、ずっとこんなにも冷えていることに不満を感じ始めたのは、メアリーの爪先だった。

メアリーは歩みを止め、爪先を見下ろした。とたんに、この部屋はパーディタとして使っていた部屋よりも広くて温かいものの、急いで服を着なければまた爪先が冷えてしまうことを思い出した。

それに、タオルを体に巻いて歩き回り、両腕を振り回して、こぶしで頭を殴ることで、何かを成し遂げた人間はいない。劇場支配人に、自分が悲劇に苦しむ古代ローマ人の役を演じられることをわかってもらおうとしているのでない限り。

メアリーは窓辺の整理だんすの前に行った。そこで足を止め、なぜここに来たのだろうと思った。

そうだ。前回この家にいたとき、あらゆる種類の下着をここに入れていたからだ。メアリーは最上段の引き出しを開けた。空っぽだ。次の引き出しも、その下のどの引き出しも空だった。

ふらふらと後ずさりする。

また記憶にもてあそばれているのだろうか？

それとも、夫に持ち物をすべて捨てられたのか？自分の人生から妻を抹消した？

さっき言っていたことを思えば、彼ならやりかねない気がした。

夫の自分の扱い方へのショックと憤慨という恐ろしく気が萎える組み合わせと、忍び寄る寒さに手足を震わせながら、かつてはドレスでいっぱいだった衣装だんすに向かった。何十着ものドレス。これは妄想ではない。メアリーは着るのが追いつかないほど大量のドレスを持っていた。新婚当時にエピングが買ってくれたドレスだ。

それが不快な記憶であるはずがなく、少なくとも、幻想の満足感を完全に打ち砕いたさっきの記憶とは比べようがなかったが、妙なことに、それらのドレスのことを考えるとまたも苦痛の大波が押し寄せてきた。そのせいで、すぐには扉が開けられなかった。

メアリーは立ったまま下を向き、初めて、蘇（よみがえ）った感情に溺れるのを恐れてそれを脇に押しやるのではなく、その感情に全身を洗われるままにした。気まずさと、屈辱に似た何かを感じた。その波が押し寄せるのに任せていると、別の記憶がそれに続いた。メアリーがその感情を告白したとき、夫に愚かだと一蹴された記憶だ。

「私の妻になった以上、君には維持しなくてはならない社会的立場がある」エピングはメアリーに言った。「付き添いの仕事をしていたときに着ていたのと同じ服を着てもいいと思ってはいけない」

「同じ服じゃないの、そうじゃなくて――」メアリーはおずおずと言い始めた。

「私のような地位にある女性たちは」エピングは割って入り、メアリーは自分が彼と同じ地位にあるどころか、その足元にも及ばないことを思い出させられてたじろいだ。「一週間に二回だけでなく、一日に三、四回服を着替える。午前用ドレス、散歩用ドレス、馬車用ドレスが毎日必要だ。夜用ドレスはいうまでもない。複数の夜用ドレスだ」厳しい口調で言い添える。「そして、それぞれの服に合わせたたくさんのアクセサリーも」

それはわかっていた。もちろんわかっていた。レディ・マーチモントの付き添いを務めるようになって以来、その種の女性たちを傍から見てきたのではないか？ 体がぶるっと震えた。喜んで忘れ去りたい人がいるとすれば、それはレディ・マーチモントだ。だが、こんなことを考えても無駄だ。どの記憶を取り戻し、どの記憶を拒むかを選ぶことはできない。記憶が戻り始めた今、すべてがごちゃ混ぜになって押し寄せてくるようだった。

だが、レディ・マーチモントのことを考えずにいることは選べるのでは？ そして、このたんすの中身に関して頭の中に蘇ってくる記憶に注意を戻し、それを再び目にすることを考えるだけでこんなに心がざわめく理由を突き止めればいいのだ。

夫にこれほどたくさんの服を買ってもらうことが、なぜあんなにつらかったのだろう？

なぜなら、と、答えが閃いた。自分がこの結婚にもたらしたものがいかに少ないかを突きつけられた気になるからだ。そう、ついさっきまでほとんど一文なしで、地位のない人間だったのに。

それが、次の瞬間には……。

自分がそのことに、そのすべてに、押しつぶされそうだと感じたのも無理はないのかもしれない。

でも……。新婚当時に意識を戻すと、新たな考えが頭に浮かんだ。なぜもっと、夫が多くの点で人生を向上させてくれたことに感謝できなかったのだろう？　少なくとも、妻は感じているはずだと彼が思っていた感謝の念を、なぜ示そうとしなかったのだろう？　夫は自分に、全女性が夢見るあらゆるものを浴びせかけてくれた。自分が幼い少女だったころから何度も望んできたものを。まずは何よりも、安全だ。そして、食べ物の選択肢。さらに、暇があれば本を、読みたい本を何でも読めるチャンス。それから、そう、〝暇〟だ。あらゆる品々の中で何よりも恵まれ、得がたいもの。やるべき仕事がないという贅沢！

それなのに、夫からまた買い物に行くよう勧められると、その必要はないと言い返していた。夫は本当に腹が立っただろう。自分の気前の良さを顔面に向かって投げ返されたような気がしていたはずだ。

だが、今さらどうしようもないことだ。

メアリーはため息をつき、罪悪感と後悔に似た何かの波が押し寄せたところで、ようやくたんすを開けた。

中は空っぽだった。

この数カ月間のメアリーの記憶と同じくらい、空っぽだった。柔らかな、きらめく記憶の切れ端さえなかった。横木はかつて、美しいドレスの重みにうめき声をあげていたのに。メアリーはときどき、誰も見ていないときに、床の上に座ってそのすべてをただ眺めていた。そして、手が清潔だと思えたときは手を伸ばし、それらがすべて自分のものだとはとうてい信じられない気分で豪華な生地をなでた。

今残されているのは、高価な生地のかすかな残り香だけだった。夫に言われて通っていた高級婦人服の仕立屋の店内にいつも漂っていた香りだ。

メアリーは後ろに下がり、扉をぴしゃりと閉めて、服のない空間と、それらを買ったとき、もっと正確に言えば、買ってもらったときの決して幸せでない記憶を締め出した。

苦々しげに笑う。自分はいったいどういう女なのだろう？　少なくとも、どういう女だったのだろう？　今日、もしどこかの男性に、絹とサテンでめかし込んでくれ、金額は気にせず、請求書はすべて自分に送ってくれと言われたら、手をたたきながら室内をスキップして回るだろう。恥ずかしさと罪悪感の沼の中でのたうち回りはしないはずだ。

なぜ自分はあれほど、まぬけだったのだろう？

その言葉が頭に浮かぶと、それは今この瞬間の自分の行動にも当てはまる気がした。この部屋に、タオルだけをまとって立ち、自分がかつてどれだけ服を持っていたかという記憶の中でのたうち回っているのだ。取り組むべきは、今何を着られるかという、それよりはるかに頭の痛い問題なのに。

いったいなぜ、入浴を手伝いに来たメイドに、それまで着ていた服を持っていかせてしまったのだろう？　確かに、あのときは理性を失っていたし、服はずぶ濡れになってはいたが……。

ああ！　また同じことをしている！　とりとめのない空想にふけっている！

さあ。呼び鈴であのメイドを呼んで、着ていたものをできるだけ取り戻さなくてはならない。もし、すでに洗濯室送りになっていたら、女性使用人の誰かの服を借りよう。この家のメイドのワンピースならどれでも、自分がここに来たときに着ていた安っぽく粗雑な服よりましなはずだ。エピング伯爵は自分の使用人が全員こぎれいに見えるよう気をつけている。体に合わせて切った中古の服を彼らが着ることはない。少なくとも年に一度、新しい服をひと揃(そろ)い支給されている。

それに、メイドがここに来てくれたら、以前この家に住んでいたときに自分が持っていた高価なドレスはどうなったのかきくことができる。いくらエピングでも、あれを全部捨ててしまうほどの無駄遣いはしないのでは？　まだ半分も着ていないのだし。いずれにせよ、捨てるなら使用人の誰かにやらせているだろう。夫が自分で横木からドレスを外し、トランクにつめるところは想像できない……。

ああ。新たなイメージが視界に浮かび、メアリーはまた両手で頭を抱えた。メイドが二人、メアリーが想像したとおりのことをしているイメージだ。横木からドレスを外し、ていねいにたたんでトランクの中に入れている。メアリーはメイドがその作業をしているのを見ていた。あそこのベッドから。具合が悪く、横になっていて、エピングから毎年の夏の恒例だと教えられた旅をせずにすめばいいのにと思っていた。エピングの地所をすべて訪れ、万事問題ないことを確かめる旅だ。

きっと楽しいよ、と彼は言い、メアリーのあごの下を弾(はじ)いた。

メアリーはせいいっぱい勇敢にほほ笑み、そうね、楽しそうね、と同意しながら、心の中では、楽しんでいるように見えるようせいいっぱい頑張ろうと誓っていた……。

そのとき、ドアがノックされ、その追想は打ち砕かれた。さっき呼んだメイドが来てくれたのだろう。ちょうどよかったのかもしれない。過去の詮索は、今できるぶんはすべてやった。八月のあの恐ろしい日以来、幸運にも免れていた過去。今対処しなくてはならないのは、現在の窮状だ。

アンソニーは部屋を出たあと、階段の上り口まで行ったところで足を止め、こぶしを握りしめた。自分が何を感じようと、二人が互いに何を言おうと、メアリーを置いて立ち去ることはできなかった。彼女がまた泣き始めるかもしれないのに。メアリーが何をしていようと、どれだけ浮気者だろうと、どれだけひどく自分を傷つけようと、あの悲嘆は本物だった。生々しかった。石の心を持つ男でなければ、あのような状態にある女性を、何の慰めも与えずに置き去りにすることはできないだろう。

　そして、あいにくアンソニーの心は石でできてはいなかった。それは今も脈打ち、締めつけられ、すすり泣いていた。何カ月もの間、いっさい注意を払わないようにしてきたのに。この心を傷つける力を持つ女性など存在しないと自分に言い聞かせてきたのに。それなのに、さっきメアリーの部屋で見た光景と、自分がただ肩をすくめて歩き去ることができなかった事実が、自己欺瞞(ぎまん)の深さを証明していた。

　だが少なくとも、メアリーが失った赤ん坊は自分の子ではないかもしれないというあの唐突な、恐ろしい疑念を口にしたときの彼女の反応から、明らかになったことが一つあった。ほかの男が父親だった可能性が少しでもあるなら、メアリーはあれほど憤慨し、激昂(げっこう)することはできなかったはずだ。

　それとも、できるのだろうか？

　アンソニーは自分が震えていることに気づいた。全身がひどく震えていて、向きを変え、左右の手をドア枠の両側に置いて体を支えなくてはならないほどだった。

　その体勢だと、少なくともメアリーが室内で動き回る音は聞こえた。それは都合が良かった。もし彼女が自分を必要としているように聞こえれば、すぐさま中に戻って、そして、そして……。

　そして、どうする？　メアリーが出ていけと言ったのだ。自分たちの子供のことを気にかけていないと、アンソニーを非難したあとで。

もちろん、アンソニーは子供のことを気にかけていた。メアリーが子供を失ったとわかると、ひどく心が痛み、それが何よりも重大な問題になった……。

今は、そうだ。でも正直に言えば、メアリーが出奔したと最初に聞いたとき、まず頭に浮かんだのはお腹(なか)の子供のことではなかったのでは？　最初の反応は、メアリーの居場所を突き止め、必要なら髪の毛をつかんででも引きずり戻したいという、とても強い衝動だった。次の反応は、自分の感情の凶暴さへの恐怖だった。アンソニーはひるんだ。自分は洗練され、文化的で、教育を受けた人間であり、屈辱的な、心を打ち砕く経験になるかもしれない行為へと走るようなことはしないと、長い時間をかけて自分に言い聞かせた。

だが、赤ん坊のことを気にかけていないというメアリーの非難に対し、このような話をすることはできなかった。自分が打ちひしがれたのは、メアリーがいなくなったからだと認めるという、自分を貶(おとし)める行動をどうしてとれるだろう？　自分が焦がれていたのは、お腹にいるとわかったばかりの赤ん坊ではなく、メアリーだと。

赤ん坊の父親に疑問を持ったのは、メアリーが帰ってきて、妻が失踪した理由として想定していたことがすべてひっくり返されてからだ。

その非難は、自分が妻に言える中で最も心を傷つける言葉のように思えた。だが、メアリーと結婚したときにはすでに自分が父親になる希望が失われていたことを、どう説明できただろう？　最初の妻を妊娠させることができなかったのだから。時間切れになれば、弟のどちらかが喜んで爵位を相続し、自分の役目を継いでも仕方ないと思っていた。それに、メアリーが失踪する前は、彼女の妊娠が自分にとって何を意味するかを正確に評価する時間もなかった。

これらのことを何一つメアリーに話すつもりがないのに、言えることがあるだろうか？

何もない。

もしメアリーがまた泣いているのが聞こえたら、自分にできるただ一つのことは、彼女を抱きしめることだ。メアリーもきっと受け入れてくれるはずだろう？

だめだ！　アンソニーは激しく頭を振り、自分を妻から隔てる木板をにらんだ。メアリーを再び腕に抱きたくはなかった。

だが、抱きたかった。それが問題だった。

アンソニーはドアに額がつくまで頭を下げた。

メアリーに再会するまでは、妻に心を動かされることはもうないと確信していた。なのに、たった数分メアリーと話しただけで、何も確信できなくなっていた。それは、たちまち息づいた肉体的な吸引力のせいだけではなかった。彼女のふるまいのせいだった。そして、彼女が言ったことのせいだった。さっきのあのやり取りの何もかもが、答えよりも疑問を生んでいた。

私は勘違いしていたのか？

メアリーはアンソニーが予想していたとおりのことは何も言わず、何もしなかった。アンソニーの許しを乞わず、自分がしたことの言い訳もしなかった。誘惑の目を向け、甘い言葉でアンソニーの好意を取り戻そうともしなかった。もちろん、メアリーが輝かしく、堂々と裸で浴槽から立ち上がった瞬間を別にすればの話だ。あの行動には、芯まで衝撃を受けた。メアリーはいつも内気で気弱な女性だった。正直に言うと、最初に興味を引かれたのは、彼女のおどおどしたところだった。あのクリスマスのハウスパーティでは、ほかの誰もが騒々しく、これみよがしに浮かれ騒いでいた。だが、メアリーは透明人間になりたがっているかのように、できるだけ小さくなって背景に紛れ込んでいた。そうしながらも、やはりずっと怯えた表情を浮かべていた。ああ、付き添いを務めているあの老魔女の暴政から彼女を救い出し、安全な、愛情深い我が家を与えたいと、どれほど願ったことか。アンソニーが近づいていっても、メアリーはほかの女性がするような反応は示さなかった。アンソニーの気を引こうとするようなことは言わなかった。それどころか、アンソニーが自分に興味を示すはずがないと思っているようだった。

あの女性が、緊張していていつも不安げなあの女性が、夫に反論できるはずがないし、ましてや部屋から出ていけと叫ぶはずがなかった。

だが、それを言うなら、彼女がにきび面の若い厩番と駆け落ちできるとも思っていなかった。

アンソニーはため息をついた。女は不可解だ。こういう性格なのだと男に思わせておいて、指に指輪をはめた瞬間、まったく知らない何かへと変貌する。

この数カ月間、自分はメアリーをおぞましい環境から救ったのだから、妻は深い感謝の念から一途に、永遠に身を捧げてくれると期待していたとは、何と愚かなのかと思っていた。そして、メアリーにまた会えたら、彼女にどう対処すべきかは正確にわかっていると思っていた。こんなふうに、妻の寝室のドアの外をうろつき、中に戻る口実ができるのを待つような状態に陥るとは、一瞬たりとも想像していなかった……。

そのとき、部屋の中から音が聞こえ、アンソニーは物思いから我に返った。だが、それは泣き声ではなく、メアリーが室内を行ったり来たりする音だった。その歩き方は、まだ怒っているように聞こえた。

次に、引き出しが開けられたあと、勢いよく閉まる音が聞こえた。間違いなく、怒っている音だ。

頭の中はまだ混乱していたが、アンソニーは体を起こした。

これほど自信が持てないのはいやだった。日頃から何百人もの人々の生活を預かっているのに。どの地所で起こったどんな問題も、自信を持って対処できないことはない。どんな状況に置かれようと、自信を持って行動できないことはない。それなのに、妻が帰ってきた三十分後からおろおろしっぱなしだ。不安になり、次は何をすべきかわからない。

次は何をすべきかという問題には、誰かが階段を上がってくる音が聞こえたときに答えが出た。自分がここに、こんな体勢でいるところは誰にも見られてはいけない。そこで、アンソニーは急いでドアから離れ、メイドが姿を現すころには、自室へ続く階段を半分まで上っていた。その場所からだと、メイドが妻の寝室のドアをノックし、中に入るのが見えた。しばらくして再びメイドが出てきて、泡だらけの風呂の湯が入ったバケツを運び出すのも見えた。メイドは背後でドアを閉める直前、膝を曲げて言った。「はい、奥様。すぐに計らいます」

すぐに何を計らうんだ？　妻は私の使用人に何を命じた？　よくもそんな図々(ずうずう)しいことができたな？

アンソニーは今にも妻の部屋へ戻ろうかと思った。だが、戻ってどうする？　さっきしていた口論の続きをするのか？　メアリーが出ていって以来、自分を苦しめているいくつもの疑問に答えを要求するのか？　何よりも、〝なぜ？〟と言いたかった。なぜ私は君にとってじゅうぶんではなかった？　女性が欲しがるようなものはすべて与えたはずだろう？

とはいえ、メアリーは最初の妻サラのように、アンソニーの金を使うことに熱心ではなさそうだった。それどころか、アンソニーが物を買い与えるほどに、喜びは消えていくようだった。だから、メアリーがいなくなったとき、アンソニーはまた同じことを感じた。自分は妻にとってじゅうぶんではなかったのだと。きっと、夫に向かないタイプなのだろう。

だが、もしそうだとしたら、今メアリーは自分に何を求めているのか？　なぜ戻ってきた？

答えを要求してやるという決意の波に襲われ、階段を二段下りたところで、引き出しを開けたあと勢いよく閉めるというあの行動の意味がとつぜんわかった。メアリーは着るものを探していたのだ。この家のどこにもメアリーの服は一着もないことを、アンソニーは事実として知っていた。六月、いくつもある地所を巡る毎年恒例の旅へ出たときに、服をすべて持っていったからだ。寝室に旅行かばんは一つもなく、廊下に散らばっているのも見なかった。つまり、メアリーは今、部屋の中で裸でいる可能性が高いということだ。せいぜい、一枚きりのタオルを巻きつけているだけだろう。

メアリーの半裸の体が今もどれほどの力を持っているかは、すでに知っていた。妻があのタオルをほんの少しずらしただけで、自分は意味の通じる一文を発するどころか、まともにものを考えることもできなくなるだろう。質問することも、妻の帰宅に対する論理的な対応策を思いつくこともできなくなるはずだ。

今いる場所に留まっているのは正しかったと、アンソニーはすぐに知ることになった。使用人の一群が急ぎ足で、いくつもの服の包みと皿やポットがのった盆を持って、妻の部屋を出たり入ったりし始めたのだ。

つまり、これがこの先のありさまなのでは？　メアリーはアンソニーの家に戻り、アンソニーの使用人にあれこれ命令することで、自分の権利を見せつけている。自分は今なお、アンソニーがこの状況を修正するための何らかの策を選ぶまでは、法律上の妻であることを全員に思い出させているのだ。

〝離婚〟という言葉が頭に浮かんだが、嫌悪の震えに襲われ、それを退けた。私生活を大衆の娯楽の次元まで落とすわけにはいかない。自分の名を、そして妻の名をスキャンダル新聞から遠ざけるためなら、どんなことでもするつもりだった。

手に痛みを感じた。見下ろすと、手すりを強く握りすぎているせいでこぶしが白くなっていた。

慎重に指をほどき、振って伸ばした。階段に立ったまま自分の感情の強さに麻痺させられるのではなく、今やるべきことへと無理やり意識を向けた。

今夜は紳士クラブで数人の知り合いと夕食をとる予定だったことを思い出す。もし行ったとしても、一口も食べられないだろう。妻が自分の家にいて、自分の使用人を好き勝手にしていると思うと、肉汁たっぷりのステーキも灰の味がするはずだ。

それに、なぜメアリーに戦地を占有させたまま、出かけなくてはならない？

その一方で、なぜ予定を変更しなくてはならないほど彼女に心を乱されなくてはならないのかという気もした。

まったくもう、メアリーのせいでまた同じことをしている！　またおろおろしながら突っ立っている。

もういい！

メアリーの帰宅が自分に何の影響も与えなかったかのように、今までどおり生活するほうがましだ。

何事もなかったかのように、予定を実行するほうがました。

それが、結婚で優位に立とうとする女性への対処法だ。スキャンダルを招く女性への対処法だ。相手の要求を押しつぶし、スキャンダルになりそうな事柄も、それがもれ出す前に押しつぶすのだ。

要するに、人前では、面倒なことなどいっさい起きていないかのようにふるまうのだ。

5

翌朝、アンソニーはカーテンを開ける音で目を覚ました。

呼び鈴を鳴らしてこちらから呼ぶ前に、厚かましくも自分を起こしたのは誰なのか確かめようと目を開ける。

「シモンズ？」

執事は名前を呼ばれたことに応えるように、おごそかにうなずいた。だが、アンソニーが態勢を立て直して執事をたしなめられるようになる前に、近侍のスネイプが湯の入った水差しとネクタイの山を手に、洗面台のまわりで慌ただしく動いていることに気づいた。

「いったいぜんたい」アンソニーは目にかかる髪をかき上げながらどなった。「何が起こっている？」

「申し訳ございません」シモンズが言った。「ただ、奥様が家を出ていかれたことをお伝えしたほうがいいかと思いまして」

アンソニーはがばりと起き上がった。「妻が、何をしたって？」メアリーはこの家でたったひと晩過ごしただけだ。公平に言って、アンソニーのほうも妻を歓迎したとは言いがたいが、メアリーもこの状況を何も片づけることなく、ただ逃げ出すとは……。

背筋をひやりとする寒気が駆け下りた。

再びメアリーを失うことはできない！　前回彼女が消えた期間をかろうじて生き延びたのだ。

なぜ昨夜、念のためにメアリーの部屋の前に護衛を置いて、妻の逃走を阻止しなかったのだろう？

それを言うなら、なぜメアリーが好きにふるまえる状態にしたまま家を出ていった？

自分の主張を証明するためだ、と苦々しく思い出した。メアリーには自分に影響を与える力も、予定を変えさせる力もないという主張。昨夜、知り合いの中でも有数の退屈な男との会話に耐えながら、これが誰の得になるのかと何度も思った主張だ。

「それで、お前は」アンソニーはサイモンをどなりつけた。「黙って出ていかせたのか？」だが、理不尽なことを言っているのはわかっていた。シモンズも、この家の使用人の誰も、妻が自分のしたいようにするのを妨げられる立場にはない。

シモンズは咳払いをした。「私はスティーヴンズを連れていくようお勧めしました。奥様がどうしても届けたいとおっしゃる包みを運ぶために」

スティーヴンズ？　ああ、上級の従僕だ。この家で長年働いている男。なぜ名前を聞いてすぐに顔が出てこなかったのだろう？

まだ寝ぼけているのだ。これは問題だ。

「コーヒーを持ってこい」アンソニーはどなった。

「ご用意しております」シモンズは言い、ドアの脇のテーブルに置かれた銀のポットを示した。

「あと、包みがどうとかいうのは何の話だ？」シモンズがコーヒーを注ぎに行くと、アンソニーは言った。

「奥様は昨日お戻りになられたとき、包みを一つお持ちだったのです」シモンズは言った。「茶色の紙に包まれていて、全体を紐で縛られていました。そこには住所も書かれていたのですが」申し訳なさそうに言う。「それが正確にどういう住所だったかは、誰も読み取れた記憶はないと申しております」

つまり、何人かの使用人が読もうとしたということだ。「妻がどこに行ったのか見当もつかないということか？」

それでは、なぜ執事と近侍はここに入ってきて、主人を起こしたのだろう？　どれだけコーヒーを飲んでも、妻が指の間から再びすり抜けていったという知らせを聞いたことの埋め合わせにはならない。

シモンズはコーヒーを注いだカップを盆にのせ、ベッドに近づいてきた。「奥様が出ていかれたあと少し経ってから」執事は言った。「ティモシーにあとを追わせました。もしかすると、奥様が何か使い走りをさせるために、ほかに誰か必要になることもあるかと思ったのです。ことによると、奥様がさらに何かを買われてそれをスティーヴンズに持ち帰らせるかもしれず、その際にお一人になられることを旦那様はお望みにならないでしょうから」

そのティモシーという人物が誰なのかは見当もつかず、したがって使用人の中でもかなり地位が低いことが察せられたが、シモンズが今言った〝もしかすると〟や〝ことによると〟から推察できることが一つあった。この手練手管の執事は事実上、メアリーに同伴者だけでなく尾行もつけるように計らったのだ。

「よくやった」アンソニーは言い、大きな安堵を感じながら、執事が差し出したカップを受け取った。今もメアリーには憤慨しているのだと、すばやく三口でコーヒーを飲みながら自分に思い出させたが、それでも彼女は今も自分の妻なのだ。メアリーの居場所はこの家だ。

メアリーにどう対処するのが最善かを、自分が決めるまでは。

メアリーに、夫に相談もせず黙って家を出る権利はない。あるいは、外出の目的も告げずに。

「ありがとうございます」シモンズは言った。「それで、ティモシーが少し前に戻りまして、奥様はある家に入られ、再び出てこられる気配はないと報告してきたことも、お伝えしたほうがよろしいかと存じます。ティモシーの考えでは、本人の言葉どおりにお伝えしますと、その家は自分の母親には迷い込んでほしくない界隈にあるとのことでした」

アンソニーはようやく、自分が帰宅してから五時間も経っておらず、普通ならあと三、四時間は起きないと知りながら、執事と近侍が部屋に入ってきて自分を起こした理由を理解した。

アンソニー自身の手で、メアリーが入り込んだ何らかの状況から妻を連れ戻すべきだと考えているのだ。

アンソニーも同じ考えだった。この何カ月間かメアリーがいた場所にも、一緒にいた人間のもとにも、おとなしく返すつもりはなかった。

妻とその相手と、二人の〝愛の巣〟で顔を突き合わせるまでは。

アンソニーはうなり声のようなものを発し、上掛けを払いのけてベッドから出た。

メアリーがグローヴナー・スクエアからドルリー・レーンの裏の密集した入り組んだ街路に辿り着くには、長い時間がかかった。かつらをかぶり、制服を着た従僕が後ろからついてきて、人にじろじろ見られるのも良くなかった。メアリーは狼狽のあまり、三、四回間違ったところで曲がってしまい、最初にロンドンに来たときに迷路のように思えた界隈で迷わないよう、ジャックに教え込まれた目印まで来た道を戻るはめになった。

だがようやく、じめじめした中庭に続く見慣れたアーチ道に辿り着いた。ここに、ジャックとクロエとフェネラとトビーと住んでいた下宿屋がある。

自宅に帰る道がわかって、メアリーは安堵のため息をついた。でも、ここはもう〝自宅〟ではないのでは？　自分が伯爵と結婚していることを思い出した今、ここが自宅にはなりえない。その伯爵が個人的に妻をどう思っていようとも、役者というだけでなくごろつきだと彼が思いそうな人々と妻が交流することを許すのは、威信に関わるだろう。

でも、ああ、どれほど彼らが恋しくなることか！　それに、自分がいなくなると、彼らは日々の雑務にどうやって対処するのだろう？　稼いだ額より出費が上回らないよう、誰が見張るのだろう？　期限までに家賃を払ったり、衣装が手入れされた状態を保ったり、その他あらゆることを誰がするのだろう？

メアリーはまたため息をつき、階段を上り始めた。今回は、彼らに別れを告げることを思っての悲しみのため息だった。それから足を止め、振り返って、この先も自分についてくると決意しているように見える従僕と向かい合った。感動的な別れになるはずのものを従僕に見せたくはなかった。自分の感情を表現すること以上に役者が生き生きとやれることはないのはよくわかっていた。

「いちばん良いのは」メアリーは従僕に言った。「あなたが外で待っていてくれることなんだけど」

従僕は反論したそうな顔をした。そこで、メアリーはクロエに教わったとおり、あごを上げ、相手の目をまっすぐ見た。

〝立派な貴婦人のふりをするの〟女優のクロエは言っていた。〝そして、自分に図々しいことを言ってくる相手に対して、こんなに取るに足りない人間が、厚かましくも自分の隣に立っていることさえ驚きだという態度をとるのよ〟

ああ、実は、自分が本当に立派な貴婦人だったと知ったら、クロエはどんなに笑うだろう。少なくとも、高い身分の男性と結婚していると知ったら。正直に言って、自分が夫と対等だと感じたことは一度もなかったのでは？　それはきっと、母親は貧しい教区牧師の娘、父親は何かの事務員にすぎなかったうえ、自分の食い扶持は自分で働いて稼ぐようずっと言われてきたことと関係しているのだろう。

だが、何はともあれ、従僕は頭を下げ、一歩後ろに下がった。メアリーは狭い、がたつく階段を一人で上り始めながら、夫と結婚した当初にあれほど苦労した役を、女優に教えてもらっただけで演じられるようになったとは何という皮肉だろうと思った。使用人に一杯の紅茶を要求することもままならず、それはつい最近まで自分も似たような身分にあったことを意識しすぎていたせいだった。とはいえ、存在すら知らなかった祖父の兄弟だと言っていたあの不機嫌な老人のおかげで、たいていの使用人より教育は受けていたはずだった。

だが、そんなことはまたあとで考えればいい。今はジャックとの対面に集中しなくてはならない。

考えてみると、まずは自分の部屋に行って、この一座の一員としての短い期間に溜まったなけなしの持ち物を急いでまとめたほうがいいのかもしれない。そうすれば、無理もないことだがジャックが怒っていた場合、すぐに出ていくことができる。

皆でこの下宿屋に住み始めて以来、フェネラと一緒に使っていた屋根裏部屋のドアを押し開け、あたりを見回した。フェネラのもつれた髪が毛布の山の上にのぞいているのが見える。その毛布が、同居人がメアリーのベッドからはがしたものであることは一目瞭然だった。だが、昨夜メアリーが戻ってこないと確信できたあとでフェネラがそうしたことを、責める気にはなれなかった。この部屋は寒くてじめじめしていて、メアリー自身もここに住んでいる間、一度も温かさを感じたことはなかった。

ラドクリフ・ハウスに戻ったらまず……あっ！ それが、グローヴナー・スクエアにあるあの家の名前ではなかったか？ 思い出そうと努力したわけではないのに、こんなふうに頭の中に浮かぶのは不思議だった。それで、さっき考えていたのは何だっただろう？ ああ、そうだ！ アイダーダックの羽毛布団を買おうと思ったのだ。分厚いのを。それから、湯たんぽをひと揃(そろ)い買ってここに送らせよう。

　これらの部屋を少しでも居心地よくするためのほかの品々を頭の中で挙げながら、爪先立ちになって自分のベッドに近づき、足元にある小さなトランクのふたを開けて、窓の下枠やスツール、誰もつまずかないような片隅などの使いやすい場所に置いていたがらくたを集め始めた。さほど時間はかからなかった。それらの持ち物の上にジャックの包みを入れてから、トランクをドアまで引きずっていった。トランクはそこまで重くはなかったものの、とても扱いづらかった。執事の懇願に屈して従僕を同行させたのも、まさにこのトランクをグローヴナー・スクエアまで持ち帰るのはさぞかし骨が折れるだろうと思ったからだった。

　むき出しの板の上を引きずると、トランクは不快なほど騒々しい音をたてた。だが、フェネラは微動だにしなかった。驚くことではない。まず、フェネラがベッドに入ったのは夜中だったはずだ。それに、この部屋には、フェネラが昨夜飲んだ何かの匂いが漂っていた。地震でも起こらない限り、フェネラは酔いが覚めるまで目覚めないだろう。

　階段の下り口までトランクを引きずったところで足を止め、少なくとも一階分は自分でこれを下ろすべきかどうか考えた。後ろ向きに下り、一段ずつすべらせていけば、衝撃は和らげられ、さほど大きな音をたてずにすむはずだ。たぶん。そして一階下まで辿り着き、ジャックのドアをノックすれば、自分が本気で出ていこうとしていることを彼に示せるだろう。荷造りしたトランクが、真剣さの証(あかし)になる。

　だがトランクをぶつけながら階段を半分下りたところで、ジャックの部屋のドアが勢いよく開いた。そこにはジャックが、シャツに腕を突っ込もうとしながら立っていた。足元ではトビーが跳ね回っている。メアリーが動き回り、トランクを階段にぶつけながら下ろしている音を聞いた小型犬が、主人に知らせたに違いない。だが、吠えはしなかったところを見ると、賢いトビーはそこにいるのが強盗ではないことに気づいていたのだろう。

それでも、トランクを階段の下まで下ろしたメアリーは、事情を説明する言葉を探そうとして、顔が熱くなるのを感じた。

だが、心配する必要はなかった。

「パーディタ！」

ジャックは叫び、メアリーが体を起こしきっていないうちに抱きついてきて、メアリーは倒れそうになり、従僕を外に置いてきてよかったと思った。まさにこの種のふるまいこそ、あの従僕には理解できないはずだ。自分の主人の妻がシャツをきちんと着ていない男性に抱きつかれるところを目撃したときの従僕の顔が目に浮かぶようだ！

「心配でたまらなかった」ジャックは続けながら後ろに下がり、二本目の腕もシャツに通して紐を締めたため、メアリーはほっとした。その隙を利用して身を屈め、トビーの柔らかなベルベットのような耳をさすった。この賢い小型犬も、見れば必ず笑みを浮かべてしまうおどけた仕草も、恋しくなることだろう。「君が昨夜、家に帰ってこなかったときは」ジャックは言った。「また、その、精神の錯乱というか何というか、それが起こったのかと思った。それとも、道に迷ったか、誘拐されたか。君のように無垢な人に、一人でこの悪い大都会を歩き回らせるんじゃなかったよ」

「ああ、ジャック」メアリーは目に涙を浮かべて言った。ジャックは面倒を避けるために嘘をついたりごまかしたりする癖があるし、道徳観念はメアリーよりはるかにゆるいが、好きにならずにはいられなかった。ジャックはとても親切にしてくれた。とても寛大に接してくれた。とてもよく理解してくれた。「本当にごめんなさい」メアリーは言った。「心配をかけてしまって。それから、あなたの新しい夜会服を持って帰れなかったことは、もっとごめんなさい」トランクのほうを向き、いちばん上からジャックの包みを取って、ようやく彼の両手に置いた。「あの若い紳士たちと食事に行くのに、あなたがどれだけこれを着たかったかはわかっているの。届けようと頑張ったのよ、本当に……」

「いいから、いいから」ジャックは言い、どこからともなく真っ赤なハンカチを取り出して、メアリーの頬を拭いた。「結局、君が間に合わないとわかると、いつものまだら模様の服を着て役を演じることにしたんだ。どうなったと思う？　最高の選択だったよ。みんな、自分たちのテーブルに軽業師のジャック・B・ニンブルがいて、道化を演じて好き勝手にどたばた喜劇を繰り広げるのを大喜びしてくれたんだ。僕が、その、僕のままで行っていたら……」ジャックはにっこりし、自分を卑下するように両手を広げた。「みんな、僕が上流階級の人間の猿まねをしようとしていると感じて、鼻をへし折ろうとしてきたんじゃないかな」

「でも、あの人たちはあなたを夕食に招待したのよ。本当にあなたに来てほしいわけじゃなかったなら、どうしてそんなことをするの？」

「だってああいう連中は、僕らのような人間に本気で一線を越えさせはしないだろう？　ほら、連中はクリスマスの時期に田舎のでっかい屋敷に役者を泊めることがあるけど、僕らが夕食にありつくには歌を歌わなきゃいけないじゃないか」

メアリーは新婚当時のこと、一夜のうちに貴婦人の付き添いから伯爵夫人へと出世し、それがあまりに多くの方面の怒りを買ったときのことを思い返した。誰よりも、義母が怒っていた。主要地所のラドリー・コートを訪れ、夫がメアリーを紹介したとき、彼は明らかに挑戦的な雰囲気を醸していた。そしてその小柄な黒髪の上品な淑女は、メアリーを温かく家族に迎えるどころか、ため息をつき、息子に結婚を勧めたことを後悔していると言った。そのときいた客はメアリー以外の全員が爵位を持っていて裕福だったが、やはりエピングは正気を失ったのではないかと言わんばかりにメアリーと夫を見比べていた。

その後、義母は態度を和らげ、息子がメアリーと結婚した理由はわかる気がするとしぶしぶ認めたが、メアリーにしてみれば今さら気分が良くなるはずもなかった。

「あなたの言っている意味はよくわかるわ」メアリーは悲しげに言った。

「いや、僕のことはいいんだよ！　君には何があった？　ひと晩中どこに行っていたんだ？」

「ああ、ジャック、それは……」メアリーは頭を振った。「説明がとても難しいの」急に足が意識を持つようになり、暖が取れると知っていたグローヴナー・スクエアまで自分を運んでいったとは、とても説明できなかった。完全に頭がおかしくなったと思われるだろう！　だが、何も思い出せないという奇妙な状態と、夫をひと目見たとたん、今まで耐えたことがないほど最悪の体験から自分を守るために築いていたであろう防御壁がすべて打ち砕かれたことについては、すでに長い時間をかけて考えていた。

「実は、ある扉が開いたの」正確には、グローヴナー・スクエアのエピング伯爵邸の扉だ。「いったんその中に入ると、別の扉が開いた」そして、ジャックと出会う前に自分が送っていた人生の断片をいくつも思い出した。「それから、また別の扉が」メアリーはそう続けながら、そもそもどうやって夫のような人と出会ったのだろうと考え、あのおぞましいクリスマスのハウスパーティと、終始文句を言っているレディ・マーチモントと一緒にいるのがいかにみじめだったかを思い出した。隙間風の入る部屋の文句を言わないときは、夜に消化不良を起こさせる食べ物の文句を言うのだ。そして、もっと温かいショールを持ってくるために走り回り、あの病気やこの病気の新しい治療薬を取りに行くつらさと、例によって使い走りをしている途中で角を曲がったとき、全速力でエピング卿にぶつかったことを思い出した。さらに、彼が昨日の路上の男性のようにどなるのではなく、メアリーを支え、大丈夫かときいてくれたとき、どれほど驚いたかを。それだけでもじゅうぶんだったのに、彼がその日遅くにメアリーに気づいたとき、気づかなかったふりをするのではなく、メアリーが縮こまっていた片隅まで部屋を横切ってきて会話を始めたことを。

　それはその晩限りで終わりではなく、むしろそこから始まった。メアリーは彼を独り占めできるあの貴重な、つかのまの時間のために生きていた。それ以外の時間は、彼に関する情報をできるだけ集めるようになった。普段はゴシップに耳を貸さないようにしていたが、耳を傾けるようになった。だが、ほかにどんな選択肢があっただろう？　大っぴらに彼のことをたずねて回ることはできなかった。身分が高い人のことで無礼な質問をするのは、自分の立場にふさわしくなかっただろうから。そうして少しずつ、彼が権力を持つ男性で、伯爵であることを知っていくと、意気消沈した。それから、彼が妻に先立たれ、若く美しい妻の墓に自分の心も埋めたことを知ると、同情の念でいっぱいになった。どうりで少しも笑わないわけだ！　どうりでしょっちゅう、あんなにも……いかめしい顔をしているわけだ。

　もうすぐ皆が帰るというときになって、彼に求婚されると、メアリーは仰天した。だが貪欲に、彼のものになるチャンスをつかんだ。彼のことはよく知らなかったけれど、残りの人生を毎日彼と会い、話をする権利を得ること以上に幸せになる道はないと確信していた。だがその後、彼はメアリーをグローヴナー・スクエアの自宅に連れていった。そこで愛の営みをしたのだが、そのベッドこそ、昨日メアリーがその最初の日々の記憶が押し寄せる中で眠ろうとしていたベッドだった。いったん結婚初夜のイメージが蘇ると、眠るのは不可能だった。

ああ、彼がどれだけ我慢強くふるまってくれたことか。初めてのときだけでなく、あのベッドに来たときはいつもそうだった。夫はいつも、自分が満足する前に、少なくとも一度はメアリーを快楽の高みに連れていってくれた……。

だが、ジャックにそんな話ができるはずはない。

メアリーは咳払いをした。「そして、自分でも気づかないうちに」みだらな性質のものはすべてごまかして、話の続きをする。「全部戻ってきたの」

「何が？」

「記憶が。全部一度にというわけじゃなかった。筋の通った順番でもなかった。でも、ある小さなことが……」自分のほかの部分は覚えていなかった自宅への道順を、足が覚えていたことをそう呼ぶのなら。「別の記憶を呼び覚まして、それから……それから……」メアリーは唾をのんだ。「本当に大きな出来事を」赤ん坊がお腹にいることがわかってまもなく、それを失ったことを。「私が意識の扉を閉ざし、自分がどんな人間だったか、どんな人間であるのかをすべて締め出す原因になった出来事を。ああ、でもそのことはいいの。要するに、自分が前に住んでいた家への道順を思い出したのよ」少なくとも、足は。「本当に、たまたま。そこに辿り着いて扉がすべて開き始めると、それはすごく衝撃的で、私は頭がくらくらして階段のいちばん下の段に座って、手すりの親柱にしがみつくしかなかった。どうしてあの柱に安心感を覚えたのか……」

「激動の中でしがみつくことのできる何かだね」ジャックは賢しげに言った。「ところで、居間に下りないか？　あそこのほうが居心地がいい」

「ありがとう、そうね」メアリーは言った。ジャックが居間と呼ぶその小さな部屋は、この下宿屋の中で唯一暖炉がある部屋で、一座が予行演習や衣装、その他何でも持ち上がった問題について話し合うために集まる場所だった。メアリーが請求書の処理をし、衣装の損傷を繕うために座る部屋でもあった。

二人が部屋に入ると、ジャックはまず暖炉の前に行き、昨日の灰をかき出した。メアリーはラドクリフ・ハウスの寝室の現代的な効率の良い火床と、ジャックがシャベルとブラシを忙しく動かしている、暖炉と呼ぶには貧相なすすまみれの代物を比べずにはいられなかった。

「あなたの言うとおり、しがみつく何かは必要ね」ジャックが焚きつけを積み始めると、メアリーは言った。火が燃え始めても、正面から三十センチ以内の寒気を追い払うのがやっとだ。熱のほとんどはまっすぐ煙突を上がってしまう。

炉胸は上階の部屋の脇を通り、その過程で部屋を温める。クロエが狭いのにその部屋を選び、窓からの眺めが良い階上の部屋をメアリーとフェネラに使わせたのも無理はなかった。ひと晩中爪先が凍っているときに、誰が眺望を気にするだろう？

「実際、私はそうだった」メアリーは言い、話の続きを始めた。「震えていたわ……ショックのせいだと思う。家の人たちは寒さのせいだと思ったようで、私に熱い紅茶を飲ませて、階段を上がって私が前に使っていた部屋に行くよう促したわ。熱いお風呂と暖炉があるからって。ああ、私はそんな贅沢を長い間味わっていなかったから、それが何を意味することになるのかも考えずに受け入れたの」

「それは」ジャックは立ち上がり、膝丈ズボン(ブリーチズ)から灰を払い落とした。「何を意味することになったんだい？」

「それは」トビーが一目散にジャックの脇を通り過ぎ、数回円を描いたあと、炉辺のラグの上に身を落ち着けるのを眺めながら、メアリーは言った。「布一枚も身につけずに部屋に残されることを意味したの。家政婦が私の服は洗濯が必要だと判断したから。そのあと、おぞましい対面をしたわ、夫と」

「えっ！　何だって？」ジャックの両眉が跳ね上がった。顔に笑みが広がる。「夫？」

「ええ。ほら、私はずっと自分には誰かがいるんじゃないかと疑っていたでしょう？」

「ああ、そうだったね。じゃあ、僕の求婚を一度も受け入れなくて正解だったわけだ？」

　メアリーはジャックを軽くたたいた。彼は確かに、何度も結婚しようと言ってきた。メアリーが一座を窮状から引き上げるたびに。だが、彼が本気で言っていると思ったことはなかった。それに、クロエがそれを許さなかっただろう。クロエは一座で最も権力のある女性だ。誰かが自分を出し抜くことは許さないし、それがジャックと結婚することであればなおさらだった。

「いろいろあったあと、少し落ち着くと、あなたが夜会服を必要としていること、もう手遅れになりそうなことを思い出したの。でも、呼び鈴を鳴らして何か着るものを持ってくるよう言うと、ねまきしか持ってきてもらえなかった。ねまきではうまく道を走れないでしょう？　でも、眠ることもできなかったの、心配すぎて……」

　そして、正直に言うと、まさにそのベッドで夫としたさまざまなことを思い出し、羞恥もしくはほかの何かで身悶(みもだ)えしていたからだ。

「自分の心配だけでせいいっぱいだったんだね」ジ

ャックは言った。「僕の心配とは別に。それにさっきも言ったけど、あれは最高の結果に終わったよ」

「ええ、でも、あんなにお金がかかったのに」メアリーは仕立屋からあの包みをもぎ取るのにいかに時間をかけたか、いかに頭をひねったかを思い出しながら言った。

「でも、僕の性格は知ってるだろう。それに、お金というのは」ジャックは皮肉めかして言った。「いつかはなくなるものだ」

「もう、ジャック、あなたがもっと節約の習慣を身につけてくれれば――」

「だってそれは君の仕事だっただろう？　賢いやり方で、僕たち全員が水面に浮かんでいられるようにすることは」ジャックはため息をついた。「君が恋しくなるよ。その夫のところに戻るんだろう？　だって呼び鈴を鳴らして使用人を呼んだり、家政婦を置かなきゃいけないほど大きな家の中に入ったりしたってことは、君は誘惑されたはず……」

誘惑。そう。夫は誘惑に足が生えたような男性だ。女性が夢見るすべてを備えている。

彼はその場の勢いで求婚しただけで、きちんと考えてはいないのではと疑いながらも、求婚を承諾することへの誘惑に屈したことを思い出し、メアリーは足元に視線を落とした。ああ、何と愚かで、自分勝手なことをしたのか。でも……でも、結婚だ。彼のような男性との。自分にどなることも、お前は不器用だから出ていけと言うこともなく、いつも自分に優しくしてくれる男性。それに、一人の人間としての自分に、自分の思考や信念に興味があるのだと、そのときは思えたのだ。ほかの誰も、少なくとも両親が死んで以来、メアリーが自分の意見や信念を持ってもいいような態度はとらなかったし、その内容を聞いてくれるなど論外だった！

メアリーはため息をついた。ジャックを正面から見つめる。「私は教会で誓いを立てたの」とりすまして言う。結婚のみだらな部分については、何も言わなくていいはずでは？ あるいは、知り合って二週間も経たない男性と結婚するという馬鹿げた行動をとったことも。よりによって、ジャックには。

「誓いを思い出した以上、少なくともそれを守ろうとする努力はしないと」メアリーは言い、貞淑そうな言い方をすることに集中したが、実際には貞淑さはほとんど関係なかった。何しろ、昨夜夫がそこに立ち、自分をにらんでいるのを見たとき、彼女ぶつかったあの出会いのときとまったく同じ反応に襲われたのだ。息が止まった。彼が、その獰猛なしかめっつらの裏にいる優しい男性が欲しいと思った。あの我慢強く、寛大な恋人が……。「そう思わない？」

珍しく、ジャックが真剣な表情になった。「もしうまくいかなかったら、いつでも僕たちのところに帰ってきていいからね」

「ああ、ジャック」メアリーは言った。そしてジャックの優しさに対する感謝の念に圧倒され、彼の首に腕を巻きつけた。

よりによってその瞬間に、夫が勢いよくドアを開けて部屋に飛び込んできたのは、避けられないことだったのかもしれない。

6

「妻から手を離せ！」夫がどなった。

あの手この手で厄介事を避けて生きてきたジャックは、言われたとおりにすばやく動いた。メアリーも親友から離れるのが賢明だと判断した。夫がこれほど荒々しく見えるのは初めてだった。昨夜の夫が生ける雷雨だとしたら、今朝は……。

夫の様子を形容できる言葉は思い浮かばず、メアリーは頭を振った。夫はひげを剃っていなかった。厚手のコートのボタンも留めておらず、そのせいでネクタイをしていないのもわかった。普段は細心の注意を払って上品に、超然と見せている彼が……。

「ほう」ジャックはおどけた様子で、くすぶる沈黙の中へと言葉を放った。「こちらにおわすお方は登場の仕方を心得ていらっしゃる」

それが火に油を注いだ。夫は前に踏み出し、こぶしを固め、ジャックに殴りかかった。そのパンチが当たっていたら、ジャックの鼻は折れていただろう。

だが、ジャックはだてに〝敏捷な〟という芸名を名乗ってはいない。身を屈めて飛んできたこぶしをよけ、それと同時に後ろへ飛びのいて、その逃げる動きを宙返りへと変えた。ダイニングテーブルの上に着地する直前、つい昨日、メアリーが縫って衣装にしようと思っていた長い布地をつかみ、スパンコールがちりばめられたその薄織物を頭にぐるりと巻きつけた。

「あら、旦那」ジャックは甲高い裏声を出した。「無防備な女を襲うなんて、男の風上にも置けないわよ！」そう言うと、無言の抵抗をするように、まつげをぱちぱちさせた。

押し殺した笑いで唇が歪むのを隠そうと、メアリーは口に手を当てた。その笑いを夫に見られるのは致命的だとわかっていた。本人は悲劇だと思っているであろう状況からジャックが作り上げた喜劇的な場面で悪役にされていることを、夫がありがたく思うはずがなかった。そのうえ、飼い主の動きをすべてまねるよう訓練されているトビーが、人間たちのこの精力的な活動を見て皆で新しい役の予行演習をしているのだと思い込み、起き上がって暖炉の前の敷物の上で宙返りをすると、激怒に水を差された夫の表情はたちまち完璧な驚きへと変わった。

メアリーは下唇を強く噛み、笑いをいっさいもらさないようにしながら、夫に近寄って、彼が気を取り直してジャックをテーブルから引きずり下ろし、ごまかされたと思っている復讐を成立させる前に、制するように彼の前腕にそっと手をかけた。

「エピング」結婚当初、二人きりのとき以外は爵位名で呼ぶように言われていたため、メアリーはそう言った。

「エピング！」ジャックの両眉が、スパンコールつきの薄布のふさべりの下に隠れるほど高く上がった。ジャックは頭から薄布がすべり落ちるのに任せ、テーブルの上からメアリーを見下ろした。「この人の名前はエピングなのか？」

メアリーはうなずいた。今度はジャックがこの状況を面白おかしく感じる番だった。だが、ジャックはこういう性格であるため、自分の感情を隠そうとはしなかった。彼は大声で笑いだし、その冗談の含蓄に太腿をたたいた。

「いったいなぜ」夫は冷ややかに言った。「私の爵位名がそれほど面白いのかわからないんだが」

だが、彼がジャックに意味不明な理由で馬鹿にされていると思っていることは誰が見てもわかった。

「爵位名？」ジャックはついに薄布をすべて頭から

落とし、メアリーを見た。「エピングというのは爵位名なのか?」

「そう」メアリーは認めた。「実を言うと、夫はエピング卿（きょう）なの。正確には、伯爵よ。といっても、主要地所はエピングの近くでも何でもないんだけど。なぜ爵位名が、近くに土地を持っているわけでもない町と同じなのかはわからないの、私の知る限りだけど……」

ジャックの笑みが消えた。さっき、トビーが宙返りを始めたときの夫と同じくらい混乱しているように見える。「でも、それなら、君は伯爵夫人ってことになる」

「それは否定できないわ」メアリーは申し訳なさそうに肩をすくめて言った。とはいえ、誰かの言動が、自分を伯爵夫人だと感じさせてくれたことはなかった。だが、今はジャックにそういうことを説明するときではないだろう。夫がこれほど人を殺しそうな顔をしている間は。

本人が後悔するようなことを夫がしてしまう前に、彼をここから出ていかせることのほうが重要だった。そして、夫に事実を話してしまえば、そうなることはわかっていた。

「エピング」メアリーはもう一度言った。「従僕に上へ行って私のトランクを取ってくるよう言ってくれない？　荷造りしたから、私が持つには少し重くなってしまったの」

「トランクだと?」アンソニー、というのがメアリーが頭の中で、そして心の中で呼んでいる名前なのでそう呼ぶが、アンソニーはジャックから視線を引きはがし、メアリーをにらみつけた。

「ええ。私はここに荷物を取りに来たの。それから、説明するために……その、もうジャックとその一座のために働くことはできなくなったことを。想像がついているでしょうけど、ジャックは役者なの」

「こいつのために働く?」アンソニーはジャックに軽蔑のまなざしを向けた。ジャックは今もテーブルの上に立ち、値踏みするような目で二人を見つめていて、観客の雰囲気が最初に想定したのとは違うことがわかった今、この場面をどう演じるべきか考えているように見えた。

「ええ。ただ……」なるほど。アンソニーが人殺しのような目をしてずかずかと部屋に入ってきたとき、彼には悪の巣窟に見えている場所から自分を連れ戻しに来たのだと、メアリーは思い込んでいた。だが、それは間違いだったのかもしれない。アンソニーはただ面と向かって、もう我慢の限界だ、君とは別れると言いに来たのかもしれない。メアリーは背筋を伸ばした。「私にあなたと一緒にグローヴナー・スクエアへ帰ってほしくないと言うなら、それは理解するわ、完全に……」自分に帰ってきてほしくないと夫が思うのは、当然ながら理解できた。生まれの卑しい、裏切り者の妻なのだから。だからといって、傷つかないわけではない。腹立たしいことに、夫にそうだ、君に帰ってきてほしくないと言われることを想像すると、あまりにつらく、目に涙がこみ上げてきた。確かにジャックにはさっき、重要なのは教会で立てた誓いを守ることだと言った。もちろん、それは事実だ。だが、アンソニーと一緒にいられる二度目のチャンスがあることのほうが、自分にとってどれほど大事だろう? どんな困難があろうと、何とかして夫のもとに戻ることのほうが?

「もちろん、君には私と一緒にグローヴナー・スクエアに帰ってもらう」アンソニーはつっけんどんに言った。

ああ、良かった!

「それが君の居場所だ」

そうなの? 本当に?

「何しろ、君は」それを認めなくてはならないのは苦痛であるかのように、アンソニーは深く息を吸って言った。「私の妻なんだから」

メアリーはうつむいた。そう、自分はアンソニーの妻だ。でも、ああ、アンソニーはどんなにそのことを悔やんでいるだろう。以前にもそう感じたことがあると、とつぜん思い出した。頭の中の扉がまた一つ勢いよく開き、顔に強く当たった。結婚してまもなくのころだ。近々すべてが崩れ落ちようとしているころだ。メアリーは横になり、これほど身分が不釣り合いな結婚をしたことを夫は後悔していると確信し、泣いていた。彼が自分を本当には愛していないと、そのような感傷的な考えは頭に浮かんだことすらないと確信していた。

自分がアンソニーというハンサムな王子様にとってのシンデレラになり、彼のお城でいつまでも幸せに暮らせることを期待していたとは、何て愚かだったのだろうと思っていた。現実とは思えないほどできすぎたことは、うまくいかないのが当たり前だと気づくべきだった。

いつまでも幸せに暮らせるという大胆な期待を心から抱いたことはなかったと、メアリーは気づいた。考えてみれば、なぜアンソニーが自分に求婚したのかも、本当の意味で理解したことはない。自分を哀れに思い、何らかの……ドン・キホーテ的な騎士道精神の発作にでも見舞われたとしか思えなかった。

「帰るぞ」アンソニーは言い、大股でドアまで歩いていって、手を差し出し、メアリーについてくるよう横柄に求めた。「この狂った場所から出ていくのは」振り向いて最後にもう一度、ジャックを嘲笑った。「早ければ早いほうがいい」

メアリーはためらわずに夫についていった。彼が自分に与えるのは痛みだけではないのかと思いながらも。心の中で、メアリーはアンソニーのものだったからだ。彼の妻だったからだ。良くも悪くも。

なぜアンソニーが自分と結婚したいのかさっぱりわからないまま結婚したのは、彼を慕っていたからだ。彼と暮らせるなんて、自分は世界一幸運で幸福な女だと思っていたからだ。その段階では、報われない愛がどれほどつらいものかを知らなかったからだ。彼が今は広い心で自分を受け入れているように見えても、いずれは彼にひどく苦しめられている気分になるかもしれないことを。

「スティーヴンズ」アンソニーは外の玄関前の階段で待っていた従僕に言った。「悪いんだが、妻のトランクを持ってきてくれ」

「階段を上ったところにあるわ」メアリーが口を挟んだ。「私がそれ以上動かすのは難しくて――」

アンソニーにいらだたしげな視線を向けられ、メアリーは言葉を切った。夫が使用人に命令の内容を説明しているのは聞いたことがない。そして、彼はメアリーにもしてほしくないようだった。

「どこだ？」アンソニーが早口できびきび言い、その口調にメアリーは叱られると思って身構えた。「この界隈で辻馬車を捕まえられる場所は？」

「辻馬車？」夫は辻馬車を捕まえたいだけなのか？妻の行動を叱責するのではなく？「し……知らない」メアリーは認めた。何しろ、日常的に辻馬車に乗れるほどの金は持っていなかった。だから、それが捕まえられる場所も気にしたことがない。「でも、十五分も歩けばグローヴナー・スクエアに着くわ」

道を間違えさえしなければ。

「私がこんな格好で通りを歩くと思っているなら」アンソニーはいらだたしげに手を振り動かし、うねったコートと、ネクタイのない首元、ひげを剃っていない頬を示して言った。「それは大きな間違いだ。それに、君のトランクのこともある。スティーヴンズにはるばる家まで運ばせたいのか？」

「いいえ、まさか」メアリーはおとなしく言った。

その理由は二つとも完全に理にかなっていた。アンソニーが自分と一緒に外にいるところを見られるのを恥じ、辻馬車に押し込みたいのだという想像は間違っていたのかもしれない。

そのとき、スティーヴンズが巨大な片腕にトランクを、まるでメアリーが昨日運んでいた包みほどの重さしかないかのように抱えて、姿を現した。あれはつい昨日のことだったのか？　仕立屋から飛び出し、凍った舗道の上ですべって以来、人生の半分もの時間が経ったような気がしていた。

アンソニーは失われた希望に向かって突き進むかのような表情で、辻馬車乗り場の正確な場所を知っているかスティーヴンズにたずねた。スティーヴンズは知っていて、さっさと二人をその場所に連れていった。そのあと、実にてきぱきと馬車を一台手配し、車内の床にトランクを積み込んだ。

メアリーはスティーヴンズにドアを開けてもらい、手を借りて中に乗り込みながら、従僕は手足となって働いてもらうには実に有能な人々だと思った。だが座席に座るとき、アンソニーが従僕にとつぜん、グローヴナー・スクエアまで歩いて帰るよう命じるのが聞こえ、そのあとドアが勢いよく閉められた。

トランクが床のほとんどを占めているため、従僕まで乗ればぎゅうぎゅうづめになるからだろう。だが、アンソニーが従僕と一緒に辻馬車に乗っているところは想像がつかないのも事実だった。

少なくとも、車内に二人しかいないおかげで、メアリーは人目を気にせず喋（しゃべ）ることができた。

「あの……」馬車が動きだすと、メアリーはおずおずと言った。「ジャックがあなたの名前をあれほど面白がっていた理由を説明したいの」出ていく前にジャックにさよならを言わなかったことが、急に思い出された。アンソニーが部屋に入ってきたとたん、夫のことしか考えられなくなったかのようだった。

「どうでもいい」夫は冷ややかに言った。「あいつの意見など私には関係ない」

ふうん、そうなの？　もし本当にどうでもいいと思っているのなら、窓の外をにらみつけ、肩を丸めた敵意ある姿を妻に見せてはいないのでは？

それに気づいたことで、メアリーは夫の口が必要ないと告げたその説明をする勇気を得た。

「ジャックが面白がっていたのは、私が初めてジャックと出会ったのがエピングの町だったからなの。私が……」それを声に出して言わなければ、話が先に進まないのはわかっていたため、メアリーは苦痛の波をのみ込んだ。「赤ちゃんを失ったあと、私は牧師に預けられて、エピングに連れていかれたの。なぜかというと、私が熱にうなされている間、その言葉を何度も何度も言っていたからよ」

それすらもきちんと覚えているわけではなかった。ありがたいことに、あのときのことは今も一部がぼやけている。こんなふうに、事実だと思(おぼ)しきことについて話すのはひどく心がかき乱され、涙がこみ上げるのを感じた。

「あなたの名前を呼び続けていたんだと思う」メアリーは言い、涙があふれて頬を伝った。「でも、伝わらなかったんでしょうね。私がもともといた場所への手がかりだと思われたみたい。だから、私はその町へ連れていかれたの」

アンソニーは何も言わなかった。だが、座席の上で身動きした様子から、メアリーの言葉に何らかの影響を受けているのはわかった。

「アンソニー」メアリーは言い、自分に近いほうの夫の肩へと手を伸ばしたあと、実際に触れる前に引っ込めた。もし彼がその手を振り払ったり、たじろいだり、触るなと言ったりしたらと思うと怖かった。あるいは……ああ、アンソニーが妻の意思表示を拒絶する方法ならいくらでも思いついた。メアリーは膝の上で両手を組んだ。だが、このことは言っておいた。「昨夜、あなたは言ったでしょう。赤ちゃんがどうなったか知りたいって」

「今はやめろ」アンソニーは歯を食いしばっているかのような妙な声音で言った。「辻馬車の中では」

「じゃあ、家に……」メアリーは〝家に帰ったら〟と言おうとしたが、いまだにそれが自分が帰るべき家なのかどうかわからなかった。前にそこに住んでいたときも、自分の家だと感じたことはなかった。

「ああ、家に帰ったら」アンソニーは言った。それでも、メアリーは夫がその言葉に自分を含めているとは確信できなかった。確かに、夫の家ではある。だが、自分の家なのか？　今後自分の家になることはあるのか？

それからは一言も口を利かず、二人はグローヴナー・スクエアに着いた。辻馬車が停まった瞬間、アンソニーは降り、御者に料金を払いに行った。

夫が手を差し出してくれなかったので、メアリーは自分で馬車を降りた。正面階段の一段目に足をかける前に玄関のドアが開き、シモンズが感情の読み取れない表情でそこに立ってメアリーを見ていた。だが何となく、執事はメアリーが帰ってきてほっとしているように見えた。

あるいは、それはメアリーの想像だったのかもしれない。いずれにせよ、メアリーがシモンズにかける言葉を思いつく前に、アンソニーがやってきた。

「従僕を一人よこしてくれ」夫はシモンズに指示した。「妻のトランクを辻馬車から降ろして、部屋に運ばせるんだ」

そう言うと、アンソニーはメアリーの肘を取り、家の中へと促した。そのふるまいは紳士としてなのか、看守としてなのかはわからなかったが、どちらであろうと、夫はメアリーを家の中に連れて入ることを決意しているようだった。

「スネイプを私の部屋によこしてくれ」アンソニーはシモンズに言った。「それから、妻を応接間に通してくれ。服を着替えたら私も行く」そう言うと、メアリーには一言も言わず、どすどすと、そう、〝どすどす〟以外に表現しようのない足取りで階段を上っていった。

「では」シモンズの表情からは今も何も読み取れず、彼の考えを知るには拷問具が必要そうに思えた。「私についてきてくださいますか？」

「応接間までの道順なら覚えていると思うけど」メアリーはぶっきらぼうに言った。そして、アンソニーの自分への態度に対するいらだちを使用人にぶつけたことを後悔した。アンソニーが礼儀を欠いているのは、彼らの責任ではない。「ごめんなさい」メアリーはシモンズに言った。「もちろん、あなたは旦那様の言うとおりにしなくてはいけないわね」

その後はおとなしく執事に従い、ついさっきアンソニーが使った階段を上った。ただ二階に着くと、二人は次の階へ上がるのではなく、廊下を左に曲がり、応接間に向かって歩いた。

応接間は家の表側にあった。グローヴナー・スクエアに面していて、その気になれば、新鮮な空気を吸いに出ている人やほかの住人の家を訪ねている人の行き来を眺めることができた。ここで新妻として暮らしていた何週間もの間、よくそうしていたことが、今思い出された。誰かがご機嫌うかがいに訪ねてくることを半分期待し、半分恐れながら。もてなす？女性をもてなすことを半分期待し、自分よりはるかに高位の女性をもてなす？冗談じゃない！女性たちの毒舌にずたずたにされる儀式を生き延びる、と言うほうが正しいだろう。

アンソニーの最初の妻について多くのことを知ったのも、そうした訪問者たちからだった。彼女がいかに魅力的だったか。二人がどれほど若くして結婚したか。二人が何と美しく、洗練されたカップルだったか。彼女があまりに若くして亡くなったことがどれほど悲劇的だったか。風邪で肺を悪くし、あっというまに亡くなったことを、誰が信じられたかしら、エピングは信じられなかったのよと、女性たちはメアリーの反応を見ながらつけ加えた。彼の悲しみは慰めようもないほどだった。再婚するとは誰も思っていなかったけど、跡取りは必要だものねと、メアリーのお腹を見ながら言い添え……。

こんなつらい記憶はそろそろ振り払おうと思いながら、メアリーはきれいに磨かれた床を横切り、お気に入りだった窓辺の座席に向かった。

記憶とはおかしなものだと、座りながら考える。記憶が戻った今、そう思う。それはちょうど……ちょうど……。例えば、今この部屋に入ってきたことで、以前ここで感じていたことの記憶が意識の前面に引き出されたのもそうだ。それは扉を開けることに似ていた。あらゆる種類の服がつまっていると知っている衣装だんすに似た何かの扉だ。中を見なくても、そこにあるのはわかっている。だが、扉を開けて手を入れなくては、実際にその中の一着を取り出し、着ることはできない。それと同じように、今は頭に記憶がつまっていることはわかっていても、それを再び息づかせるには、刺激が必要なのだ。

「失礼ですが」シモンズがドア口から言った。「紅茶をお持ちしますか？ それとも、お食事を？ 朝食を召し上がらずに出ていかれたと思うのですが」

メアリーはジャックに会うこと、不快な内容になるのを恐れていたやり取りをすることで頭がいっぱいで、その前に何かを食べる余裕はなかった。それは馬鹿げた心配だった。ジャックはいつもどおり、とても優しく、とても思いやりがあった。

問題は、アンソニーが言おうとしている事柄への不安が増していることだった。メアリーが誤解を解いたあとは、優しく思いやりのある態度をとってくれるだろうか？　以前の夫はいつもメアリーに優しく接し、思いやりがあった。たとえそれが本物の深い愛情ではなく、義務感によるものだと感じられたとしても。哀れで取るに足らない妻に優しくしなければ、彼の威信に関わるからだったとしても。

だが、誤解を解くことは、メアリーが正気を失うことにつながった出来事を語ることを意味する。勇敢にならなくてはならない。汚名をすすぎたいのであれば、今までにないほどに勇敢になるのだ。そして、汚名はすすぎたい！　自分が不貞を働いたと、夫にこれからも思われるわけにはいかなかった。だが、何があったかをアンソニーに話すことを思うと、口の中がからからになった。

「ありがとう、紅茶のポットを持ってきてくれると助かるわ」そこで、メアリーはシモンズに言った。そして、お気に入りの椅子の端に腰かけ、思考を論理的な順番に整列させることを試みた。

7

アンソニーは妻に応接間へ行くよう命じながら自分は上階に上がったことを、メアリーからもほかの誰からもどう思われようと構わなかった。好きなように思えばいい！

「準備してくれ」背後から階段を駆け上がってきたスネイプに言う。「ひげ剃りと清潔なシャツを」その命令を念押しするかのように、着ていたシャツを脱いで脇に放り、まとわりついていたあのじめじめした薄汚い下宿屋の匂いを捨て去る感覚を堪能した。そして、スネイプが無言で洗面器とひげ剃り用ブラシの準備を急ぐ間、鏡台の前に行ってスツールに座った。

メアリーと再び向き合う前に、それなりにまともな格好をし、自分もそう感じられることが必要だった。だから自分がそんなふうに考えている間に、スネイプが顔に石鹸（せっけん）の泡を塗ってくれているのは正しいことに思えた。あのみすぼらしい小さな下宿屋で今にも解き放ちそうになった野蛮さを、跡形もなく消し去ることが必要だったのだ。

もしあの男の敏捷（びんしょう）さと、あの馬鹿げた小型犬に気をそらされていなければ、あの男をこてんぱんにのしていたかもしれない。

メアリーが自分はあの男のために働いていただけだと断言したとき。

自分はあそこに荷物を取りに行っただけで、そのあとは家に帰るつもりだと言ったとき。

スネイプが剃刀（かみそり）を手にすると、アンソニーは頭を後ろにのけぞらせて目を閉じた。とっくの昔に、野蛮な自分が熱望していることを実行するのが賢明かどうかを時間をかけて検討することなしには、二度と行動を起こさないと誓ったはずではないか？　教訓を学んだのではなかったか？

そうではなかったようだ。

本当ならメアリーを追いかけ、自分が恥をかく必要などなかったのだから。

でももし、と、スネイプに巧みに顔をあちこちに傾けられながら剃刀を当てられている間に、アンソニーは思った。もし自分が追いかけていなければ、メアリーが今までどこで暮らしていたか、どんな生活をしていたか、目の当たりにすることはなかった。あの薄汚い部屋の一群を見に行く理由は得られなかった。蚤（のみ）のような敏捷さで後ろに飛んでテーブルに上がったあの醜い小男と話をすることもなかった。

スネイプが規則的に刃をすべらせ、泡をすすぐ動作が、妙に心を落ち着かせてくれた。近侍が泡の最後の一粒を拭き終え、新しいシャツを差し出してくると、アンソニーはさっきよりも妻に向き合えるようになった気がした。

妻の目を見て、八月からどこにいて、何をしていたのか、正確に説明するよう要求するのだ。

今までに知ったわずかな事実を頭に留めておかなくてはならない。アンソニーから離れている間に、メアリーが役者たちと仕事をしていた期間があったのは確かで、それは彼らといる間に一つ二つ技を身につけたであろうことを意味した。

メアリーが赤ん坊を失いそうなときにアンソニーの名前を呼んでいたという話には説得力があった。メアリーの語りがあまりに悲痛だったうえ、今朝妻がグローヴナー・スクエアを出ていった動機を自分が誤解した直後に聞かされたせいで、傷口に刺されたナイフをひねられたような気分になった。

最悪の想像をしていたことにひどい罪悪感を覚え、メアリーに謝りたくなった。だが、メアリーが赤ん坊を失い、体調を崩し、自分を呼んでいた話を始めたときに喉にこみ上げたものを越えて出てくる言葉はなかった。メアリーが夫を呼んでいるとき、自分は暗い部屋に身を隠し、今朝とちょうど同じように、メアリーに関する最悪の想像をしていたのだ。

スネイプが糊の利いた白いネクタイを渡してくれた。アンソニーはそれを受け取り、結んだあと、鏡に映る自分を観察した。いつもどおりの自分に見えた。清潔感があり、身だしなみが整っている。そして何よりも、平然としていた。自分が何を感じているのか、決して誰にも悟らせたくない。とりわけ、矛盾した感情の煮えたぎる塊になっている今日は。つらい、裏切られたという気持ちと、自分があれほど確信していた妻の行動はすべて濡れ衣だったのかもしれないという、ほとんど子供じみた希望がせめぎ合っていた。

自分のそういうところがいやだった。希望を持っているところが。

そして何より、今もメアリーを求めているところが。妻をここに、自分の家に住まわせたがっているところが。すべての証拠が、妻はここにいてはいけないという事実を指し示しているのに。メアリーはここにいてはいけない。自分を裏切ったのだから。自分が差し出したすべてに背を向けたのだから。求婚に。爵位に。

心に。

それでも、昨夜メアリーが泣き始めたときは、ためらうことなく彼女を腕に抱き、慰めようとした。

アンソニーは鏡に映る清潔感のある、超然とした見た目の自分に軽蔑のまなざしを向けた。メアリーの無防備な雰囲気に抗(あらが)えたことがあったか？　廊下での驚くほど官能的な出会いのあと、二度目にメアリーを見たとき、彼女はうつむいたままレディ・マーチモントに何らかの罪を咎(とが)められていて、アンソニーはその哀れな、虐げられた女性に、おかしいほど抗えない保護欲の高まりを感じた。彼女を腕に抱え上げ、どこか安全な場所に連れていき、彼女が持っていないものをすべて浴びせてやりたいと思った。その顔からいつも消えないしかめっつらを拭い去りたかった。困難をすべて引き受けることで、その不安げな表情を消し去りたかった。

自分の衝動が理解できなかった。正直に言うと、今でも理解できない。それまで貴婦人の付き添いの気持ちを気にしたことなどなかった。社交界にはそのような女性があちこちにいて、その誰にもほとんど目を留めたことがなかった。だが、彼女には注意を引かれた。何しろ、彼女との出会いで、目覚めてしまったのだ、可能性に……。

とにかく、アンソニーはメアリーを観察し、彼女がそれほど気にかかる理由を解き明かそうとした。もちろん、観察は慎重に行った。

だが、そこまで慎重ではなかった。アンソニーが見ていることに本人が気づいたのだ。その反応として、彼女は顔を赤らめた。そして、アンソニーを見るようになった。アンソニーが部屋に入るたびに、一瞬喜びに顔を輝かせたあと、下を向いて、まるで身を隠すかのように片隅に縮こまろうとした。

メアリーがそんなふうにするたびに、再婚を考えるときに気をつけるべき点として母が挙げていたことが、耳の中で鳴り響いた。

〝今回はあなたのことを心から思っている、慎み深く物静かな女性を選びなさい〟

アンソニーが鏡の中の自分をにらみつけている間、スネイプが背後をうろつき、アンソニーがネクタイの結び方に満足しているかどうかを確かめようと不安げに待っていた。アンソニーは近侍の仕事ぶりに満足したようにうなずくことで、彼を宙ぶらりんの状態から解放したが、実際にはその複雑な折り方や結び方にはほとんど注意を払っていなかった。頭の中はもっと複雑な、結び目だらけの問題でいっぱいだった。スネイプは自分の腕に掛けていた残りのネクタイを片づけ、ジャケットを手に戻ってきた。

たとえ母からおせっかいな助言をされていなくても、メアリーの内気な、深く崇(あが)めるような態度には抗えなかっただろうと、アンソニーは袖に腕を通しながら考えた。

それが問題なのだと、左袖を五ミリ引っ張りながら思ったが、それはジャケットの収まり具合に深い関心があったというよりは習慣からだった。

メアリーのことでは欲張りになる。

メアリーのことでは理不尽な行動をとってしまう。メアリーに誘惑され、彼女が二度と自分のもとを離れないと約束してくれるなら、欲しいものは何でも差し出すと誓ってしまいそうになる。

メアリーのことでは、自分は弱くなる。

だが、誘惑に屈するつもりはない。

決して譲歩しない。

〝絶対に〟と自分に思い出させる。〝女性に自分を笑いものにさせてはいけない〟

適度に厳しそうに見えることに満足したアンソニーは鏡に背を向け、スネイプが開けようと飛んでいったドアに向かって歩きだした。

準備はできた。決意は固まった。清潔感も万全だ。ていねいにひげを剃り、ブラシをかけ、身繕いした。これ以上、メアリーを避ける口実はない。

メアリーを避ける？　今していることはそれなのか？

「違う」アンソニーは声を殺してつぶやき、階段を下り始めた。メアリーが振るえる武器に注意しろと、ついさっき自分に思い出させたばかりだ。情欲にも、彼女が泣くたびに守り、慰めたくなるあの衝動にものみ込まれてはいけないと。

眉間にしわを寄せて最後の数段を下り、応接間のドアの外で足を止めた。メアリーがいない間、昼間は寂しく、彼女との知性ある会話が恋しかった。それにも増して、夜は責め苦だった。広いベッドに横になり、眠りの気配はなく、妻はどこにいるのか、何をしているのかと考えを巡らせた。

そして、誰といるのか。メアリーが不貞を働いていると想像することは、ひどい責め苦だった。メアリーを妻にしたのはサラ以上に間違った選択だったと思うことも。少なくとも、サラは見知らぬ男と駆け落ちまではしなかった。少なくとも、あの結婚に関するゴシップや臆測が出たことはない。だが、人々がメアリーの不在に気づいたら、何が起こるだろう？　あるいは、妻がどこかで不義の生活をしていることを誰かが知ったら？　自分はどうすればいい？　どうやって耐えればいいのだろう？

当初、社交界に属さない女性と結婚したことで自分に驚きの目を向けてきた人々からの噂と軽蔑のまなざしを想像し、屈辱と恐怖に身悶えした。大胆にも面と向かって意見してきた人々に自分の選択を熱心に擁護したことを思い出し、たじろいだ。メアリーの両親は身分が低く、彼女自身も生活のために働かなくてはならなかったが、母がやがて、メアリーの両親の一方はカンバーバッチ伯爵の次男を祖先とし、もう片方は非の打ちどころのない地主の血筋であることを突き止めた。そして、その情報をできるだけ広い範囲に拡散することを約束してくれた。

これらの努力は何のためだったのか？

こうした努力の無意味さを示す寒々とした記憶が、応接間のドアを開けたアンソニーの意識の中心にあったため、メアリーを見たときの表情は、普段の近寄りがたさ以上のものだったに違いなかった。

メアリーは紅茶を飲んでいたが、アンソニーが入ってくると、震える指で慌ててカップを置いた。アンソニーはとつぜん、彼女がまさにこれと同じ怯えた表情を浮かべ、ここに戻ってきてもいいかどうか自分にたずねたことを思い出した。

なぜメアリーはそのような愚かな質問ができたのだろう？ 戻ってきてほしいのは当然ではないか。ずっとそうだった。自分が思い悩んでいたのは、それが理由ではないか？ もしどうでもよかったのなら、この出来事全体がどれほど楽だったことか！

とはいえ、自分がどれほど気にかけているかを、メアリーには伝えていなかったのでは？ 昨夜、彼女の帰宅を歓迎しなかった。それどころか、メアリーに向かって叫んだあと、彼女を置いて家を出ていったのだ。確かに、なぜメアリーが帰ってきたのかも、彼女が自分に何を求めているのかも理解してはいなかった。今も理解していない。メアリーはアンソニーが連れていき、自分の家だと思ってほしいと言ったどの地所でも、完全にくつろいでいるようには見えなかった。ただ目を見開き、あたりを見回して、誰かが来て、お前はここで何をしているのかと問いただされるのを恐れるかのように、廊下の縁を爪先立ちで歩いていた。

だからメアリーがいなくなったと聞いても、さほど驚きはなかった。確かに、ショックを受け、傷つき、怒りを覚えはした。だが心の底では、メアリーはつねに逃げる態勢をとっていると感じていたのではないか？　不注意な動きやとつぜんの物音から一目散に逃げ出す、内気な森の生き物のように。

自分と一緒にどこへ行っても、そこが自宅だとメアリーに感じられるようにしてやれていなかったのではないか？

「それで」本能はドア口に留まって腕組みをするよう告げていたが、アンソニーは無理やり部屋を横切り、ティーテーブルを挟んでメアリーの向かい側の椅子に座った。メアリーを怖がらせ、再び逃げられるのはごめんだった。今朝、メアリーがいなくなったと聞いて胃が重くなったときにそれがわかった。その瞬間まで、自分がメアリーをどう思っているのか確信がなかったのだ。今もよくわからないことは多いが、一つだけ確かなことがあった。メアリーを自分の視界に入れておきたいという欲求は、本能的なものであること。理屈や理性は関係ない。それはただ、アンソニーの奥深くで野生の獣のようにうずくまり、歯を剥いていた。

つまり、メアリーと何とかうまくやっていく方法を見つけなくてはならないということだ。メアリーに向かって叫ぶことも、彼女をベッドに連れていくこともまったく違う、何らかの方法を。

何らかの妥協点を。

メアリーと話すこと、少なくとも彼女の言い分に耳を傾けることが、開始地点としては良さそうだった。だが、まずは謝らなくてはならないことがある。

「君に申し訳なく思っていることがある」今まで自分から謝罪をしたことがないため、アンソニーは堅苦しく言った。「今朝の私のふるまいだ。あの男に暴力を振るおうとしたのは間違いだった……君の目の前で」

メアリーからどんな反応が返ってくると思っていたのかはわからない。だが、肩をすくめ、無造作にこんなことを言われると思っていなかったのは確かだった。「あら、ジャックなら気にしてないわ」

その言葉に、アンソニーはいらだった。まずはその問題から始め、次に重大な侮辱をしたこと、すなわち、メアリーは荷物を取りに行っただけなのに、また自分のもとから逃げ出したと疑ったことへと進むつもりだった。それなのに、自分がこんなに努力をしていることをこれほど軽く扱うつもりなら……。

だが、早急に話し合うべき問題はほかにもある。

「子供がどうなったか話したいと言ったね?」

メアリーの目はたちまち涙でいっぱいになった。アンソニーの冷笑的な部分は、涙は意図して浮かべることもできるのだと警告していた。女優は注文どおりに泣くだろう? 脳内でそんな警告が聞こえながらも、自分がうさんくさいほど思いやりのある声でこう言うのが聞こえた。

「無理に話さなくてもいいよ、動揺が大きいのなら」

「ううん、大丈夫」メアリーは言い、視線を落としてポケットからハンカチを取り出し、すでに頬を滴っていた涙を拭いた。「今なら向き合えると思う。しばらくはそれができなくて、だから、私は……」

鼻をかんだ。「これでましになったわ」そう言い、あごを上げてアンソニーの目をまっすぐ見た。

もしそれが演技なら、あまりに感動的な演技だった。メアリーはどこからどう見ても、紳士であれば決して聞き出そうとはしない困難について勇敢に話そうとする、我が子を失った女性だった。

「それで?」アンソニーは椅子にもたれ、脚を組んで、メアリーのような女性にだまされない男に見えることを願った。あるいは、どれほど魅力的で、どれほど無防備な、どんな女性にも。

「あの日……」メアリーは指の間でハンカチをよじった。なかなか良い演出だ。「あの日はとても暑かった」メアリーは言った。「覚えてる? それに、あなたが私をブランシェッツに置いていったあと雷雨があったから、私はこれで空気がさわやかになるんじゃないかと思ったの。でも翌朝、家の中はオーブンみたいで、息苦しかった。暑いタオル越しに息をしているみたいだったわ。だから、空気を吸おうと外に出たの。私が行ったのは、ええと、何という名前なのかはわからないわ。馬屋の脇の細い砂利道。あの道を行き止まりまで行ったの。そこにちょっとした石の何か、巨礫(きょれき)みたいだけど上が平らな石があったから、そこに座って息を整えようとしたの」

「石の踏み台だ」アンソニーが口を挟んだ。

「そうなの?」メアリーはアンソニーに不思議な視線を向けた。まるで、アンソニーが口を挟むまで、そこにいることを忘れていたかのように。数カ月前に起こった場面へと意識を遡らせているかのように。

あるいは、苦心してせりふを思い出そうとしているかのように。

「どうりで……」メアリーはアンソニーから窓へと視線をそらしたが、アンソニーは彼女が座っている場所からは外がほとんど見えないことを知っていた。

「とにかく、そこへ若い男性がやってきて、何かできることはあるかときいてくれたの。私は最初、心配はいらないことをわかってもらおうとしたんだけど、私は具合が悪そうに見えるし、ここに一人で置いておくわけにはいかないとその人は言ったわ。あの家の使用人の中では初めてだった」メアリーは言い、どこか憤慨したような表情を浮かべた。「私を心から気遣ってくれたのは」

「そんな馬鹿な！　私は家政婦に、私にはできないから、君の面倒をよく見るようにと厳しく指示しておいたのに」

メアリーはアンソニーのほうを向き、片方の眉をわずかに上げた。「あなたの命令を文字どおり実行することと、私に心からの思いやりを示すことには大きな違いがあるわ」

アンソニーはそのことについて考えた。当時のメアリーはまだ、極端におどおどして見える態度をとっていた。ミセス・ドーキンズは家を円滑に運営することに長けた活発で有能な女性だが、他人の弱さへの忍耐はあまり持ち合わせていなかったのだろう。

だが、アンソニーがその話題を掘り下げる前に、メアリーは話を続けた。

「とにかく、私はその人に、頭が痛くて新鮮な空気を吸いに来たけど、あまり効果がない、どこもかしこも暑すぎるから、と言ったの。だから、少なくともまた横になれるよう家の中へ戻るのを手伝ってくれたらありがたいと言うと、その人は馬車に乗せてあげると言ってくれたわ。屋根のない動く馬車に座っていれば、実際には風がなくても、風に吹かれている気分になれるから、涼しく感じられるだろうって。それに、〝てっぺん〟とその人は言っていて、それは地所全体を見わたせる丘のことだと私は解釈したけど、そこに私を連れていくとも言ってくれた。その上はいつも涼しいからって。それはすてきねって答えたのを覚えているわ」メアリーはそこで言葉を切り、そのような策略に気をつけようと身構えていない人なら誰でも涙を誘われるような仕草で、ハンカチをあちこち動かした。「確かに、にきびがあったわ。今思い出した。あの青年。名前は何と言っていたかしら？」

「フランクリンだ」

メアリーは頭を振った。「本人は名乗らなかったと思うわ」あまりに大量に涙が流れるため、彼女が再び話し始めるまでには少し時間がかかった。

またしても、アンソニーはどう反応していいのかわからず、いらいらしてきた。メアリーが遠回しに言っているように、その青年が彼女と無関係なら、なぜ泣いているのだ？　彼と別れたことを嘆いている可能性のほうが、はるかに高そうに思える。

もしそうだったとしても、メアリーのもとに行って彼女を腕に抱き上げ、膝にのせるのではなく、今自分が座っている場所に留まるには、全身の力をかき集めなくてはならなかった。

「ごめんなさい」涙が少し収まると、メアリーは言った。アンソニーが何も反応しなかったから、涙を流し続けても意味がないと思ったのだろうか？

「全部思い出せたと思っていても」メアリーは言った。「今も場面が蘇(よみがえ)り続けていて、頭の中にちょっとした瞬間が浮かぶたびにうろたえてしまうの」

その言葉をどう解釈していいかわからず、アンソニーは顔をしかめた。

「私、服がいっぱいつまった衣装だんすによく似ていると思ったの」メアリーは言った。「少なくとも、今では自分が衣装だんすを持っていることはわかっている。でも、扉を開けたときにはそこにあるとは知らなかったものが、奥からどんどん出てくるの。言いたいことはわかる？」

少しもわからなかった。だが、それを認めるつもりはない。まずはメアリーに最後まで話をしてもらい、質問はそのあとでするつもりだった。

「続けてくれ」そこで、アンソニーは何の意味も持ちえない相槌を打ったあと、そう言った。

「その青年は」メアリーは言った。「一頭立て馬車に馬具をつけるのに少し時間がかかるから、それを待つ間は日陰にいたほうがいいと言った。そして、私がその砂利道をもう少し進むのに手を貸してくれて、反対側に出ると、その巨礫みたいなものがもう一つあったけど、そこは壁の陰になっていたの」

「馬屋の壁だな」アンソニーは言った。ミセス・ドーキンズから聞いた話とほぼ一致していたため、メアリーの話のこの部分は完全に信じられた。家政婦が使用人たちにメアリーの失踪についてたずねたとき、メイドの一人が、自分が上階の窓から布巾を出して振り広げているとき、フランクリンがメアリーのウエストに腕を回し、馬屋の裏手に連れていくところを見たと答えたのだ。その証言とその後の失踪を考え合わせ、誰もが自然と最悪の事態を想定した。

「最初のうち」メアリーは言った。「その変わった小さな馬車に乗せてもらうのはとても気持ちが良かった。丘を登っていくと、本当に体調が良くなってきたわ。頭痛がましになった。息がしやすくなった気もしてきた……」

メアリーは目を閉じ、ぶるっと体を震わせた。

「そのあと、たわんだ小さな橋に差しかかったの。そこでは、男たちの一団が道をふさいでいた。四、五人いたわ」メアリーは再び目を開けた。「男たちが……言ったの……」またも涙が顔を流れ始めた。メアリーはハンカチを握っていたが、涙を拭こうとはしなかった。「その中の一人が私を座席から引きずり下ろそうとした。すると、あの人、フランクリンが飛び下りて、その人たちと取っ組み合いを始めたの。一瞬、私は解放されたけど、人数が多すぎてフランクリン一人では戦えなかった。そもそも相手は銃を持っていたし。フランクリンは私に逃げろと言って、その直後にあの人たちに……撃たれたわ」

心臓が妙なつまずき方をし、アンソニーは椅子の上で身を乗り出した。「君は追いはぎに捕まったということか？　私の土地で？　真っ昼間に？」

「私たちがどこにいたのかも、あの一団が何なのかも正確にはわからないわ。でもそうよ、あの人たちの目的は強盗だった。私たちが高価な物を何も持っていないとわかると、それなら金に換えるしかないと言ったわ……」メアリーの声はしだいに小さくなり、ささやくような声になった。「私を」

「信じられない！」荒唐無稽だ。まるで小説のような話ではないか。

すると、メアリーはアンソニーを見た。その顔は重々しく、涙に濡れていた。「あの地域でほかにも、暴力的に金品を奪われる事件があったはずよ。あの人たちがあのまま消えるはずがないもの」

「調べてみる」実際、そのつもりだった。メアリーの言うとおりだからだ。もし、ごろつきの一団がいて、荒野を移動する人々に強盗を働いているなら、犯罪の記録があるはずだ。

「ありがとう」メアリーはほっとした様子で言った。「フランクリンを殺した責任を問わないと……」

「何だと！　追いはぎがフランクリンを殺したということか？」

メアリーはアンソニーを見上げ、顔をしかめた。「フランクリンは二度とブランシェッツに戻らなかったとあなたが言うなら、それ以外に説明のしようがないわ。私は逃げるのに夢中だったから、あの人が死ぬところを見たわけじゃないの」メアリーは顔を歪めた。「ああ、そう言うと、ひどい臆病者みたいね。でも私、本当に怖くて……」

アンソニーは今こそ自分が手を伸ばし、メアリーの手を取るか、いっそ腕の中に抱き寄せ、もう大丈夫だ、誰も二度と君を傷つけはしないと言うことを、メアリーが想定している瞬間なのだと思った。

だが、〝女優〟という言葉が、頭の中で警鐘のように鳴り響いていた。

「それで」アンソニーは言った。「そこからどうなったんだ？」

「男の一人が私の肩をつかんだの。地面に押し倒そうとしていたんだと思う」メアリーは小さな、消え入りそうな声で言った。「でも私は欄干を越えて、川に飛び込んだの。そして、流れにさらわれた」

これで、メアリーが嘘をついているのがわかった。ブランシェッツ周辺のヨークシャーの荒野に、人をどこかに運べるほど深い川はない。アンソニーが知る限り、すべて浅い曲がりくねった川で、川底は大きな岩だらけだ。

「私は泳げないの」アンソニーに嘘を見破られたことには気づかず、無邪気にもメアリーは続けた。「川の流れが強すぎるせいで、何度もひっくり返りながら押し流されていった。顔が上を向くたびに、大きく息を吸ったわ。それからとつぜん、大きな木製の囲いの中に入った。緑のヘドロに覆われていた。私はそこから這い出そうとしたけど、あまりにもすべりやすくて」メアリーはそう言いながら、爪で何かを引っかく動作を表現しようとしているのか、指を鉤爪のように曲げた。一方、アンソニーの両手はこぶしになっていた。なぜメアリーはこんな戯言の寄せ集めを話し続けられるんだ？　私をまぬけだと思っているのか？「それから」メアリーは言った。「ざあっという音がして、新たな流れに運ばれて、大きな黒い扉を通り抜けてもっと細い流れに入ったの。そして、はしけに出くわした。必死に息を吸って叫び声をあげたわ。すると、はしけに乗っていた人たちに届いて、その人たちが長いフックのようなものを使って、私を水中から引き上げてくれたの」

メアリーは運河の話をしているのだ。

アンソニーの血液が凍った。

急に、メアリーが言った流れの速い川と大きな木製の囲いの意味がわかった。マーウィッチ・トーのふもとに、運河に水を供給するために最近作られた小さな貯水池がある。それはブランシェッツからはかなり遠いため、メアリーの話と結びつかなかった。だが、メアリーはどのくらいの時間、馬車に乗っていたかは言っていないのでは？　水はあの貯水池に、丘からの流出水を集める人工水路を使って供給される。前夜は雷雨があった。だから、その水路があふれんばかりに満杯で、流れが速かったということは、確かにありえるのだ。

アンソニーは立ち上がり、部屋の反対側まで歩いていった。

すべて事実ということがありえるのか？　メアリーは強盗の犠牲になったのか？　フランクリンは最悪の運命からメアリーを救うために死んだのか？

もしそうなら、アンソニーがこの三カ月間メアリーに関して思い込んでいたことは、すべて間違いだったことになる。

メアリーは不貞などまったく働いていなかったのだ！　アンソニーの心臓はぐらりと傾いた。

その心臓は、すぐに急降下した。もしメアリーが不貞を働いていなかったのなら、もし彼女が事実を話しているのなら、自分はメアリーを失望させたことになる。悲惨なほどに。

もし、それが事実なら……メアリーが自分を最も必要としていたとき、故意にではなかったにせよ、妻を見捨てた自分を、メアリーはどうやって許せるというのだろう？

もし、それが事実なら。

「ブランデーが飲みたい」アンソニーは言い、呼び鈴の引き紐（ひも）の前に行き、それを乱暴に引っ張った。

8

「ブランデー？　朝から？」

確かに、自分の話にアンソニーは衝撃を受けるだろうとは思っていた。しかも、今までずっと、妻は自分の半分ほどの年齢の青年と駆け落ちしたと思い込んでいたのだから。メアリー自身も衝撃のあまり、記憶から完全に消し去っていたくらいなのだ。何カ月間も。

今はアンソニーもその記憶を消し去りたいかのように見える。ただ、彼はその醜悪さをすべてブランデーで流してしまおうとしていた。

アンソニーは暖炉の前に行き、炉棚に両手を置いて下を向いた。大きく息をしている。

「そのあと、どうなった？」数回深呼吸をしたあと、彼は言った。「なぜ君は家に帰らなかった？」

「具合が悪すぎたからよ」メアリーは夫に言った。「はしけの人たちが私を引き上げてくれたときには、私は赤ちゃんを失いかけていたの。その人たちに船を停める時間はなかった。予定がぎっしりで、それを守らなきゃいけないんだと言っていたわ。できる限り親切にしてくれたとは思う。女性は痛み止めのようなものをくれた。すべてが終わったときに、苦くても全部のめば効くと教えてくれた。それから、このことでくよくよしないようにって」

この瞬間まで、アンソニーに話すことでそれを追体験させられるまで、細かいことは忘れていた。だが今、その女性が自分も長年の間に何人も子供を失ったと言っていたのを思い出した。でも、そのことは忘れて前に進んだ。あなたもそうしなさいと。

「そのあと熱が出て、次に気づいたときは白い部屋の狭いベッドにいた。メソジスト一家の家だった。その一家は私に、はしけの船頭とその奥さんは病人の面倒は見られないから、私を岸に置いていったと教えてくれた。でも、おかしなことに、私はそこで目覚める以前のことは何も思い出せなかったの。意識の扉を閉めて、それまでに起こった恐ろしいことをすべて締め出したあと、そこに何があるのか知るのが怖くてそれを開けようともしなかったんだと、今では思っているわ」

「要するに、君は」アンソニーは信じられないという口調で言った。「その、何だ？　記憶を失ったと言いたいのか？」

「ええ。理にかなってはいないけど、記憶を失ったというより、締め出したんだと思う」メアリーは言った。「でも、私はそのメソジストの一家に、自分の名前も、どういうわけで川にいたのかも言えなかった。だから、その人たちも今のあなたと同じくらい、私を信じてくれなかった」メアリーは言い、アンソニーの顔に疑わしげな視線を向けた。「一家は事実をすべて集めて、自分たちが納得できる物語を作り上げた。私は命を絶とうとした未婚の母だということにしたの。最大の罪人よ」

アンソニーが何か言おうとして息を吸ったとき、シモンズがドア口に現れた。

アンソニーは執事にいらだちと安堵の混じった表情を向けた。

「朝食の準備ができております」執事は言い、アンソニーが何か言う手間を省いた。「食堂にいらっしゃっていただけますか？」

「ありがとう、シモンズ」アンソニーは言った。彼はメアリーの説明に、期待したような反応は返してくれていなかったが、少なくともこんな時間からブランデーを飲み始めることは思い止まってくれた。

「メアリー？」アンソニーはメアリーに向かって片

眉を上げた。「食べながら続きを話そうか？」

メアリーは食べ物が喉を通るとは思えなかった。だが、アンソニーと食堂に行き、彼が朝食を食べる間、一緒にテーブルについているのは構わなかった。アンソニーが話を聞くことはできるのでは？　メアリーは本当に汚名をすすぐ必要があるため、アンソニーに話の続きを聞かせたかった。アンソニーが自分に着せた恐ろしい濡れ衣を彼がこれからも信じるのには耐えられそうになかった。

ただ、席に着いて初めて、使用人に囲まれながら重要な会話をするのがいかに気まずいかを思い出した。使用人たちは揃って、アンソニーがこの時間帯に適した食事だと考えている食べ物をメアリーに押しつけてきた。牛肉の薄切り、ジョッキに入ったエール、目玉焼き、ありとあらゆる種類のパン。

だが、正直に言えば、メアリーはあまりに長い間起きていて、あまりに多くのことをしてきたため、この数カ月間、朝食として習慣的に食べていたパンのかけらとチーズよりもお腹に溜まるものを食べられるはずだった。それに、サイドボードにこれだけ多くの食べ物が用意されているのだから、それを無駄にするのは何とも残念なことだと感じた。

サイドボードの前に行き、皿にたくさん食べ物をのせたときにアンソニーが驚いたのを見て、メアリーは満足感を覚えた。今思い出したが、メアリーは結婚した当初、朝食にトーストひと口しか食べることができなかった。夜の間、自分の部屋で夫と二人きりでしていたことを思うと、恥ずかしさのあまり、テーブルクロスから視線を上げることができなかった。ナイフとフォークを使う夫の手をちらりと見ただけで、その手が自分に何をしたか、そのとき自分がどんなふうに感じたかが思い出された。

だが今朝は、アンソニーがステーキを切り、その一片を口に運ぶ様子を観察することができた。

ああ、あの口。あの唇。それが自分の唇を愛撫する感触を覚えている。そして、首に、胸に、腹にキスする感触を。ああ、すべてがどれほど昔のことに思えるか。そして、ほかの誰かに起こったことのように。目に星をきらめかせていたうぶな女。アンソニーほどハンサムで影響力のある男性が、自分のような取るに足りない女を妻に選んだことが信じられなかった女。今も、じゅうぶんには理解できていない。なぜ彼は、主要地所であるラドリー・コートのような場所での生き延び方を知っている、美しくて洗練された有能な淑女の中から妻を選ばなかったのだろう？

　メアリーが得体の知れない夫の不可解な行動にまだ頭を悩ませている間に、彼は立ち上がり、食事を終えたときによくするように、ナプキンをテーブルに放り出した。

「君さえよければ」今も皿と口の中間でフォークを構えているメアリーに、アンソニーは言った。「応接間に戻って、話し合いの続きをしよう」

　メアリーは唇がぴくりと動くのを感じた。〝君さえよければ〟？　朝食を要求して流れを中断させたのはメアリーではない。それに、あれは話し合いではなかったし、これからもそうはならない。メアリーはただ、そこに座ってひと言も信じていないかのように自分に向かって顔をしかめているアンソニーに、何があったかを説明し続けているだけだ。重犯罪の被告が法廷で、自分に判決を下す治安判事の前で自己弁護をするときにどんな気分になるか、すでに正確に知った気がしていた。

　それでも、アンソニーが使用人の前で控えめにふるまってくれた点は信頼できると思った。自分に対し、もっと無遠慮な態度をとることもできたはずだ。結局、彼はメアリーに、自分の言い分を示して汚名をすすぐチャンスを与えようとしているのだ。

それは、アンソニーがどこまでも紳士だからだ。

この数カ月間、クロエとフェネラから男性の性質について多くのことを学んだ。さまざまな男たちから彼女たちがどんな扱いを受けてきたかを聞くだけで、身の毛がよだつ思いだった。

ああ、実に多くの点で、アンソニーは男たちの中では王子様なのだ。どれだけ妻に腹を立てても、目のまわりに痣をつけることも、階段から蹴り落とすこともしない。

そして、実際に彼はメアリーに腹を立てている。怒りで震えるほどに。

何はともあれ、メアリーはナイフとフォークを置き、立ち上がって、ナプキンを脇に置いて、使用人に朝食の礼を言った。アンソニーが驚いたのがわかった。夫にとって使用人は感情を持つ人間ではないのだ。自分の望みを叶えるためにそこにいるだけの存在にすぎない。

ああ、でも、これは公平な言い分ではない。アンソニーは単なる使用人のメアリーに目を留めたのではないか？　メアリーがレディ・マーチモントに気難しい態度をとられていたとき、思いやりを込めてほほ笑んでくれた。食事中にメアリーに向かってうなずいてくれた。催しが行われていた夜、メアリーが片隅に一人でいたとき、隣に座ってくれ、本や音楽といった、彼がほかの淑女とはしないであろう内容のお喋りをした。ほかの誰もが大喜びでこき下ろす人々のことを、メアリーは知らなかったからだ。最新流行の話題などもってのほかだ。メアリーに目を留め、仲間に入れようとしてくれたアンソニーは、とても優しかった。

メアリーがあれほど激しく、どうしようもなく、あっというまにアンソニーに恋したのも無理はない。彼はあらゆる地味で貧しい、適齢期を過ぎた独身女性の夢を体現していた。レディ・マーチモントはその事実に気づいたとき、メアリーを笑った。エピング卿から向けられている関心に何か意味があると思ったら、傷心へと突き進むことになるだけだとメアリーに言った。

〝おおかた、気取った態度をとる花嫁候補の女性の誰かに、自分は貧しい売れ残りの独身女性のほうに興味があるんだと見せつけることで、肘鉄砲を食らわせているんでしょう〟レディ・マーチモントは嘲笑った。〝もしくは、あなたを盾として利用することで、どの適齢期の女性にも無駄な希望を抱かせないようにしているのかもね〟

メアリーはそれを信じた。当然だ！　アンソニーが本気で自分に興味を持つ可能性よりも、そのほうがずっと理にかなっているのだから。その晩、メアリーは泣きながら眠りについた。それ以来、彼を目で追って部屋中に視線を動かさないよう、本気で、本気で努力した。また、彼が自分のほうを見たときは、その場でジグを踊れるくらい幸せを感じたことを本人に悟られないようにもした。

アンソニーがドアを開けて自分のために押さえてくれているのを見て、メアリーは目をしばたたいた。記憶に深く入り込みすぎていたせいで、廊下を歩いていることにも気づかないうちに、いつのまにか応接間に着いていたのだ。

二人が朝食を食べている間に誰かが暖炉に火を入れたらしく、今やその部屋は出ていったときよりもずっと自分を歓迎しているように思えた。ああ、暖炉の火がどんなに恋しかったか！

メアリーはさっき座っていた椅子を炉辺の近くへと引きずり始めた。

「いいよ」アンソニーが言い、メアリーから椅子を取った。「私がやる」

「まあ、ありがとう」メアリーは言った。アンソニーは今もこのように小さな意思表示で自分を驚かせてくれる。メアリーに腹を立てていても、メアリーが語る冒険譚を信じるべきか決めかねていても、大きすぎるように見える重荷と女性が格闘していたら助けてあげられるほどに紳士なのだ。最初にメアリーが心をつかまれたのも、こんなふうにアンソニーが自分に小さな親切をしてくれて、自分には価値があると思わせてくれたからだった。

　あのクリスマスのハウスパーティのときも、アンソニーはメアリーの椅子を暖炉の近くに持っていくよう言い、自分も隣に座って話しかけてきたものだ。それを見たレディ・マーチモントが憤慨したことをメアリーが思い出している間に、アンソニーは自分の椅子を取ってきて、それを炉辺の反対側に置いて座った。初めて会ったときと同じように。

　それを見て、メアリーの中に希望が押し寄せ、不安が少し脇に追いやられた。何しろ、彼は自分に求婚したのではないか？　たとえレディ・マーチモントに、アンソニーは最初の妻を悲劇的な形で失ったためもう結婚はしないという噂だと警告されても。実際、彼は結婚した。メアリーと結婚した。たとえ、メアリーには今もその理由がわからないとしても。

　メアリーが腰を落ち着け、自分も反対側に持ってきた椅子に座って初めて、アンソニーは口を開いた。

「さっき、そのメソジストの一家は君を未婚の母だと決めつけたと言ったね」アンソニーはメアリーに挑むような視線を向けた。「きっと、フランクリンと馬車で出かけるときに、結婚指輪を置いていったのが間違いだったんだろう」

　ああ！　椅子を動かすのを手伝うような、小さな親切で紳士らしくふるまってはいても、アンソニーは今もメアリーの言葉を信じられずにいるのだ。

　アンソニーに今も信用されていないという事実に強烈な一撃を食らい、メアリーは唇が震えるのを感じた。だが、汚名をすすぐために必要なことは何でもすると、すでに決めている。自分が事実を話していることを、夫に納得してもらわなくては！

「まず」メアリーはできるだけ冷静に指摘した。「外に出たときは、自分が馬車に乗ることになるなんて思っていなかったわ。それに、もう何日も指がひどくむくんでいて、指輪をはめられなかったの」

アンソニーは顔をしかめた。「ミセス・ドーキンズからはそんな話は聞いていないな」いっそう顔をしかめる。「具合が悪かったのなら、医者を呼びに行かせればよかった。それに、馬車で出かけたかったのなら、厩番の中でいちばんの新人とこっそり馬屋の裏に行くんじゃなくて、なぜ厩番頭を呼んで馬車の準備を命じなかったのかが理解できない」

「私の話をちゃんと聞いていなかったの？」なぜアンソニーは悪いほう悪いほうへと解釈するのだろう？「さっきも言ったけど、私は馬車で出かければ涼しさを感じられるなんて知らなかったの。ブランシェッツのような地所で、あんな乗り物に乗れることさえ知らなかった。あなたと結婚する前の人生で、私が娯楽として馬車に乗ったことがあると思う？それから、あなたの使用人の誰かを呼んで何かを言いつけることだけど……」メアリーは信じられないというふうに頭を振った。「私はたった数週間前まで、彼らと同じ立場にいたのよ。呼び鈴を鳴らして誰かに何かを頼む度胸もないのに、あれこれ指図するなんてもってのほかよ！身分違いの結婚をしたことで誰もが私に腹を立てていると思い込んでいたから、あなたがいなくなったあとは、ただ小さくなっていたの。絨毯の中に身を縮めて、消えてしまいたかった。私がどれだけおどおどしていたか覚えてない？鵞鳥にも文句が言えないくらいだったわ！」

アンソニーの視線がすばやく横にそれた。そして、メアリーに戻ってきた。「君の具合が悪かったことは覚えている。少なくとも、配慮が必要な状態だったことは。だからこそ、君をあそこに、うちの地所の中では小さめのところに連れていったんだ」身を乗り出し、両手を組む。「私自身は君と一緒にいられないが、あそこの使用人なら君の世話をきちんとしてくれると心から信じていたんだ。知ってのとおり、私は夏の間にすべての地所を訪ねて、土地管理人や賃借人と話をしなくてはならない。諍(いさか)いがあれば解決する。祝祭には顔を出す。その生活は君には負担が大きすぎると思ったんだよ」

「ええ、そうね。私はまったく出来が良くなかったもの」メアリーは言った。「そうでしょう？」

「君は緊張のせいで参っていたんだ」アンソニーは腹立たしいほど知ったふうな口調でメアリーの言葉を訂正した。「どこか静かな場所で休めば気分が良くなると思った。私が大変な旅を続ける間――」

「私たちがラドリー・コートを出るころには」メアリーは我慢ができなくなり、言い返した。「あなたは気づいていたんでしょう。私と結婚するという、恐ろしい間違いを犯したことに」

この瞬間、またも新たな記憶の波が頭の中に押し寄せてきた。視線、ひそひそ話、つんと上を向いたアンソニーの顔。義母へのぞっとするような紹介。義母は何とか我慢しようとしていたが、息子が自分よりずっと身分の低い相手と結婚したことに対する苦い失望を隠しきれてはいなかった。その決断をまずは自分に相談してほしかったと言ったことに、ほかにどんな意味があったというのだろう？

「私があそこでどうふるまえばいいのかわからないせいで、あなたに恥をかかせたわよね？　私を見に来た立派な人たちの好奇の視線を跳ね返せなかったせいで。最初の伯爵夫人とは比べものにならないと言われ続けることに耐えられなかったせいで」

アンソニーは体を起こした。「そんなことを言われたのか？　面と向かって？　知らなかった。本当だ、気づいていなかった……」

ばかばかしい！　アンソニーは知っていたはずだ。そうでなければ、なぜ彼はあんなにつらそうな顔を、あれほど頻繁にしていたのか？

「今さらどっちでもいいわ」メアリーはうんざりして言った。「そうでしょう？　あの人たちの言うとおりだもの。私はあなたが最初に結婚した魅力的な女性とは比べものにならない。生まれも良くないし、血筋も良くないし、美人でもない。あなたが私にうんざりして、あの谷間にあるおぞましくて息苦しい家に私を捨てていったのも無理はないわ」

「そんなつもりじゃない！」アンソニーは顔をしかめた。「君はそう思っていたのか？　だから――」

「アンソニー、また私があの青年と駆け落ちしたという非難を始めるのはやめて。さもないと、あなたの横面をひっぱたくわよ！」

アンソニーの目が丸くなった。

だが、メアリーは気にしなかった。夫の根拠のない非難から自分を擁護しなくてはならないことに、心底うんざりしていた。アンソニーにこそ答えてもらわなくてはならないことがあるのだ。

「あなたが私の失踪を届け出ていないのはわかっているわ。私が場違いな上流社会にずかずか入り込んだと思って、私が引きずり下ろされるところを見たがっていた使用人たちがあなたに吹き込む嫉妬深い、悪意ある話に、最初から耳を傾けていたのよね。もし、少しでも私を見つける気があって、あの地域の当局の誰にでもいいから、身分を証明する術（すべ）のない一人きりの女性が事故に遭ったり、重傷を負ったりしていないかたずねていたら、数日で私は見つかっていたはずよ。それなのに、あなたは……」メアリーは今や怒りのあまりじっとしていられなくなっていた。

「でも、君はたった今、自分が誰なのか覚えていなかったと言っていたじゃないか」アンソニーは言い返した。「それなら、私がたずね回ったところで、どうやって君を見つけられたというんだ？」

「それは、私が意識朦朧（もうろう）としていたか、はしけの女性からもらったあの飲み物の影響下にあったときに」メアリーは立ち上がり、叫んだ。「私たちの赤ちゃんが失われていく間、そして私も命を落としそうだと心配されている間、あなたの名前を呼んでいたからよ。自分では覚えていなかったけど、メソジストの一家が、私の身元に関する唯一の手がかりは、私がその一言をうめき続けていたことだって教えてくれた」冷たい憤怒（ふんぬ）に全身をこわばらせ、メアリーはアンソニーを見下ろした。「エピング」食いしばった歯の隙間から夫に言う。「その一言よ。エピング。だから、もしあなたが谷間を馬で横切りながら、伯爵夫人がいなくなったことを知らせて回れば、その話は石が池に投げ込まれたときのさざ波のように広がっていたはずだわ。誰もがすぐに、エピングの名を呼んでいたあの女性が失踪中の伯爵夫人だと気づいたでしょうね。でも、あなたはそうしなかった」

　メアリーはもはや憤怒に身をこわばらせてはいなかった。震えていた。痛みと怒り、そして体の奥深くを這（は）い回り、初めて流れの速い川に落ちた瞬間と同じくらい冷たい、冷ややかな確信に震えていた。

「あなたが私を探してくれなかったのは」メアリーはついに、腹の中が空洞になっていくのを感じながら、夫が自分を探してくれなかった理由と向き合った。「私がいなくなって嬉しかったからよ！　結婚したことを後悔していた妻をどうすればいいかという問題を、私は自分からいなくなることで解決してあげたのよ！」

　そのひと言を最後に、もう耐えられなくなった。

メアリーは泣き声を押し殺し、ドアに駆け寄って、猛烈な勢いで階段を上がって自分の部屋に向かった。

9

アンソニーは座ったまま、たった今メアリーがたたきつけていったドアを見つめた。

サラがしたのとまったく同じだ。

そう、ドアをたたきつけるというのは、夫婦がしていた〝会話〟を終わらせる手段として見慣れたものだった。

見たか？　表面的には二人の女性はまったく似ていなくても、メアリーも最初の妻と同じようにふるまうことができるのだ。

ただ、サラが横面をひっぱたくと言ったのは単なる脅しではなかったと、アンソニーはあごをさすりながら思い返した。

自分には世の女性をがみがみ女へと変える何かがあるのだろうか？

違う。断じて違う。少なくとも、サラに関してはそうだ。サラは少しでも口実があれば、癇癪（かんしゃく）を起こしていた。主に、自分の思いどおりにいかないときに。

だが、メアリーは……。

アンソニーは立ち上がり、窓辺に歩いていって、眼下の広場を見るともなく眺めた。

メアリーは明らかに変わった。さっきの朝食のテーブルでのふるまいを、結婚した当初の様子と比べただけでもそれがわかる。今日、アンソニーがティーカップ越しにメアリーを見たとき、彼女は顔を赤らめはしなかった。落ち着かない様子で、アンソニーがそのとき食べているものが終わるまでもたせられるよう、一枚きりのトーストをちびちびとかじってはいなかった。今朝は自分が食べたいものを取ってきたし、皿の上のものを平らげる前にアンソニーが出ていこうとして立ち上がると、いらだったように見えた。

一つだけ、変わっていない点があった。アンソニーをちらりと見るときの欲望がにじむまなざしだ。

それとも、虚栄心のせいで、存在しないものが見えているのか？　メアリーがさっき言っていたことの半分でも事実なら、妻は当然ながら自分に失望しているはずだ。

もしメアリーが言ったことが事実なら、アンソニーはこれほどまでに彼女を疑ったことを謝らなくてはならない。そして、今までとってきた行動を。

そんなことはどうでもいい。あの話し合いから何か一つでも前向きな要素は生まれていないのか？

もし人々が無神経にメアリーをサラと比べていたのなら、少なくとも、メアリーは最初の妻に関するゴシップを少しは聞いていたことになる。だとすれば、いつかメアリーにサラの本性について話すとき、話を進めやすくなるだろう。サラのせいで自分がどうなったかを話せば、自分が今こんな男である理由をメアリーも理解しやすくなるだろう。

メアリーに話す？

アンソニーは身震いした。

誰にも話したことはない。最大の恥辱の瞬間を白状し、暗黒の時間を追体験すると思うと……。

だめだ。降り注いだ雨を犬が振り払うように、アンソニーは反射的に頭を振った。それはできない。

でも……もしメアリーがさっき話したような経験を本当にしたのなら、自分は何らかの形で償いをしなくてはならないのでは？

アンソニーにとっては、最初の妻に関して自分がどれほど救いようのないまぬけなふるまいをしたかを告白してプライドを捨て去ることは、何よりも大きな贖罪だった。

だが、女性に心の内を明かすという思い切った一歩を検討する前に、メアリーが紛れもない事実を話していたのかどうかを突き止める必要があった。

アンソニーは窓に背を向け、暖炉の前に行って、炉棚に両手をついて下を向いた。

頭の中を、二通りの説明が駆け巡っていた。メアリーが今話してくれたものと、ブランシェッツの使用人から聞いたもの。話していたのは上級使用人だ。アンソニーはメアリーが逃げ出したことへの衝撃と怒りが大きすぎたため、書斎に閉じこもり、何日も出てこなかった。

だが今、多少は理性ある心持ちで振り返ってみると、ミセス・ドーキンズが世話をしていた最後の数日間のメアリーを描写するために選んだ言葉には、かすかに棘があったのでは？　家政婦が挙げた出来事は、少々恣意的なものだったのでは？　家政婦はメアリーが失踪する何日も前から指輪をつけられなくなっていたことは言わず、ただそれを置いて言ったとだけ言った。メアリーがどんなに具合が悪かったかも教えてくれなかった。だがそれは、メアリーが何も言わなかったからではないか？　もしメアリーが言っていれば、たとえ本人に医者を呼ぶ勇気がなかったとしても、アンソニーは家政婦になぜ医者を呼んでやらなかったのかと問いただしていただろう。

それに今考えてみると、家政婦がメアリーの謎の失踪を知らせてきた口調には、どこか〝厄介払い〟ができたという含みがなかったか？

問題は、その出来事からかなり時間が経った今、真実を追求するのはそう簡単ではないことだ。特に、最初にそう証言した動機をわざと隠そうとする人間相手には。あのころの自分のふるまいを思い出せばわかる。例えば、もし誰かに、なぜあの日ブランシエッツを離れることを選んだのかときかれれば、少なくとも二通りの答えを返せる。メアリーによると、今や三つ目もある。さっきメアリーは、あなたは私と結婚したのは間違いだったと思っていると言って、アンソニーを責めた。

もしメアリーが本気でそう信じていて、故意に逃げたのも事実であれば、彼女には逃げるだけの理由があったことになる。それは、メアリーが気弱だったからだ。使用人に命令することに苦労していたからだ。そして、アンソニーも今では気づいているとおり、不満のある使用人の中には、命令ができないメアリーを軽蔑している者もいただろうからだ。

アンソニーはメアリーを、守るべき形で守らなかった。

そのとおり。でも、それはメアリーを愛していなかったからではない！　正反対だ！　アンソニーが出ていったのは、自分の思いの強さが怖くなってきたからだ。だが、そのことは誰の前でも認めるつもりはない、そうだろう？　当時、周囲にはメアリーに言ったのと同じことを言い、今もまたメアリーに同じ理由を繰り返した。メアリーの健康を気遣ったからだと。

だが、賢くて勘のいいメアリーは、今と同じく、当時もそれを信じていなかったのでは？　彼女は理由がそれだけではないことに気づいていて、目に傷ついた表情を浮かべていた。自分の健康が口実に利用されていることに気づいていたのだ。

それなのに、アンソニーはそれが最善だと主張し続けた。

だが、メアリーは実際にアンソニーの目の前で気を失ったのだ。暑い中を移動したのと、人々の嘲り、そしてアンソニーも今ではわかっているが、サラを知る人々からの敵意を目の当たりにしたせいだ。しかも、二人ともメアリーの妊娠に気づき始めていた。それが何を意味するか、アンソニーは考えなくてはならなかった。一人で。何にも気を散らされずに。

北部の地所と借地の旅を終える間に、この状況を自分がどう感じているのか、その問いに結論を出せればと思っていた。そして夏の終わりには、防御を立て直し、甲冑（かっちゅう）に身を包んで、誠実な心でメアリーのもとに帰れたらと。

だが、実際には……。

アンソニーはいらいらと炉棚を蹴った。そして、爪先の痛みに悪態をついた。ここに立って、自分の行動を疑っていることの愚かさに。自分は最善だと思うことをした。いつも全力を尽くしている。責務はこの身に浸（し）み込んでいる。つねに最高の水準を維持することが、家名に対する責任なのだ……。

そうは言いながらも、派手に失敗したことは何度もあったのでは？

アンソニーは押し殺した声で悪態をつき、炉棚から体を起こした。ここに立って、メアリーを失望させた可能性について考えていても、どうにもならない。八月に起こりえたことのあらゆるパターンと、実際に起こったことについて考えていても。今するべきなのは、確認できる事実をすべて調べさせることだ。それはつまり、ブランシェッツに行って調査し、メアリーの言い分を裏づける証拠を探し出してくれる誰かを見つけなくてはならないということだ。あるいは、メアリーが嘘をついていることを証明してくれるか。

アンソニーはドアまで歩いていき、乱暴に引き開けた。もしメアリーが嘘をついているのなら、そのときは……。

そのときは、どうすればいいのかわからなかった。メアリーを田舎に送り返し、残りの人生を孤独の中で過ごさせる？　退屈したら逃亡し、役者の一団に入る癖があるのなら、これは効果的なのでは？

自分が階段をどすどす下りているのに気づき、意識的に動きをゆるめ、もっと落ち着いた、威厳ある足取りにした。それは、難破船のようなサラとの結婚から得たものの一つだった。内心ではどんな騒乱が起こっていようとも、落ち着いたふるまいをするという決意だ。サラによってかき立てられる、今にも人を殺しそうな激怒を表に出すリスクがわずかでも生じる前に、できれば一人でどこかの部屋に入って、最低でも十まで数えるのだ。

それが、アンソニーがメアリーを探しに行かず、部屋に閉じこもったいちばんの理由だった。もし冷静さを取り戻す前にメアリーを見つけてしまったらと思うと怖かった。そのとき、自分は……。とにかく、アンソニーはサラのおかげで、妻が別の男のベッドにいるのを見つけたとき、自分がどうなってしまうかをすでに知っていたのだ。

書斎に着き、デスクの前に座ると、紙を一枚取った。秘書のトラヴァーズを招集すればよかっただろうかと考える。だが、これは第三者に命じるには、あまりにも個人的すぎる部分がある。そのため、ペンをインク壺に浸したあと、手が止まった。

そもそも、紙に何かを書くのは賢明なのか？　いったん書いてしまえば、誰がそれらの言葉を見るかわからないのではないか？　紙にインクで書かれた言葉は、ある種の恒久性を得る。だから、もしメアリーへの疑念が根拠のないものだと判明すれば、このようなことを書いて誰かに読ませたことで、彼女の名前を汚した気がするだろう。

アンソニーはペンを放り出し、椅子にもたれた。

メアリーが嘘をついていると判明した場合に、彼女を田舎の奥深くに追放することを考えるのはけっこうなことだ。だが、メアリーが真実を言っているとわかったら？　たとえ何もかもがあまりに現実離れしているように聞こえても？

メアリーが襲われ、自分を守ろうとした青年が殺されるところを見たなどありえるだろうか？　もし事実なら、なぜ誰も遺体を見つけていないのか？

それは、と答えが返ってきた。荒野は広大だからだ。そして、誰も探していないからだ。

それから、メアリーが赤ん坊を失う前に、今にも溺れそうになったという話もありえるのか？

メアリーが話したことがすべて本当に起こったのなら、赤ん坊が失われたのは無理もない。メアリーにとっては、朝食のテーブルで目も上げられないほど気弱だった女性にとっては、そのすべてがぞっとするほどの衝撃だったに違いない。

そのことを考えると、耐えがたい気持ちになった。

アンソニーは顔をしかめた。それこそがメアリーが主張していたことでは？　何もかもがあまりに耐えがたかったから、意識の中から締め出したと。

こぼれたインクの上のペンに目が留まり、ペン先の整え方が下手なペンからもれた目障りなインクのしみを拭き取るように、人は不快な記憶をただ拭い去れるものだろうかと考えた。

そして、自分がメアリーを腕に抱き、彼女が自分の名前を呼んだとき、記憶が一気に戻ってくるということが本当にありえるのだろうか？　本人が言っているように、子供を失おうとしていたときに呼んだのと同じように呼んだから？　いや、すべてがあまりにも都合が良すぎる？

まるでどこかお伽話（ときばなし）のように聞こえないか？　ハンサムな王子様が眠っている美女にキスすると、魔法が解けるような？

アンソニーは棘だらけの茂みの中をよろよろと歩き回っている気分になってきた。どの方向を向いても、そこには茨（いばら）があり、自分を切り裂こうと待ち構えている。もしメアリーが嘘をついているなら、それは彼女が不義を犯したことを意味する。もし嘘をついていないなら、考えたくもないほど痛ましい恐怖を彼女は経験したことになる。アンソニーが妻を助けようともしなかった間に。

アンソニーはペンと、白い紙の上に広がったインクのしみをにらんだ。ペンに何の意味がある？　必要なのは剣、もしくは自分を取り巻くこの棘だらけの茂みをたたき切りながら進むための手斧（ておの）だ。喩（たと）えて言うなら。

幸い、金を払えば、アンソニーが自分では行けない場所に行き、アンソニーでは正直な答えを得られない質問をしてくれる男たちを知っている。一度、一人雇ったことがある。弟のベンジャミンがどうなったかを知る必要があったときだ。やがてその男が持ってきた報告の内容は気に入らなかったが、彼は少なくともありのままの真実を教えてくれた。それだけでなく、その件に関わる秘密をきっちり守った。アンソニーが笑いものになっていないところを見ると、守ってくれたに違いなかった。

アンソニーは立ち上がり、ドアに向かった。

「シモンズ」ちょうどいいタイミングでホールに現れた執事に、アンソニーは言った。「悪いが、帽子とコートを持ってきてくれ」以前使ったのと同じ男を探し出すつもりだった。あるいは、同じではなくても、その男の仲間を。

アンソニーは鼓動を高鳴らせながらも、慎重に抑えた足取りで家を出て、何気なく自分を見た人に感情を気取られたり、家の中がうまくいってないのではと思われたりしないよう、ぶらぶらした歩き方を保つようにした。

突き通さなければならないもつれを、自分の手斧がなぎ倒すのにどのくらいかかるにせよ、それまではこの態度を維持しなくてはならない。数週間はかかるだろう。雇った男がヨークシャーに着き、必要な聞き込みをし、報告を携えてロンドンに戻ってくるまでの時間だ。

その報告を受けたら、とるべき行動がわかる。だが、それまでは……。

自分と妻の間でやらなくてはならないことが二つある。まず、メアリーが出ていったことを自分は喜んではいなかったと話すことだ。彼女を探さなかった理由を説明する覚悟はまだできていなくても。

次に、自分たちの赤ん坊を失ったことに関して、メアリーにもう少し共感を示すことだ。妻は明らかに悲しんでいる。深く悲しんでいる。アンソニーも同じだが、男はこのようなことが起こったとき、ぼんやりとした失望以上は認めないものなのでは？　男同士でそのような話をしないのは確かだ。

だが、これらを別とすれば、ここからどう進めばいいのかわからなかった。メアリーが失踪したのは八月で、今は十一月だという事実は無視できない。こんなに長い間、メアリーはどこにいたんだ？　そして、何をしていた？　家政婦に糾弾された罪は濡れ衣（ぎぬ）だったとしても、メアリーは実際に強盗に遭い、記憶を失ったのだとしても、妻が何らかのいきさつで、どこかの時点で、あの役者の男と関わりを持ったことは確かだった。表情がころころ変わる、あの筋肉質の小男と！

だから、メアリーが八月には潔白だったとしても、今も潔白ということがありえるのか？

もしそうでないなら、探偵が持ち帰る報告の内容しだいでは、自分は……耐えるしかない。既婚男性として、そのほかの多くのことに耐えてきたように。

だが、今のところは疑わしきは罰せずで行くしかない。メアリーが話した奇想天外な物語を完全には信じられなくても、信じる気はあるという態度で接さなくてはならない。

それ以上のことはできない。今は、まだ。

10

メアリーは自分の両手を見下ろした。その手は震えていた。

というより、全身が震えていて、それは無理のないことだった。さっきアンソニーに向かって叫んだように、誰かに向かって叫んだことなど今までなかった。いや、昨夜もアンソニーに向かって叫びはしたけれど、あれは違っていた。だが、正確に何が違うのかは、今はわからなかった。

よろよろとベッドに行き、腰を下ろす。

そして、弾（はじ）かれたように立ち上がった。ここに座って、あの話し合いを頭の中で何度も反芻（はんすう）していてもどうにもならない。特に、二人がここでしたことを思い出させる、このベッドでは。それでは何の解決にもならない。それに、記憶を辿り、あのときこうなっていればと願うのも時間の無駄だ。どれだけ願っても、何も変わりはしないのだ。

メアリーは、誰かがありがたくも整理だんすの横に置いてくれたトランクに近づいた。

トランクを開け、自分で理にかなっていると思う場所に中身をしまい始めた。持ち物は多くはなかった。今着ているドレスと、着替えが一着、コート、下着とねまき。手袋、ブラシ、ヘアピンといった、ちょっとした小物。

かつては絹とレースがつまっていた引き出しにそれらを入れると、ひどく哀れに見えた。匂いも良くなかった。伯爵夫人の服は洗濯したての匂いか香水の匂いがするべきで、じめじめした部屋やべとついた大衆食堂の匂いがしてはいけない。それらは偽者が着る服だ。そして、このような家にふさわしい服ではないため、ここは自分の居場所ではないというメアリーの気持ちも強まった。だが、アンソニーのどの家でも、そこが自分の居場所だと思ったことはないのでは？　少なくとも、彼の妻としては。

だが、すべてが自分のせいというわけではないはずだ。アンソニーが自分を選んだのだ。彼が自分に求婚したのであって、その逆ではない。アンソニーが地味でおどおどした女性をそばに置きたくなかったら、二人が出会ったハウスパーティでこれ見よがしにふるまっていた、花嫁候補として人気があった美しく自信ある女性たちの誰かに求婚すればよかったのだ。

けれど、彼はそうしなかった。

メアリーに実感があろうとなかろうと、メアリーこそがアンソニーの伯爵夫人なのだ。良くも悪くも。

だが、メアリーがこの夏に経験した以上に最悪な経験をする人はそういないだろう。しかも、メアリーはその中を生き延びたのだ。

ただ生き延びただけでなく、自分がいかに卑しい人間で、雇ってくれる親切な人にはいかに感謝すべきかという気の滅入る自覚から解放され、生き生きと生きた。もしこの職を失ったらどうなるかという、絶え間ない心配からも解放された。快く受け入れてくれる家族もいない、頼れる貯金もないという心配からも。

だが実際には、家族も貯金も必要なかったのでは？　着の身着のままで出ていったら、何とかなったのだから！　メアリーはたった今、伯爵夫人の寝室にはふさわしくないと思ったみすぼらしい持ち物を両手でなでた。トランクいっぱいの物を持って戻ってきたのだ。アンソニーやその仲間が使い慣れているものに比べれば、確かにみすぼらしい。それでも、メアリーが自分の力で手に入れたものなのだ。

しかも、手に入れたのは物だけではない。

自分自身について多くのことを学んだ。今まで夢にも思わなかったほど、自分が実際的で、冷静で、知的であることがわかった。

メアリーは誇らしげに、たんすに吊された予備のドレスをなでた。その隣に吊された、着古したコートにほほ笑みかける。自分は生き延びられるという証、形ある証だ。人生が自分に何を課してこようとも、生き延びられるという証。

アンソニーを課してきても？

メアリーのほほ笑みは悲しみの色を帯びた。

窓辺に歩いていく。この部屋からは広場が見下ろせるが、応接間からよく見ていた景色とは見える景色が少し違っていた。そのとき、アンソニーが舗道をぶらぶらと、心配事など何一つないかのように歩いているのが見え、メアリーの笑みは消えた。外に出て、自分の生活を続け、後ろは振り返らない！　ぶらぶらと、ほとんど跳ねるような足取りで歩いている。メアリーをここに、夫婦の議論のあとの反動で震えたまま残してなどいないかのように！

メアリーは、自分のことなど愛していないのだろうとアンソニーを責めた。彼は否定しなかった。そして今はどこかに向かっていて、心から何も気にしていないように、今までどおりの生活を続けている……。

メアリーは窓辺から離れ、両手で胴を抱いて、衣装だんすのそばに戻った。ついさっき、手に入れたことをあれほど誇りに思っていた服をにらみつける。これは本当に誇れるようなものなのだろうか？　安価で粗悪で、貧乏の匂いがする。

メアリーはたんすの扉をたたきつけ、窓辺に戻ったが、アンソニーはとっくにいなくなっていた。だが、広場の反対側に馬車が停まるのが見えた。従僕が飛び下り、乗客が降りるのを手伝う。つやつやした毛皮をまとった二人の淑女だ。二人は従僕の手を借りて馬車を降りていて、高級住宅地であるこの広場に立っている家の階段をエスコートしてもらうのは当然の権利だと言わんばかりだった。

一方、自分は……。

メアリーは窓辺に、淑女たちに、広場そのものに背を向けた。ついさっき、生き延びた自分を祝福していたのではないか？　追いはぎとメソジスト一家、記憶喪失、その他すべてを生き延びられたのなら、自分が伯爵夫人である状況も生き延びられるはずだ。たとえ自分が望むようには夫に愛されていなくても、愛されたことがなくても……。メアリーは大きく息を吸った。いや、もっとひどい境遇に耐えなくてはならない女性は大勢いる。すべては見方の問題だ。

メアリーは頬が濡れるのを感じ、それを拭った。そして、あごを上げた。

アンソニーは自分を愛していない。

この家が自分の居場所だとは思えない。だが、アンソニーは確かに、妻になってほしいという賛辞を送ってくれた。

　そして、現に自分はここに住んでいる。これからも、しばらくはここに住む。アンソニーが妻を信じられるかどうか、腹を決めるまでは。そして、妻の処遇を決断するまでは。

　だからここに住んでいる間、少なくともその役柄にふさわしく見えれば、気まずさを感じることはずっと減るだろう。クロエとフェネラが衣装と化粧を幾重にもまとい、別の人格になるところを見てきたのではないか？

　そのとき、鏡に映る自分が目に入り、赤い目をした青白い顔を見て顔をしかめた。そして、この荒廃した感情を粉と紅で覆ったら、アンソニーはどれほど衝撃を受けるかと想像した。あるいは、細く扱いづらい髪につやのある巻き毛のかつらをかぶったら。

　衣装と化粧の裏に隠れるのはメアリーの流儀ではなかったが、もし多少はおしゃれをしたら、アンソニーの失望がわずかでも薄まるか、少なくとも自分がここまで場違いな気分にならずにすむのでは？

　つい昨晩、アンソニーが流行のドレスを買うよう促してきたことについて考えていたのではないか？　そして、出費を気にしていたことをひどく愚かだとも思ったのでは？　自分には夫に気前良くしてもらう価値がない、自分はそれだけのことをしていないと思い込んでいたことを。だが今日、誰かが自分に好きなものを何でも買ってくれるなら、喜びに手をたたき、リストを作るのではないか？

　メアリーの顔に笑みが広がり始めた。

　リストを作ることには何の問題もないはずだ。メアリーはリストを作るのが得意だった。実際、少し前にすでに作り始めていた。フェネラの部屋を少しでも過ごしやすくするための品物のリストを。今から、自分の生活をもっと心地よいものにするための品物を足していこう。まずは、広場の向こう側の淑女たちが着ていたような上品な、温かいコートが欲しい。それから、頭を温め、雨から守ってくれる頭巾。雨が入らないしっかりしたブーツ。厚手のフランネルのペチコート。

そして、外に出たくない日のために……そもそも、有閑婦人になった今、なぜ外に出なくてはならないのかと思うが、デイドレスもあったほうがよさそうだ。明るい、さわやかな色がいい。それに、もう洗濯しても色落ちせず長持ちする生地を選ぶ必要はない。色落ちしたときは、新しいのに買い替えられるのだから！

もしアンソニーに自分の金を使われることを何か言われたら、どこまでも正直に、謝ることなく、こう言えばいい。自分の役割にふさわしい見た目になろうとしているだけだと。

そもそも、なぜ自分が謝らなくてはならないのか？　何に対してもだ。メアリーは再び衣装だんすの扉を引き開けた。自分は何も悪いことはしていない。ハンサムな、権力ある男性に目をかけられたせいで、少々のぼせ上がり、圧倒されたこと以外は。アンソニーに妻に腹を立てる権利はない。あるいは、妻が動揺していると知りながら、自力でやっていけと言わんばかりに置き去りにして出ていく権利も。

メアリーはフックからコートを取り、袖に腕を通した。むしろ、アンソニーのほうが自分に謝るべきだ。もし夫に謝る気がないのなら、自分なりの方法で償いをさせようと決意し、掛け釘からボンネットを取り、頭にばさりとかぶった。

寝室のドアまで来たところで、怒りに任せて派手に買い物をし、自分への信頼が薄いアンソニーを罰するのはけっこうだが、買い物の本来の目的は自分を伯爵夫人らしく見せるためだと思い出した。役柄にふさわしい自分になるためだと。伯爵夫人は、自分がパーディタだったころのように、徒歩で街を動き回らない。新婚当時、アンソニーはメアリーがどこへ行くにも歩いていくのを許さなかった。必ず馬車を用意させ、御者に加え従僕を二人つけて、いかにも仰々しく送り出すせいで、メアリーは目的地に着くころには恥ずかしさに身が縮む思いをしていた。

しかも、アンソニーはついさっき、馬車に乗りたかったのなら使用人にそう命じればよかったのだと言ってメアリーを咎めた。

いいでしょう。メアリーは呼び鈴の引き紐をぐいと引いた。使用人にあれこれ命じろとアンソニーが言うなら、そうするまでだ！　遅すぎるかもしれないが、メアリーはようやく、今までは勇気がなくてできなかったことまでエピング伯爵夫人の役割を引き受ける気になっていた。

その結果、アンソニーの使用人は黙ってメアリーに従ってくれた。夫がどこかへ行っている間にメアリーが買い物に出かけるのは、どこまでも自然なことであるかのようにふるまってくれた。

反抗的な自信の爆発により、メアリーは波頭に乗った気分でボンド・ストリートまで行ったが、仕立屋の窓が目に入ると、舞台を目の前にした緊張で波はたちまち残念な泡になってしまった。

従僕が馬車の扉を開け、ステップを下ろしてくれる間、メアリーは手提げ袋を強く握っていた。あの気取ったマダム・クレールに怯えてなるものか！　自分は敵意ある仕立屋にも立ち向かったではないか？　従僕と御者が後ろにいてくれたわけでもないのに！　それに、この女性はメアリーに、少なくともその夫に支払い能力があることを知っている。さらに、以前の自分への接し方を考えると、伯爵夫人を顧客として維持する価値も知っているはずだ。

メアリーはあごを上げ、今回はひと味違うと決意しながら、堂々と店の中に入った。まず、この最初の訪問のあとは、自分が仕立屋のもとへ行くのではなく、仕立屋が自分のもとへ来るよう言うつもりだった。意志を貫くことを固く心に決めていたため、そこからのやり取りはいとも簡単に進み、それが終わったときには、馬車に昨日の仕立屋に行くよう命じたい気がしていた。そうすれば……。

いや、あそこにまた行って何が成し遂げられる？　あの仕立屋に、自分がひどく無礼な態度をとったみすぼらしい服装の女性が実は伯爵夫人だったと知らせることは、賢明とは言えないのでは？　その噂は野火のように広がるだろう。

そうなれば、アンソニーが激怒する。自分たちが離れ離れになっている間、妻が旅一座で働くはめになっていたことを人に知られるのはいやだろう。メアリーが今朝外出したのは、自分に対してあまりに恐ろしい思い込みを抱いている夫にそれなりの復讐をするためだったが、夫が具体的に何をしたかを世間に知らせるのはやりすぎだ。アンソニーがメアリーに腹を立てる本物の理由ができてしまう。

メアリーはクッションにどさりともたれた。二人の関係はすでに悪化している。アンソニーの反感を買うようなことを、必要もないのにやるのは愚かだ。二人の仲を修復するチャンスをつぶしてしまう。

メアリーは夫との仲を修復したいと思っている。アンソニーが自分にあのような恐ろしい思い込みを持ち続けることに耐えられないからというだけではなく、ただ夫との二度目のチャンスが与えられたら嬉しいからだ。たとえアンソニーが気難しく、冷笑的な態度をとっていても。最初の妻を愛していたようには自分を愛せなくても。だが、それは当然では？　誰にきいても、比類なきサラに勝てる女性はほとんどいないようなのだから。

アンソニーが優しく寛大な夫になれることはわかっている。

彼がベッドで自分を天国に連れていけることもわかっている。

いずれアンソニーが与えてくれる以上のものを望まずにいられるようになるのでは？

自分の立場に、現実の人生に満足し、お伽話の結末や子供じみた戯言を夢見ずにいられるようになるはずだ！

だが、それから数日間の状況のせいで、メアリーはその最低限の目標にも辿り着けない気がしてきた。アンソニーがメアリーを妻というより客のように扱い始めたのだ。彼はメアリーに腹を立てている気配も、メアリーが恋人と駆け落ちしたという疑惑を抱いている気配も見せなくなった。ただ、メアリーがいらだつほどに、どこまでも礼儀正しくふるまった。

メアリーがアンソニーに会ったときは、という意味だ。それはほとんど朝食のテーブルに限られていた。メアリーが入っていくと、アンソニーは立ち上がり、おはようと挨拶する。その後、メアリーがビュッフェの料理を選ぶ様子を見ないふりをする。メアリーが皿をテーブルに持っていき、紅茶の最初の一口を飲んでまもなく、アンソニーは身を隠していた新聞を下げ、実に残念ながら今日は非常に忙しくなりそうだと告げるのだ。

「本当に申し訳ない」アンソニーはそう言ったが、メアリーには一瞬たりとも彼が本気でそう思っているとは思えなかった。「君につき合えなくて」

「あなたに世話を焼いてもらわなくても大丈夫よ」メアリーは言い、歯を食いしばってほほ笑む。そもそも結婚した当初から、メアリーが望んでもアンソニーは自分につき合ってなどくれなかった。つねに会わなくてはならない人がいて、議長を務めなくてはならない委員会があり、解決しなくてはならない問題があった。アンソニーは実に多くの形で、自分は重要な、忙しい男であることを明確に示してきた。

メアリーが夫に全面的に注意を向けてもらえるのは、彼が重要な、貴族としての仕事をすべて終えたあとに訪れるベッドの中だけだった。

　アンソニーが忙しいことは気にしていなかった。気になどするはずがない！　ただ、夫が外で重要人物としてふるまっている間、自分は何をすればいいのかわからなかっただけだ。

　当時、メアリーは慎ましい生活に慣れすぎていて、買い物が楽しめなかった。友達もいなかった。確かに、大勢の社交界の淑女たちが新伯爵夫人に敬意を表するという口実で訪ねてきた。だが、誰もが鉤爪を剥き出しにし、舌鋒を鋭くして現れるため、犠牲者をずたずたに引き裂くのが何よりの喜びである性悪女の群れのように感じられた。

　幸い、メアリーはもう、結婚を申し込んでくれた神のような存在の足元にひざまずくことだけが人生における自分の役割という、気弱で不安な女性ではない。経費や予定や小道具を管理する手腕をすばらしいと思ってくれる人々としばらく過ごしたおかげで、自分にはるかに自信が持てるようになっていた。

　一方、アンソニーへの忠誠心は薄れていた。

「私、やることがたくさんあるの」メアリーは言い添え、詳しいことは何も言わなかった。妻と過ごす時間がまったくないくらい、メアリーにとって極めて重要な問題に取り組めないくらい忙しい理由をアンソニーが具体的に教えてくれないのだから、メアリーのほうも教える筋合いはない。二人とも忙しい。忙しすぎて、相手に割く時間がない。要するに、そういうことだ。

　互いに相手に腹を立てすぎているせいもあるだろう。少なくともメアリーは、自分が彼を最も必要としていたときにアンソニーに失望させられたこと、彼が使用人に吹き込まれた汚らわしい嘘を信じていたという言い訳を使ったことに、今も憤っていた。

アンソニーのほうは、メアリーが彼の足元に身を投げ出して許しを乞うのではなく、彼に向かって叫んだことに今も憤っているはずだ。夫はメアリーがティーカップの縁越しに、挑むようにちらりと見てくるほうが良かったのではないか。メアリーがみじめそうにしていれば、彼は寛大になれただろう。

だけど、自分がしてもいないことで、許しを乞うつもりはない！

アンソニーをなだめる努力をするつもりもない。なぜそんなことをしなくてはならないの？

そういうわけで、武装したままの停戦は続いた。

だが、一日かそこら経つと、メアリーは朝食の席で夫を顔を合わせることを奇妙な形で心待ちにするようになった。それがアンソニーと会える唯一の時間だったからというだけではない。停戦を破り、きちんと話し合えるようになるかもしれないと思える唯一の時間でもあったからだ。

大事なのは、ベーコンだった。そして、卵。フライドポテト、ソーセージ、トーストだった。最初、メアリーは自分に良心の呵責がないことをアンソニーに証明するため、お腹いっぱい食べるようにしていた。だがしばらくすると、しっかり食べることの利点をほかの形で感じるようになった。パーディタは性格面ではとても強かったが、肉体的にはか弱い生き物だった。だがそれは、いろいろありすぎたせいではないだろうか？　強盗に襲われ、今にも溺れそうになり、子供を失い、高熱を出した。それだけのことがあれば、どんな肉体も弱るだろう。

だが、良質な食べ物と余暇、そしておそらく自分が何者なのか、人生のこの地点にどのようにして辿り着いたのかをついに正確に知ったことで訪れた平穏により、日ごとに体が回復していくのを感じた。

けれど、さらに数日経ち、体が強くなってくると、気分はまた変わった。アンソニーが実に熱心に維持している、武装したままの停戦状態にどんどん腹が立ってきた。夫が自分をできるだけ避け、避けられないときはよそよそしく礼儀正しい態度をとり続けていて、二人がどこかに辿り着くことはあるのか？

帰宅してから二週間後、ついにメアリーの堪忍袋の緒が切れた。そうとしか言いようがない。メアリーを刺激する特別なことが起きたわけではなかった。メアリーは朝食のテーブルに着き、いつもどおり皿にベーコンと卵、マッシュルーム、ソーセージをのせていた。アンソニーはいつもどおり、その皿を見て片眉を上げた。だが今回、メアリーは食事をかき込む前に、感じよくほほ笑むことができなかった。

「あなたは」メアリーはソーセージをひと口大に切りながら言った。「私にデリカシーが欠けていると思っているんでしょうね。本物の淑女はお腹いっぱい朝食を食べないものね？　特に、不品行を働いた淑女は。それなら」ソーセージの一片をフォークで刺して続ける。「あなたが横柄に左眉を上げることでたずね続けている質問に、答えさせてもらうわ」

すると、アンソニーの両眉が明らかに不快そうにひそめられた。

それを見て、メアリーは満足感に包まれた。

「わからない？」メアリーは後先考えず続けた。「私は自分に気前良く提供されているものがある間に、それを最大限に活用しようとしているの。だって、人生は先が見えないから。次はどこで食べ物を食べられるかわからずに、路上で物乞いをしなきゃいけないときが来るかもしれないでしょう？」

アンソニーの顔は凍りついた。彼は何も言わずナプキンを脇に置き、立ち上がって部屋を出ていった。

〝そうそう〟メアリーは心の中で言った。〝ただ歩き去るのよね。何事もなかったかのように〟

これこそがアンソニーのやり方なのだと、メアリーはとつぜん気づいた。妻が使用人たちの前で軽率なことを言った？　部屋から出ていく。妻が横面をひっぱたくと脅した？　家を出ていく。妻が愛人と駆け落ちしたと思った？　すべてに口を閉ざす。

ああ、アンソニー。彼が最初の妻とともに心を墓に埋めたと初めて聞いたときと同じく、メアリーはアンソニーを哀れに思い、同情のため息をついた。メアリーは恐ろしい困難を生き抜くため、無意識のうちに頭の中から辛苦を消し去ったが、アンソニーは日常的に、自分の意志で同じことをしているのだ。

いったいどうすれば、アンソニーにあの無関心な状態を捨てさせることができるだろう？

そのとき、アンソニーがジャックを殴ろうとしたときの光景が頭に飛び込んできた。乱れた服装、ひげを剃っていないあご、目に浮かぶ野蛮な表情。

つまり、彼は気にかけてはいるのだ。ただ、気にかけていないふりを立派にやってのけているだけで。アンソニーは予告なしにジャックに会いに行く程度には、身なりも整えずに妻のあとを追う程度には、妻を気にかけているのだ。

メアリーは今のアンソニーが以前の彼とは違うことにとつぜん気づき、ベーコンと卵のことは忘れて椅子にもたれた。前回、メアリーが失踪したと思ったとき、彼は身を隠し、何事もなかったふりをした。今回、彼はすぐさまメアリーを追いかけたのだ。

それは進歩ではないか？

けれど、メアリーを家に取り戻した今、彼は妻をどう扱っていいのかわからずにいる。

ふうむ……。

アンソニーが最初の一手に出るのを待つのをやめ、彼の堅い障壁をこちらから打ち砕く方法を考えるときが来たのかもしれない。そうしないと、二人はいつまでもこの状態を続けることになるかもしれない。

そしてメアリーには、この目的を達成する方法として良い考えがあった！

11

アンソニーは熟読しているはずの最新の法案の複雑な言語を理解するのに苦労していた。何より腹立たしいのは、いつもなら問題の核心に難なく到達できることだった。だが、メアリーが戻ってきてからというもの、集中力が失われたようだった。出席を約束した会合にはすべて顔を出し、処理が必要な書類にはすべて目を通していても、意識は絶えずブランシェッツへと、探偵が見つけてくる何かへとさまよった。そして、メアリーへと。彼女が今何をしているか。何を考えているか。何を企(たくら)んでいるか。

メアリーは間違いなく何かを企んでいる。毎朝、朝食の席で顔を見ればそれがわかった。

書斎のドアがノックされると、アンソニーは安堵(あんど)し、まったく理解できない言葉から顔を上げた。

シモンズだった。

「失礼いたします」執事は言った。「奥様が馬車の用意をお命じになったことをお伝えしたほうがよろしいかと思いまして」

アンソニーは感覚を失った指の間から文書を落とした。

「馬車を？」メアリーは、アンソニーが新婚当時に彼女のために買った馬車で昼間に何度か出かけていた。それはけっこうなことだ。メアリーはいつも一人は従僕を連れていくため、アンソニーは必ず妻の行き先を知ることができた。メアリーが帰宅した瞬間、従僕がシモンズに報告し、シモンズがアンソニーに報告するからだ。それに、メアリーが仕立屋や帽子屋などを訪れることには何の異論もなかった。

その行動を見ると、メアリーが先日衣装だんすについてした妙な発言も理解できた。妻はたんすをいっぱいにしたいのだ。それは当然だろう。アンソニーも最初からそうするよう促していたはずだ。

だが、たんすのことはどうでもいい。メアリーはいったい、夜に馬車でどこへ行くつもりなのか？

「妻の行き先をお前は知っているのか？」アンソニーはたずねた。メアリーはどこからも招待はされていない。それは不可能だ。何しろ、郵便物を受け取っていないのだから。シモンズは郵便物をすべてアンソニーのもとへ持ってくる。ずっとそうだった。結婚した当初、アンソニーはメアリー宛ての招待状は本人に渡していた。内容を精査し、メアリーが楽しめそうな催しであるかどうかを確かめたあとに。

それに、地位のある人物でメアリーの帰宅を知っている者はいない。そもそも、彼女が失踪したことすら誰も知らない。もし知っていれば、ロンドンにいる上流社会の人々はアンソニーに送る招待状にメアリーの名前を添え、彼女がどこにいたか、何をしていたか、なぜそんなことになったかを知ろうとしているはずだ。

「劇場に行くとおっしゃっていました」シモンズは言った。「ただ、どの劇場かまでは確認できませんでした」

劇場。

アンソニーの血液が凍りついた。

メアリーが自分に言わずに劇場へ行くなら、それが意味することはただ一つ。

あの男を観（み）に行くのだ。

妻と抱き合っているところを目撃した、あの筋肉質の、表情がころころ変わる、いたちのような男に。

「ありがとう、シモンズ」アンソニーは言い、立ち上がった。「スネイプを私の部屋によこして、夜会服を用意するよう言ってくれるか？」

「スネイプはすでに準備を始めています」シモンズ

は悦に入ったようにも見える表情で言った。

これほど忠実な使用人がいてありがたいと、アンソニーは階段を一段飛ばしで駆け上がりながら思った。アンソニーが直接指示しなくても、使用人はメアリーの動きをすべて教えてくれる。今夜、アンソニーがほかの用事で出かけていても、シモンズはメアリーが最初に玄関に現れたときにそうしたように、アンソニーに伝言を送っていただろう。その場合、アンソニーはすでに夜会服を着ていたはずだ。だから、メアリーが行こうとしているどこかの劇場に直行し、妻がしようとしている何かをしているところを捕まえられただろう。

夫に前もって相談せずに劇場へ行くとは、いい度胸だ。何よりも、長い間顔を見せなかったあと初めて、ロンドンで一人で人前に出たらどんなゴシップを生むか、わからないのか？

わからないのだろうと、アンソニーは手早く夜会服に着替えながら気づいた。メアリーはアンソニーが生まれたときからいるのと同じ世界で育ってきたわけではない。アンソニーに新妻として連れていかれたほとんどの社交の場で、ひどくまごついていた。それも、アンソニーがブランシェッツにメアリーを置いていった理由の一つだ。メアリーに負担がかかりすぎていた。たとえ本人は自分がどれだけ不幸になっているか認めることはなくても、目の下の隈から、食べ物をつつくだけの様子からわかった。

メアリーが今、食べ物をつつかなくなったのは確かだ！ まるで、もう何も思い悩んではいないことを証明しようとしているかのようだった。アンソニーにもほかの誰にも、どう思われようと気にしないことを。鵞鳥にも文句が言えないほどおどおどしていた女性が、今では、もし鵞鳥が自分のじゃまをしたら、いつでも階段を蹴り落とす気でいるような気がした。

今夜、一人で劇場に行くのも、自分が変わったことをアンソニーに示す新たな方法なのかもしれない。あるいは、上流社会で何を噂されようとも、今では彼らの中で堂々としていられると証明する方法。もしくは、とアンソニーは、メアリーの勇敢さへの不本意な賞賛から、人格の明らかな変化に対する暗い疑念へと急に気分を変えながら思った。メアリーは夫にうんざりし、曲芸をする役者の友達にまた会いたくなったのかもしれない。

だが、アンソニーの使用人の忠誠心により、メアリーの望みが叶うことはない。彼らは馬車の用意を承諾することでメアリーの命令に従っているように見えるが、アンソニーが妻の意図を把握できるよう計らい、必要とあらばそれを阻止できるようにしてくれたのだ。

寝室のドアの掛け金にかけた手が止まった。使用人たちは新婚当時もこんな行動をとっていただろうか？ それともこの特別な警戒感は、彼らが察知した夫婦間の緊張のせいだろうか？ それに加え、いまだ説明のないメアリーの不在に対する彼ら自身の疑念のせい？ あるいは、メアリーが前もって知らせをよこし、家政婦が部屋の準備をしたあと、荷物でいっぱいの馬車でさっそうと現れるのではなく、茶色の紙包みを握りしめて玄関に現れるという、芝居がかった登場をしたせいだろうか？

使用人は以前から、メアリーにされた命令をアンソニーが承認するかどうか確かめていただろうか？ ロンドンの使用人は違っていたはずだ。だが実際に、メアリーが当時彼らに何か命じようとした記憶はなかった。メアリーの買い物はアンソニーが手配した。屋外の朝食会や舞踏音楽会なども同じだ。

メアリーは、自分は気が弱すぎてブランシェッツの使用人に希望を伝えられなかったと言っている。〝あなたの使用人〟と、メアリーは呼んでいた。

アンソニーは眉間にしわが寄るのを感じた。ついさっきまで、シモンズやほかの使用人がメアリーの命令を自分に伝え、自分の承認を確かめることで自分に示す忠誠心に満足していた。だが今は、そのような忠誠心がメアリーにどんな影響を与えたのかが気になってきた。

あなたの使用人。メアリーは使用人をいつもそう表現した。アンソニーはいつも、君は私と結婚したのだから、君の使用人でもあるよと言ってきた。

だが、それは違っていたのでは？　そして、今も違う。

普通の状況なら、メアリーに侍女を選んで雇うよう勧めるが……。

アンソニーは頭を振り、その一連の思考を棚上げして寝室を離れ、階段を駆け下りた。開けっぱなしだった玄関ドアに着くと、ちょうどスティーヴンズが馬車のステップを下ろしているところだった。

「あら」アンソニーが舗道を横切ってそばに行くと、メアリーは言った。「あなたも出かけるの？」

「ああ」アンソニーは言い、メアリーが馬車に乗り込むのに手を貸し、自分も乗り込んで向かい側の席に座った。「妻と劇場に行くところだ」

メアリーは首を傾げ、いぶかしげな目でアンソニーを見た。「面白いわね」メアリーは言った。「どうして私はそれを初めて聞いたのかしら」

「たぶん、君が出かけようとしていることを、私はついさっきまで知らなかったからだろうな。しかも、一人で。まったくもう」馬車がぐらりと揺れて動きだすと、アンソニーは言った。「君がロンドンにいるのを誰も知らないのに、君が同伴者もなしに劇場に現れたら、どんな噂が立つか考えなかったか？」

メアリーはアンソニーに冷静な視線を向けた。

「私が戻ってきたことを隠しているのは、そのほうが噂にならずに、私を楽に捨てられるから？」

「違う！」だが、最初はその考えが頭をよぎっていた。例えば、行方不明の数カ月間の真相から、ずたずたに引き裂かれたこの結婚を修復するのは不可能であることが判明すれば、メアリーを田舎の地所のどこかに送り、孤独な生活を送らせてもいい……。あるいは……。

　離婚という未来図に、アンソニーは怯んだ。メアリーが何をしていようと醜聞になるのは……。

　同様に、記憶を失ったというメアリーの主張を医者に相談することを考えても、はっきりと胸がむかついた。だが、もし記憶喪失が事実であれば、メアリーを医者に診せるべきだろう。治療が必要かもしれない。ただ、誰に何ができるのか……。

　それに、もし誰かにメアリーは正気でないと宣告されれば、その汚名は彼女に一生ついて回るだろう。そして、この先できるかもしれない子供の将来に影響するはずだ。“家族に精神異常者がいる”子供の結婚相手を探す母親たちは、メアリーが産むかもしれない子供との結婚を検討するときにそう言うだろう。自分もメアリーもそのような状況に置かれるわけにはいかない。自分たちがするどんなことも、それが将来の世代に与える影響を考えなくてはならないのだ。

　だが、アンソニーにも対処できる問題が一つあった。それを持ち出すチャンスをうかがっていた。そして、メアリーが今言ったことが、非の打ちどころのないきっかけとなった。

「君を捨てたがっていると私を非難するのは、完全な誤解だ」アンソニーは口を開いた。「そもそも、君が出ていったことを私が喜んでいたという想像も。私は喜んでなどいない。それに、君と結婚したのが間違いだったとも思っていない」よし、これで誤解を正すことができた。

　メアリーは首を傾げ、アンソニーを探るように見た。頭の中に疑問が湧き起こっているのがわかる。だが、メアリーがたずねるであろうことに、今は答えられない。自分が正直に答えることのできない話題からは話をそらしたほうがいいだろう。

「知ってのとおり」アンソニーは目の前の実務を処理しようと決めて言った。「私はどの劇場にもボックス席を買っていない。夜をそのような形で過ごそうとは考えていなかったから」

メアリーはまたアンソニーに視線を向けた。今回はどちらかというと、諦めのまなざしに見えた。

「それなら、ちょうどよかった」やがてメアリーは、どこか独りよがりな口調で言った。「私には劇場の仲間がいるでしょう？　だから、私が好きに使えるボックス席を用意してもらったの」

仲間？　メアリーは何の話をしているんだ？

「どうやら」目に入っているはずのアンソニーのしかめっつらは完全に無視し、メアリーは続けた。

「あなたの階級の人たちは今シーズン、まだあまりボックス席を予約していないみたい。年が明けて新しい笑劇が始まったら、状況は改善するとハリーは考えているわ。でもそれまでは、私の好きにボックス席を使っていいと言われたの」

「ハリー？　それは誰だ？」

「劇場支配人よ」

「それで、その男と君の関係は？　それに――」使用人からは、メアリーが劇場を訪ねたり、男性の訪問者を受けたりしたという報告は受けていないため、アンソニーはたずねた。「どうやってそいつとやり取りをしていたんだ？」

メアリーの唇の片側が上がり、笑いたいのを必死にこらえているように見えた。

「私を入れてくれた一座の看板女優のクロエが、仕立屋が採寸に来るときにひそかに家を出入りしていたの。クロエがハリーにこの公演を観に行く話をしてくれて、私のために全部手配してくれたのよ」

アンソニーは息を切らし、座席にもたれた。使用人はメアリーが慌ただしく採寸を受けるたびにその報告をしてくれていたが、針子の一人が実は針子ではなかったことには誰も気づかなかったのだ。

「君がごまかすような手を使ったのが気に入らない」アンソニーはうなった。それはあまりにも、最初の妻のふるまいを思い起こさせた。

「だって、私が伯爵夫人だとわかった以上、クロエが言う〝私たちみたいなの〟と私のつながりが人目を引いたらあなたが困るだろうと、私もクロエも思ったのよ」メアリーはにこやかに言った。「じゃあ、クロエが考えた針子らしい控えめな衣装じゃなくて、彼女がふだん人と会うときの服装で玄関に直接現れたほうがよかった？　あなたが言っていたように、あなたみたいな階級の人たちは基本的にゴシップの種のために互いを見張る以外にやることがないから、あなたの妻が大っぴらに女優をお茶に迎えていると誰もが知ることになるけど？」

メアリーの言うとおりだと、アンソニーは認めざるをえなかった。誰かに知られるわけにはいかない。メアリーが……いや、彼女が役者たちと何をしていたのか、まだ具体的には知らないのだが。メアリーにそれをたずねる覚悟もできていなかった。

「それとも」メアリーは続けた。「あの人たちと話がしたいときは、劇場で予行演習をしているところを訪ねたほうがよかったのかしら？」

「いや」アンソニーはしぶしぶ認めた。「それはもっとまずい」

「やっぱりそうよね」メアリーはうなずいて言った。「あなたは私が役者と関わりがあることを上流社会にあまり知られたくないはずだと思ったの。クロエにこっそり来てもらった理由はそれだけよ。だって」どこか喧嘩腰（けんかごし）につけ加える。「私のほうは、クロエが友達だって誰に知られても構わないもの」

アンソニーはメアリーの言い分について考えた。彼女が言うことが事実なら、このごまかしはアンソニーのためにしたことになる。夫に恥をかかせないために、と言ってもいい。

それは、サラがしていたごまかしとは種類が違う。サラは自分の利益だけを考えて行動していた。

「あら、着いたわ」馬車が停まると、メアリーは言った。「すぐだったわね？」

スティーヴンズが扉を開けてステップを下ろし、メアリーに手を差し出した。たいまつの灯りがメアリーの顔を照らし、アンソニーは妻の表情に目を留めた。楽しみが控えているときのような、興奮した表情だ。これほど嬉しそうなメアリーを見るのは初めてだった。その事実に、アンソニーは骨の奥まで切りつけられた。自分は一度も妻にこのような表情をさせたことがなかった。

アンソニーはメアリーに腕を差し出し、彼女は手袋をはめた手を袖に置いた。新しい手袋だとアンソニーは気づいた。ごく薄い青色の手袋だ。

一人の若者がにきびだらけの顔を大きくほころばせ、メアリーのもとに駆け寄ってきた。

「こんばんは、パーディタ」若者は言った。「ボックス席に案内します」

「ありがとう、パット」メアリーは言い、落ち着いた足取りで若者についていき、立ち止まって紹介することはしなかった。だが、アンソニーもこの若者と知り合いになりたくはなかった。若者に自分が誰なのか正確に知らせるのもまっぴらだった。とりあえず、今のところは。

「私は感謝したほうがよさそうだな」若者に案内されたボックス席のカーテンをメアリーが閉め、廊下を通る人からプライバシーが確保されると、アンソニーは恨みがましく言った。「君がこの劇場で長い時間を過ごした様子がないことに。そうでなければ、道順をもっとよく知っていただろうから」

メアリーは目をしばたたいた。アンソニーに背を向け、バルコニーの端まで行って、すでに舞台上で演じられている芝居をじっくりと眺める。何か歌が聞こえ、現実離れした衣装を着たさまざまな人々があちこちで踊り、腕を風車のように回しているのは、アンソニーにもぼんやりとわかった。だが、視線はメアリーに釘づけになっていた。今夜のメアリーはとても美しかった。

「予行演習に立ち会ったことは何度かあるわ」メアリーは肩越しにアンソニーに視線を投げて言った。「でも、あの舞台に立って演じたことは一度もない。もし、あなたが心配しているのがそのことなら」

メアリーがそう言うのを聞いて、アンソニーの心は少し軽くなった。もし、アンソニーの知り合いの誰かが、メアリーが出演している公演を観て彼女の顔を覚えていた場合、メアリーが女優との友人関係をこっそり続けるのは良くないからだ。

「ついでに言っておくと」メアリーは外套の紐をほどき、脇に放りながら言った。「私に演技の才能がないことにみんなが気づくのに時間はかからなかったわ」メアリーのドレスは、今まで彼女が着ているのを見た中で最も美しかった。少なくとも、それを着たメアリーは美しかった。メアリーは薄い青色の生地を選び、それを濃い青色のリボンで飾っていて、細かい真珠がネックラインと裾で複雑な形に渦を巻き、彼女がバルコニーから近づいてくる間にちらちらと光った。「それに、芝居に出演するときは」アンソニーが一瞬息が止まっていることには気づかず、メアリーは一気に続けた。「必ず木とかあひるとか、そういうものに扮していたの」そう言いながら、座席に座ってスカートを直した。「だからこそ、クロエと友達でいられたのよ。どんな形でも私のほうが目立ったりすれば、クロエに嫌われていたでしょうね」髪にもついている連なった真珠をよじる。いったいどこでそれを買ったのだろう？　請求書が届き始めてから確かめようと、アンソニーは思った。

　メアリーがこんな贅沢をできるようになるとは思ってもいなかった。

　メアリーがこれほど自立心が旺盛だとも思っていなかった。

　それを言うなら、メアリーが逃走し、何カ月間も行方をくらませるとも思っていなかった。

「私は明らかにクロエより劣っていたし」メアリーは続けた。「主役の座につくことは絶対になさそうだったから、私を一座に入れてもいいと思ってくれたの。もちろん、私が伯爵夫人だとわかった今では、親友だと思っているでしょうけど……」

「君につけ込もうとしているということか？」アンソニーは妻の自分を驚かせる能力に思いを馳せることを中断し、メアリーの隣に座った。「私がすぐに手を打つよ」きっぱり言う。「そんなそぶりがあったときは」

「もう、何言ってるの」メアリーはじれったそうにアンソニーを見て言った。「私はクロエとジャックとフェネラに、一生かかっても返しきれないほどの恩があるのよ。今はあの人たちに少しは恩返しができる立場になったから、もちろんそうするつもり。それを〝つけ込まれる〟とも思わないし。だって、もしジャックがあんなふうに私を助けに来てくれなかったら、自分がどうなっていたかを考えるだけで身震いするくらいだもの」

　ジャック。

「それは……」

「あっ、しいっ」踊り子たちが舞台から退場し始めると、メアリーはアンソニーから舞台へと顔を向け、待ちきれない様子で言った。「笑劇が始まるわ。私はこれを観に来たの。一秒だって見逃したくない。今夜はジャックがまったく新しい何かをすることになっているから、観客の反応を見たいの」

ジャック、ジャック、ジャック、ジャック。その男の名を聞くのはうんざりだった。特に、メアリーがジャックを何らかの英雄であるかのように言い、夫はそうではないと暗に言ってからは。

メアリーが夫こそが自分の世界の中心であるかのようにふるまっていたころのほうがよかったと、むっつりと考える。だが、夫は結婚を後悔していると、メアリーが思い込んだのであれば、自分は彼女の好意を受ける権利を失ったのかもしれない。

「あ、出てきたわ」とつぜんメアリーが叫び、手を伸ばしてアンソニーの袖をつかんだ。舞台上では、両側から若い男性と女性が一人ずつ走って出てきて、やぶれかぶれな雰囲気で抱き合っていた。

アンソニーは、まるでそれが世界で最も自然なことであるかのように突き出され、自分をつかんだ小さな手を見下ろした。だが、これは自然なことではない。メアリーは今この瞬間まで、自分の意志で手を伸ばしてアンソニーに触れたことはなかった。確かに、アンソニーを拒んだことはない。アンソニーが身を寄せると、いつもかわいらしい反応を返してくれた。だが、一度も、何であろうと自分から始めたことはなかった。このように無邪気な仕草さえ。

状況が悪化する前に、メアリーがこんなふうにふるまえるほど大胆だったらよかったのに。そうすれば、アンソニーもメアリーが自分にとってどんな意味を持ちつつあるか伝える勇気が湧いたのではないか？　そうなれば、状況は変わっていただろうか？

それとも、アンソニーがまた別の形で台なしにしただけだろうか？

「あれがクロエよ」メアリーは言い、黒っぽい頭をそらし、父親が若者と自分を結婚させてくれないことを歌い始めたブルネットの女性を、空いているほうの手で指し示した。「それから、道化師役がコナー。コナーはアイルランドで巡業をしていたから、ロンドンに来るまで会ったことはなかったの。でも、コナーがハーレクイン役、クロエがコロンビーナ役というのがお決まりになっているのよ」メアリーが説明する間に、舞台上の若者は生まれの卑しさを克服する自分の愛の崇高さについて歌い始めた。

メアリーはここに一人で来ようとしていたのだと、アンソニーは自分に言い聞かせた。夫が一緒だろうとなかろうと、どっちでもよかったのだと。メアリーが舞台上で行われている芝居や自分と役者たちの関係を説明するときの、秘密を打ち明けるような様子に、自分が心を動かされる筋合いはないのだと。

それでも、もしメアリーが夫を何とも思っていないのなら、ここでただ夫の存在を許容しながら座っていただけだろうと思わずにはいられなかった。手を伸ばして夫に触れ、こんなふうにお喋りするのではなく、冷ややかにふるまっただけだろうと。そのような扱いがどんなふうに感じられるかは、あまりにもよく知っていた。サラはこのように人前に出かけるとき、アンソニーに好意を持っていないことを本人に知らせる術に異様に長けていた。

とつぜん、歌の歌詞が耳から意識へと浸み入ってきた。悲運の恋人たちは二人で、自分たちの結婚を妨げるあらゆる障害を乗り越えるのを神が助けてくれるという希望を高らかに歌っていた。今日に限って、それが感傷的な戯言に聞こえないことにアンソニーは気づき、驚いた。それどころか、彼らがどんな気持ちでいるかも、なぜ声を張り上げてそれを嘆いているのかも理解できた。アンソニー自身も、自分の結婚にどう対処すればいいか、何か高次の力に導いてほしいと今にも泣き叫びたいところまで来ていたからだ。

「さあ、ジャックが出てきたわ」メアリーは言い、アンソニーの袖をつかむ手に力をこめた。

ジャック。

アンソニーは口が怒りに固く引き結ばれるのを感じた。嫌悪感に鼻孔が広がる。

もちろん、何も言わなかった。だが、妻の指が袖の生地をしわにしている部分に自分の手を置いた。

こうすれば、もしわざわざ自分たちを見る人がいたとしても、メアリーが自分の妻であると知らせることができる。

自分のものであると。

12

アンソニーは舞台に飛び乗る曲芸的な宙返りと、割れんばかりの拍手と歓声を予期して身構えていた。

そのため、どっしりとした姿の鵞鳥母さん(マザー・グース)が舞台袖でためらい、おどおどした様子で観客をのぞいているのが見えたときは驚いた。舞台上の希望に満ちた若いカップルは、緊張している鵞鳥(がちょう)にじれったそうに合図を送り、一階席の誰かが酔っ払った声で叫んだ。「ぐずぐずするなよ！」

すると、舞台袖にいる姿の見えない誰かがマザー・グースを勢いよく押し出した。マザー・グースはその時点で、ひと続きの試練を乗り越えることでそれが真の愛であることを証明できれば、カップルの望みは叶(かな)うという歌を歌い始めているはずだと、アンソニーは以前見た似たような芝居をぼんやり思い出しながら考えた。ところが、鵞鳥は歌を歌いはせず、舞台に立った緊張と照明の眩(まぶ)しさ、観客の騒々しいふるまいに麻痺(まひ)したかのように、動きを止めた。パニックを押し殺すように、そのぶざまな生き物は舞台袖の安全な場所へと横歩きで戻り始めた。

メアリーは空いている手を口に当て、笑いだした。

「いったい何がそんなにおかしいんだ？」アンソニーはその冗談が理解できず、たずねた。

「私なのよ」メアリーは笑いで肩を震わせながら言った。「あれはまさに、みんなが演技をさせようとしたときの私の姿なの。衣装を着せられてもあんなふうだったの。でも、ああ、脚以外はあのかさばる衣装しか見えない状態で私の内気さを、人前で演じることへのためらいを演じられるなんて、ジャックは何て器用なのかしら」

混凝紙の頭と厚紙の羽で動きを阻まれながら、臆病さと驚きを表現するにはかなりの技能が必要であることを、アンソニーはしぶしぶ認めた。

「ジャックに言われていたの」メアリーは舞台を見つめたまま続けた。「この一連の演技に私がしたことを一つ残らず取り入れて、観客がエセックスまで飛んでいくほど笑わせてやるって」

それを聞いて、アンソニーは次の三十分間、今までの人生で観てきた舞台上の出し物には向けたことがないほど鋭い興味を、その恥ずかしがり屋の鵞鳥のおどけた芝居に向けた。道化師(ハーレクイン)とコロンビーナがバレリーナ、奇術師、驢馬(ろば)に乗った猿と関わるなど、ばかばかしいほど複雑な筋書きが進む間、マザー・グースは何度も舞台に現れては、ぎこちなくもごもご喋(しゃべ)り、踊り子たちに割り込み、背景をなぎ倒した。

やがて、不格好な鵞鳥のせいで笑いものになることにいらだちを募らせたコロンビーナが、ついに我慢の限界に達し、鵞鳥を勢いよく突き飛ばすと、鵞鳥は舞台からオーケストラピットへと転がり落ちた。木管楽器セクションが闖入者を撃退するためにいっせいに立ち上がり、フルート奏者が先頭に立って、自分の楽器で不運な鳥の頭をたたいた。

一階席の観客はフルート奏者とほかの木管楽器奏者たちにいじめだとブーイングを始め、鵞鳥に反撃するよう促した。一階席の雰囲気は否応なく、アンソニーが若いころに参加していた素手での拳闘を思い出させた。やがて、鵞鳥はくちばしでフルートを奪い、それをくわえたまま逃げ出し、ぷっぷう、きいきいと、フルートに出せるとは思えないような音を続けざまに出した。一階席の芝居好きたちは鵞鳥が通れるよう道を空け、フルート奏者が観客席の中を鵞鳥を追い回すさまを騒々しくはやし立てた。

「紳士淑女の皆様」ちょうど舞台上に走ってきた、背の高い、困惑した顔の男性が叫んだ。「お願いです」ざわめきに対抗するように叫び、訴えかけるように両手を広げた。「席にお戻りください！　それから、君たち」そうつけ加え、鵞鳥とフルート奏者を脅すように指さした。「自分の持ち場に戻らず、その芸当を続ける気なら、この劇場にもほかのどの劇場にも一生出られなくなるからな！」

観客の多くが自分たちの楽しみに水を差そうとするその男性にブーイングをし、ありとあらゆる悪口を投げつけた。

アンソニーはこのジャックという男が職を失う現場に居合わせることができて今にも喜びそうになったが、メアリーが少しも心配そうな顔をしていないことに気づいた。

フルート奏者は反省した様子の鵞鳥のくちばしから自分の楽器を奪い返し、最後に一度、名残惜しそうににらみつけてから、オーケストラピットへと戻っていった。すると、鵞鳥は舞台に戻ろうと何度か試みたものの、役者の両手が衣装に覆われているせいでうまくいかなかった。鵞鳥がぶざまに失敗するたびに新たな爆笑が起こり、アンソニーは何が行われているのか気づいた。

「これは全部、今夜ジャックがしようとしていると君が言っていた、まったく新しいことの一部なんだな」アンソニーはメアリーに言った。「そうだろう？」

「そうなの！」メアリーは顔を輝かせてアンソニーのほうを向いた。「私は舞台上では使い物にならないから、帽子にお金を集めて回るほうがまだ役に立つんじゃないかとクロエに言われたんだけど、実際には私があまりに不器用でぎこちないせいで、観客はそれもすべて芝居の一部だと思ったの。そして、私が誰かにぶつかってその人の飲み物をこぼしたり、後ずさりしてキャベツがのった台車を倒してそこらじゅうにキャベツが散らばったりすると、観客は自分も芝居の一部になった気がして喜んだのよ。今夜はそれと同じ。ハリーは役者の一人を観客の中に入らせたら客が暴走するんじゃないかと心配したんだけど、ジャックは少し警戒するだけで、自分に危害を加えるような本当にひどい動きはかわせるから、例えば客席に何人か裏方を配置するのはどうかと提案したの」

「用意周到な男のようだな」アンソニーはどこか憤慨しながら言った。

「こういう芝居は、細かいところまで気を使って計画して、徹底的に予行演習をしないと上演できないものよ」メアリーは答えた。

その瞬間、鵞鳥はとつぜん自分に羽があることを思い出したような身ぶりをした。

メアリーは賞賛のため息をついた。「ジャックが羽根布団が三つに分かれたような衣装をつけて、両手と顔を覆われているのに、かぶりものをかすかに動かしたり、首を傾げたり、羽を弱々しく動かしたりするだけで考えや感情を表現できることには驚いてしまうわ」

アンソニーは一瞬自分と闘ったが、それはあくまで一瞬だった。自分のライバルとその男のすべてが嫌いだと宣言するような愚かさは、初めての色恋に舞い上がっている青二才にしかない。アンソニーはもう、そのような餌に食いつく青二才ではない。それに、少し前に自分もまったく同じことを思っていたのではないか？

「確かに、非常に優れた曲芸師だ」気が進まないながらも、アンソニーは言った。

その言葉を証明するかのように、鶩鳥は通路を後ずさりしたあと、前に走りだし、その小さな厚紙の羽をはばたかせて、その動きをどんどん速くしていき、とつぜん宙に飛び上がって舞台に着地し、当然ながら、二人のバレリーナとハーレクインをなぎ倒した。観客は熱烈な歓声を送った。

アンソニーはさほど感動しなかった。あの男が立った状態から宙返りをしてテーブルにのるところを見たことがあるが、あれほど高く跳べる人間はいないだろう？　あの男は巧みな位置に踏み切り板を仕込んでいて、飛び上がったような印象を与えているに違いない。

「大受けだわ」メアリーは言い、アンソニーのほうを向いて目を輝かせた。「あなたもそう思うでしょう？　あんなふうにジャックが観客の中に入っていくこと。ジャックは生きて出られないとハリーは言っていたけど、うまくやってのけたわよね？」

今のメアリーが鶩鳥に出くわしたら、階段の下に蹴り落とせるだろうと考えていたのは、つい一時間前かそこらではなかったか？　はは。今では、鶩鳥を蹴りたくてたまらないのはアンソニーのほうだった。とりあえず、特定の鵞鳥を。あいつをメアリーの人生から蹴り出してやりたい。

「もう時間だ」アンソニーは厳しい口調で言った。

「帰ろう」

「えっ、まさか。本当に？」

「ああ」アンソニーは言い、メアリーの外套を取り上げ、彼女の肩に着せかけた。「君は友達の成功を見届けた。私の見立てでは、芝居も結末に向かっている。それに、私たちは幕が下りる前にここを抜け出したほうがいいと思うんだ」アンソニーはメアリーの前で、反対側のボックス席に座っている人々に視線を走らせてみせた。「君は気づかなかったかもしれないが、反対側のボックス席にいる何人かが、私たちの方向にオペラグラスを向けていた。そして、舞台上で起こっていることよりも、私たちのほうにはるかに興味がありそうに見えた」

　そしてその多くが、ゴシップ好きで醜聞を漁りたがることで有名な人々だった。メアリーがロンドンに戻ってきた理由、そして何よりも、長い間彼女から音沙汰がなかった理由を最初に突き止めたくてうずうずしていることだろう。

　また、一階席にいる男性にも知った顔がいくつかあった。その中には、幕が下りたとたん、アンソニーのもとに群がり、にこやかさという凶器で待ち伏せ攻撃をしてくる類いの人々もいた。そうなれば、反対側のボックス席に見えるお喋り女たちに、ここまで来て妻に鉤爪を立てる時間を与えてしまう。

　メアリーは気落ちしたようだった。だが、それなりに素直にボックス席の後ろのカーテンに向かった。二人が階段を半分下りたところで、話しかけてきた人物がいた。幸いにも、それはアンソニーの秘書トラヴァーズの弟だった。不幸にも、彼は二人の行く手を直接遮る位置にいて、二人がそれ以上階段を下りるじゃまをした。

「お帰りですか?」その若い男性は言った。「こんなに早く?」

「そうだ」アンソニーは答え、男を無慈悲に押しのけた。

「ちょっと、あんまりじゃないですか」トラヴァーズの弟は異議を唱えた。「僕は伯爵夫人にご挨拶したかっただけなんですから」

「わかった」アンソニーは言い、階段を下り続けた。トラヴァーズの弟は向きを変えてメアリーの隣に並び、その様子は飼い主のスリッパにじゃれつくことをやめないスパニエルの子犬を思わせた。

「奥様、ロンドンに戻ってから初めてのお出かけとしては、少し負担が大きいんじゃないですか?」

この男はどこからそんな情報を仕入れたんだ? 兄が口をすべらせたのか? もしそうなら……。

「とんでもなく面白かったですけどね」トラヴァーズはしつこく言い続けた。「でしょう?」

「確かに、負担は大きいと思いましたけど」メアリーは答えた。「でも、私たちはあの笑劇を観に来ただけですから。ええと、あなたはどの部分をいちばん楽しまれましたか?」

「あの笑劇の中で? そうだなあ。グラマーなコロンビーナが鵞鳥を舞台から突き落としたところと、鵞鳥が舞台によじ登ろうとしたところで迷いますね」

メアリーの足取りが遅くなった。妻を肩に担ぎ上げる以外、出発を早めるためにアンソニーにできることはほとんどなかった。

「あそこはどうでしょう?」メアリーはトラヴァーズに向かって言った。「フルート奏者との喧嘩(けんか)。あそこも笑えましたよね?」

「ああ、そうですね」トラヴァーズは同意し、一同はロビーに着いた。「でも、すぐにあのくだりはちょっと……怪しいような気がしました。だって、音楽家が自分の楽器を武器に使うとは思えないでしょう？　生活の糧なんだから。もし楽器が傷ついたら、新しいのを買うには恐ろしくお金がかかるはずだ。それに」くすくす笑う。「鵞鳥がフルートで出していたように見せかけていた音は、明らかにトランペットの音でした。いや、トロンボーンかもしれないけど。要するに、フルートは音を出すこと自体が難しいし、鵞鳥のくちばしでくわえていたらなおさらだと、どんなまぬけにもわかるってことです！」トラヴァーズは笑った。

「そして、あなたは」メアリーは言った。「断じてまぬけではないということですね」

トラヴァーズは顔を赤らめた。「いや、それはわかりません。僕のことを、ふわふわしていると言うやつもいるけど……」ようやくアンソニーにしかめっつらをされていることに気づいたらしく、その言葉は先細りになって消えた。

「だが、おそらく」アンソニーは猫なで声で言った。「非常に気が利くというタイプではない」

「何ですって？　ああ。そうですね」トラヴァーズが言い、アンソニーはメアリーを出口のほうへと促し続けた。「もちろんです。伯爵夫人にすぐには無理をしていただきたくなくて。つまり、お加減が悪いと聞いたので、その、ええと、お会いできて良かったです」そう結ぶと、すばやく、面目を保つためのおじぎをしてから、慌てて逃げ出した。

アンソニーは退却するトラヴァーズに凶悪な視線を送った。メアリーの体調が悪いとか、これがロンドンに戻って初めて人前に出る機会だとか、あの男は、いや、それ以外の誰だろうと、どこで聞いたのだろう？　それを言うなら、メアリーがロンドンに戻ったこと自体もそうだ。アンソニーは妻の帰宅の知らせがもれないよう、細心の注意を払っていたのに。

自分の使用人が何も言わないことは信頼できる。

アンソニーはメアリーのほうを向いた。トラヴァーズがメアリーの動きについて、知る権利がある以上のことを知っていても、彼女にはまったく驚いた様子がなかった。

アンソニーはメアリーの肘をしっかりつかんだ。

「私が思うに」二人で建物を出て、馬車が回されるはずの舗道に下り立つと、メアリーは言った。「あなたは大げさに騒ぎすぎじゃないかしら」

大げさに騒ぎすぎ？　自分は内密にしようとしてきたのに、メアリーがロンドンに戻ったという噂が広がっていることがわかったのだ。しかも、大衆が歓声と拍手を送る中、妻がほかの男のふざけた芸を賞賛するのを見ることに何時間も、少なくとも何時間にも感じられる時間を過ごしたあとで。

「むしろその逆で」幸い、ちょうどいいタイミングで現れた馬車の中にメアリーを不作法に押し込みながら、アンソニーは言った。「私は賞賛に値するほど自制を働かせていたと思う。まず、君が今夜劇場に行くという愚かな決断を咎める言葉はひと言も発しなかった」いや、それは厳密には事実ではない。だが、言いたいことの半分も言わなかった。「それどころか、君の力になるために一緒に来た」

「ちょっと待って」メアリーは言いかけた。

「それから」アンソニーはメアリーが何も言わなかったかのように続けた。「君が私をだまし、好ましくない連中を私の家にこっそり入れていたことを認めるのを、おとなしく聞いていた」メアリーが反論しようと息を吸うと、手を挙げてそれを制した。

「その連中と君が交流することに私がいい顔をしないと、君はわかっていた。そうでなければ、家に入れるのに変装させたりしないだろう」

「クロエだけよ」メアリーは抗議した。「あなたの言い方では、まるでいかがわしい人たちの大群が家に押し寄せていたみたいじゃない。それに、私がそういうふうにした理由は説明したでしょう」

アンソニーはその点は無視した。メアリーが理由を説明したときにそれは理解していたし、メアリーになだめられるつもりも、話をそらされるつもりもなかったからだ。

「だが何よりも最悪なのは、君が、男がその気になれば脚をじろじろ見ることができる格好をして、舞台に立っていたと知ったことだ」

ジャックの脚は厚手の白いタイツに包まれていても非常に筋肉質で、女性の脚ではないのが明らかだった。だが、もし女性が鵞鳥の衣装を着ていたら、その場にいる男は誰でも気づくはずだ。そして、それ相応の反応をするだろう。

メアリーの口がぽかんと開いた。「脚ですって」ようやく、何とかそう言った。「あなたはそこに座って厚かましくも、鼻越しに私を見下ろしながら、人が私の脚を見ることに異を唱えているの？」

「そのとおりだ！」

「ちょっと整理させて。あなたは私が生き延びるためにせざるをえなかったことで私を責めるの？　一方の自分はこれといって何もせず、私が危険な目に遭っている可能性を無視しようとしていたのに？」

「そういうことじゃない！」

「あら、まさにそういうことよ。私が家に帰った最初のころ、私がどん底にいたときにあなたを、あなたの名前を呼んでいたと話したのを覚えてない？」

「それが、君が世間に脚を見せびらかしていたことと何の関係があるんだ？」

「私が計算したところ、あなたがたとえ私が厩番と駆け落ちしたと思い込んでいたとしても、ボウ・ストリートの捕り手に私を追跡させる手配をして、私を捕まえて償いをさせようとしていたら、ブランシェッツから八キロも離れていないところで見つかっていたはずだからよ。でも、あなたはそうはしなかったでしょう？」

アンソニーは少し前から、メアリーの失踪を騒ぎにすることをなぜ自分があれほど渋ったのか、正確に説明したほうがいいと考えるようになっていた。

「私は……いいか、君がいなくなったとき」アンソニーは回りくどい言い方で始めた。「私は打ちのめされた。プライドは朽ち果てた。それで――」

「そんなはずないでしょう」メアリーは語気を荒らげて言った。「妻が失踪したことを認めて、どんな形であれ妻の、私の捜索隊を組織することよりも優先されたプライドなんて、元気いっぱいに決まってるじゃない」顔をしかめ、頭を振った。「だから、私が外の世界で一人きりだったときにしていたことについて、今あなたが文句を言うよ、妻が人前で脚を見せびらかしていたと聞いたら――」

「どんな男でも文句を言うよ、妻が人前で脚を見せびらかしていたと聞いたら――」

「私の脚がそんなに気になるなら、もっと大事にしていたはずでしょう。自分の視界から消えたとたん、手を引くんじゃなくて！」

「君は脚を見せびらかしたことを少しも恥じていないのか？」今のメアリーは、サラが自分の悪事の噂を責められ、その咎をアンソニーになすりつけようとして、大げさに騒ぎすぎだと言ったときにそっくりだった。それでも、アンソニーは自分を止めることができなかった。「後悔は少しもないのか？」

「後悔は」メアリーは苦々しく言い、馬車は揺れながら家の外に停まった。「最初にあなたを台座に祭り上げたことだけよ。あなたを神だと思ったこと！まあ、偶像崇拝には報いがあるものね？私は偽の神を崇拝し、今になって足が粘土でできていたことを知ったの。いいえ、足だけじゃない」メアリーは言い、アンソニーの足を嫌悪感を込めて見下ろした。「あなたはどこもかしこも粘土でできているわ。その外側に地位と富の化粧板が貼られているだけ」

メアリーを黙らせなくてはならない。スティーヴンズが馬車の扉を開けようとしている。彼に聞こえてしまう。メアリーは普段の穏やかな感じのいい声ではなく、広場の反対側にいる人々にまで届きそうな耳障りな声を出しているのだ。

「もうたくさんだ」アンソニーはせっぱつまった口調で言った。

「ええ、もうたくさん」メアリーはアンソニーに叫び返した。「だって」そう言ったとき、扉が大きく開いた。「あなたは私に愛情を返してくれなかっただけじゃなくて、私があなたに抱いてきたどんな感情にもまったく値しない人だとわかったんだもの」

そう言うと、メアリーは馬車から転げ落ちるように降り、正面階段を駆け上がっていった。

13

アンソニーはメアリーが玄関に駆け込むのを見ながら、今の彼女には鵞鳥(がちょう)を階段に蹴り落とす勇気があるという想像は正しかったと思った。ただし、メアリーが蹴り落としたい鵞鳥が自分だとは思ってもいなかった。

アンソニーがわざとゆったりした動きで馬車を降りる間、スティーヴンズはいつにも増して無表情だった。だが、彼はメアリーの文句の後半のほとんどを聞いていたはずだ。アンソニーは取るに足りない人間だという部分。爵位と富がなければ何者でもない、男のまがいものだと。

それがメアリーの本心なのだろうか？　それとも、

とアンソニーは家に入りながら考えた。自分を傷つけようとして暴言を吐いただけなのだろうか？

メアリーにもう自分を崇めてはいないと言われたのは確かに堪えたと、帽子と手袋とコートをシモンズに渡しながら思い返す。そんなはずはなかった。何しろ、アンソニーはメアリーが厩番と駆け落ちしたと聞いた瞬間から、妻にあると信じていた自分への愛情は空想の産物だったと思い込んでいたのだ。メアリーが自分を見つめる目に崇拝の色があると思いたかったから、それをでっち上げていたのだと。

ところが、メアリーはたった今、夫を崇拝していたと言った。それは、アンソニーがメアリーに持っていたのと同じ感情を彼女も持っていたことを意味する。

それを確かめたくて、自分は人殺しの追いはぎと記憶喪失の荒唐無稽な物語を進んで聞こうとしたのではないか？　もしその物語が事実なら、メアリーは進んで自分のもとを離れたわけではないことになるからだ。

心の問題に関しては、自分はロンドン一のまぬけなのだろうか？　愛されることに必死なあまり、どんな荒唐無稽な物語も鵜呑みにしてしまうのか？

だが、失踪した理由についてのメアリーの説明が事実なら、自分は彼女を失望させたことになる。そして、もはや彼女の賞賛に値する人間ではないことになる。

それなのに、自分はメアリーにサラの罪を償わせたのだ。

本当に有能な上級使用人にしか作れない、木のような無表情を保ったシモンズから、アンソニーはぼんやりと向きを変えた。シモンズはメアリーが自分に向かって叫ぶのを聞いたはずだ。彼女が家の中に駆け込み、階段を上るところは確実に見ている。

だが、それを言うなら、シモンズは夫婦間の不和の場面を見ることには慣れているのでは？

執事の次の言葉がそれを裏づけた。

「旦那様、書斎の暖炉に火を入れております。ブランデーのデキャンタもご用意しました」

「ありがとう」アンソニーは淡々と言ったあと、避難所として多用し、毎回同じ治療薬をたっぷり使っているその部屋へと逃げ込んだ。

デキャンタの栓を抜き、慰めの液体をグラスに注ぐ。ブランデーを回しながら、そろそろ歩み寄って、最初の妻のことを、サラのことをメアリーに話すべきだろうかと考えた。

いや、文字どおりの意味ではない。今すぐという意味ではないと、アンソニーは顔をしかめながら思い、グラスを口に運んでひと口飲んだ。激怒した女性の寝室に押しかけ、問題の解決を要求すればどうなるかは、あまりにもよく知っている。まずは叫ばれ、横面をひっぱたかれ、それ以上の攻撃を防ぐために彼女の手首をつかむ。彼女は息を切らし、興奮した、血走った目でこちらを見る。やれるものならやってみなさいと言う。それから……炎が燃え上がる。彼女をベッドに連れていき、二人は互いの欲望を満たし、本当の意味では何も解決しない。

違う。アンソニーはグラスをデスクにどんと置いた。違う、メアリー相手にそうはならない！　彼女はサラではない。メアリーの怒りが収まらないうちに今夜の口論を続けた際に起こる最悪の事態は、互いに取り返しのつかないことを言ってしまうことだ。

だが、メアリー相手にそのリスクは冒したくないだろう？

アンソニーは苦い経験から、激情に任せて動けばどうなるかをわかっていた。だから、メアリーと冷静に、理性的に話せるようになるまで待たなくてはならない。すべてを説明するか、少なくともメアリーに理解してもらえる程度のことは話すのだ。そして、もし許してもらわなくてはならない事態になれば、許してもらう。あるいは、自分はメアリーを許す気でいることを伝える。もし……。

アンソニーはブランデーを持ち上げてごくりと飲んだ。もしメアリーが不貞を働いていたら、自分は妻を許せるのか？　もし不貞を働いていなければ、メアリーは自分を疑った夫を許せるのか？

アンソニーはブランデーグラスを持った手をだらりと垂らし、デスクの前の椅子にどさりと腰かけた。

明日の朝食後、メアリーをここに誘おうと決め、本がつまった本棚とデスクに散らばった帳簿や書類を見回した。これほど事務的な部屋なら、情欲に負けるリスクはない。二人でデスクを挟んで向かい合わせに座れば、互いの気を散らし、理性的な会話を妨げる肉体的接触のリスクはなくなる。アンソニーはサラのこと、サラの死後、心がねじ切られた状態で残され、人を信じるのが難しくなったことを説明する。そうすれば、もしメアリーの話が事実で、アンソニーが自分の行動を許してもらわなくてはならなくなった場合、彼女は今より夫を許す気になってくれるだろう。

いずれにせよ、アンソニーが洗いざらい話せば、メアリーにも失踪中の数カ月間にしていたことを隅々まで話してもらう権利を持てるはずだ。今夜メアリーが口をすべらせたところによると、ブランシエッツから八キロ以内のどこかにあるメソジスト一家の家から、ドルリー・レーンの裏のごみごみしたスラムの役者の一団の下宿屋に、どんないきさつで辿（たど）り着いたのかを説明してもらう権利だ。

そう決意したアンソニーが、ブランデーを飲み干し、空いたグラスをデスクに置いて部屋を出ようとしたとき、ドアが静かにノックされた。アンソニーが返事をする前にドアが開き、メアリーが縁からのぞき込んだ。

「このまま夜を終わらせられないと思って」メアリーはそう言うと、部屋にするりと入ってきて、背後でドアを閉めた。

前妻とのいくつもの場面が頭の中を流れ、アンソニーは凍りついた。

だが、サラはノックしなかったのではないか？ 彼女はただ部屋に乱入し、物を投げ始めていた。

「来なきゃいけないと思って」メアリーは言った。「あんなふうに癇癪を起こしたことを謝りたかったの。あんなにひどいことを言ってしまったことも」

これは新しい展開だ。怒った女性が、自分が悪かったと認めている？ 自分の発言を謝っている？

メアリーはドアから離れ、両手をウエストの位置で組んでためらった。「本気で言ったんじゃないの。あなたは粘土でできてなんかいない。つまり……」言葉を切り、どこか気まずそうな顔をした。「あなたには爵位とか以上のものがあるってこと」

「そう言ってくれるなんて心が広いな」アンソニーはまたもメアリーが見せる意外な顔に仰天して言った。「でも、私も生身の人間だ。間違いを犯す。君のことではたくさん間違いを犯してきただろう？」

メアリーはたじろいだ。

「あっ、君と結婚したことじゃない、そういう意味ではないんだ」アンソニーはデスクの前に出て、メアリーの手を取り、安心させようとした。自分から来てくれて、問題を解決しようとしてくれたことに感謝しようとした。「君をきちんと見ていなかったことだ。私が君のことを気にかけていないと思わせてしまったこと。今夜も、君があんなふうに爆発したのは私のせいだとわかっている。君が世間に脚を見せたと文句を言ったからだ。でも、あれは嫉妬から出た言葉だったと、わかってくれるかい？」

「嫉妬？」アンソニーが何か法外なことを言ったかのように、メアリーは顔を上げた。

「ああ。君はとても美しい脚をしている。とても形が良くて、ほっそりしている。私は夫として、当然ながら、それをほかの男に見せたくないんだ」

「私の脚を」メアリーはそう繰り返し、自分をからかっているのではないかと疑うように、アンソニーの顔をまじまじと見た。

「私が君を探していなかった間に、君がしたかもしれないことにけちをつけるんじゃなくて」アンソニーは悲しげに言った。「今夜の君がどれほどきれいかを伝えればよかったんだ。そうすれば、夜が終わるころに君が私にあれほど腹を立てることはなかったかもしれない」

「本当に？」メアリーは恥ずかしそうな、不安げな顔でアンソニーを見上げ、その表情から初めて出会ったころの彼女の記憶がアンソニーの中に強烈に蘇り、当時抱いていた感情がまとめて押し寄せてきた。

「私は君がどんなにきれいかも言ったことがなかったか？」

メアリーは信じられないというふうに目を丸くし、頭を振った。

とつぜん、アンソニーはメアリーにキスすることしか考えられなくなった。

「私はひどい愚か者だった」アンソニーはうなり、メアリーを抱き寄せ、唇を彼女の唇に押し当てた。

「んん」メアリーはアンソニーの口の下で短く声をもらしたあと、首に腕を回してキスを返した。

そこにはつかのま、メアリーを再び腕に抱いた幸福感しかなく、情欲が、互いの情欲がその貪るような熱で、それ以外の何もかもを焼き尽くした。

今まで、こんな形で口論を終わらせたことはなかった……。

いや、少なくとも、まったく同じ形では。

アンソニーはキスをやめ、目を閉じてメアリーの額に額をのせた。

「これ以上はできない」メアリーにというよりは、自分に向かって言った。

「それは」メアリーは息を切らして言った。「どういう意味？」

「肉体的衝動に屈したら、本当の意味では何も解決できないという意味だ」

「どういう意味？」メアリーの表情が暗くなる。

「何が言いたいの？」

「メアリー、部屋に戻れ」アンソニーは決然と言った。「今夜が手に負えなくなる前に」

メアリーはアンソニーから身を引いた。その顔に浮かぶ痛みと困惑に、アンソニーは衝撃を受けた。

「君が間違ったことをしたと言っているんじゃない」とつぜん、自分の意図をメアリーが誤解していることに気づき、アンソニーは言った。「その逆で、口論になったことを自分も悪かったと謝りに来てくれて、何て優しいんだと思っている。でも、今は違うんだ……こういうことをするには」アンソニーは手を振って二人の間の空間を示し、メアリーに自分の意図が伝わることを願った。「それに、この場所も違う」そう言って書斎を見回した。このように事務的な雰囲気なら情欲が燃え上がることはないと本気で思っていたのか？　はは！　メアリーの魅力を完全に見くびっていたらしい。どんな状況だろうと、メアリーはアンソニーを愛の行為に駆り立てることができるようだ。

だが、不適切な場所で、メアリーに自制を奪われるわけにはいかない。それはアンソニーの流儀ではなかった。

「朝、また話そう」アンソニーはそう請け合った。

メアリーはアンソニーの決定に少しも納得していないようだった。だが、反論はしなかった。ただアンソニーを見つめたまま、ドアの前に戻った。

「わかったわ」悲しげに言い、部屋から出ていった。

わかったのか？　そうか、私より物わかりがいいな！

翌朝、メアリーが朝食室に来ると、アンソニーの心臓は妙なふうに跳ねた。メアリーと顔を合わせるのは楽しみではなかった。それは、今まで誰にも話したことのない話題を切り出すことを意味するからだ。それでも、メアリーがいつもの時刻に現れなかったときは、妻は自分にチャンスを、暗雲を取り除くチャンスを与えてくれないのではないかと心配になった。だが、ついにメアリーは現れ、少し青白い顔で喧嘩腰にサイドボードへと歩いていき、皿にたっぷり食べ物を盛りつけた。メアリーがテーブルに堂々と戻ってきて、腰を下ろし、ナイフとフォークを手にする間、自分のほうを一瞥もしないのを見て、アンソニーは笑みを浮かべずにはいられなかった。そして、状況はどうあれ、なぜそもそもメアリーがサラのような行動をとれると思ったのかといぶからずにいられなかった。サラなら、昨夜はドアに耳をつけて待ち、アンソニーが部屋に来なければ、自分から押しかけていただろう。階段の上からアンソニーめがけ、割れ物を一式投げつけていただろう。それが高価であればあるほど良い。癇癪を起こしたことを自分から謝りに来ていないのは間違いなかった。

メアリーはどんなに怒っていても、つねに落ち着いた態度を装ってきたのではないか？　メアリーには最初の妻のような血統はなくても、どんなときもサラよりずっと淑女だった。

「メアリー」アンソニーは口を開いた。「知ってのとおり、私たちには話し合わなくてはならないことがいくつかある。朝食のあと、書斎に来てくれるとありがたいんだが」それは安全だろうか？　あのように無味乾燥な部屋で情欲に屈することはないと思っていたが、昨夜それは間違いだったとわかった。

思考が同じ道筋を辿ったのか、メアリーは顔を赤らめたが、ベーコンを切り、それを口に運ぶ動作を一、二分続け、それについて考えているようだった。やがて、さんざんアンソニーに返事を待たせたあと、片方の肩をすくめた。

「いい頃合いだと思うわ」メアリーは言った。

「よかった」アンソニーは言ったが、喜びなど少しも感じていなかった。今まで世界中に隠していたことを告白しなくてはならないのだ。しかも、十中八九アンソニーが聞かなければよかったと思うであろう説明を、メアリーの口から聞かなくてはならない。

「では」アンソニーはいかめしく言い、立ち上がってナプキンを脇に置いた。「君が来るのを待っている。いつでもいい」メアリーがこれから食べるスクランブルエッグの山を見て言う。「君の準備ができたときで」

アンソニーが部屋を出ていった瞬間、メアリーは肩がだらりと落ちるのを感じた。従僕たちは今も忙しく働き、夫の皿やジョッキを片づけ、パンくずを払っているというのに。

夫がもっとわかりやすい人であればよかったのにと思う。昨夜、自分たちは少なくとも結婚した当初に互いに持っていた情熱を再燃させられるのだと、メアリーは思い始めていた。ところが、キスより先へ進む前に、アンソニーはそれを中断した。これでは何も解決できないとメアリーに警告した。

どういう意味だったのだろう？　メアリーが何とか一歩夫に近づくたびに、アンソニーのほうは二歩後ずさりしている気がした。その後、疑問の答えを思いついては却下しているうちに、アンソニーは離婚こそが真の望みだという結論に至り、今自分たちが行為をすれば離婚が難しくなることを急に思い出したのかもしれないと思うほどに落ち込んだ。

でも、アンソニーは離婚まではしないのではないだろうか？　離婚すれば、アンソニーが災害級の間違いを犯し、これ以上隠しておけなくなったのだと全世界に知られてしまう。いや、だめだ、アンソニーがさっき言ったことを信じるべきだ。夫はきっぱりと、君と結婚したことを間違いだとは思っていないと言った。

しかも、アンソニーが嫌うものが一つあるなら、それは人に噂（うわさ）されることだ。その点に関しては、メアリーは最初から自分のほうが有利だと確信していた。そういえばアンソニーに言われたことがあると、ティーカップに手を伸ばしながら思い出す。君が静かな暮らしを望んでいて、悪評を避けようとするところが好きだ。気弱で内気なところも好きだ、と。

問題は、パーディタは気弱でも内気でもないことだった。そうなる理由がなかったため、自分がしたいことは何でもした。そして、メアリーは今では自分が〝メアリー〟であることを思い出し、メアリーの人生を再び生きなくてはならないことを知っているが、パーディタは困難を生き抜いてきたし、ただ静かに横になっているようなことはしない。メアリーはティーカップに向かって顔をしかめた。自分を二人の別々の人間として考えていると、頭が混乱する。不安にもなった。人は、少なくとも普通の人は、自分が誰なのかを忘れていた次の瞬間、二人の人間が同じ体の中に棲（す）んでいることに気づきはしない。

女優を家に忍び込ませ、夫に向かって叫び、夫を無価値呼ばわりする妻をアンソニーが敬遠するのは当然として、二人の人間が体内に同居するメアリーの特異さは、彼が妻を脇に押しやるのにじゅうぶんな理由になる。どんな男性も、不安定になった妻にいてほしいはずがない。最初は妻のことをどう思っていたとしても。

メアリーはあごを上げ、ティーカップをソーサーに戻し、下唇が震え始めるのを抑えようとした。自分は泣かない。この食堂では。ベーコンと卵ののった皿の前では。昨夜、自分の部屋で一人きりのときにじゅうぶん泣いたのだから。

アンソニーが妻を信じるべきかどうか考えを巡らせていた日々の間に、いろいろあっても妻を再び受け入れると決めたのであればいいのにと思う。ああ、そうであればどんなにいいか。

でも、その可能性がどのくらいあるだろう？　自分がアンソニーにふさわしかったことはない。これからもふさわしくはなれないだろう。

これが本当の終わりかもしれない。

14

書斎に向かって歩くアンソニーの足はすでに重かった。だが、廊下をうろつきながら両手で帽子を回している、きちんとした服装をした見覚えある若い男性が目に留まると、その足は動かなくなった。

バクスターだ。北部へ行き、真実を突き止めるためにアンソニーが雇った男。

「申し訳ございません」どこからともなくシモンズが現れて言った。「こちらの方に、旦那様は朝食の最中だとお伝えしたのですが、どうしても待つとおっしゃるものですから。重要な用件だそうです」

重要。失踪中のメアリーの動きについて何かつかんだのなら、それは確かに重要だ。実際、何かつかんだのだろう。そうでなければ、ここには来ていないはずだ。このように、比較的早い時期には。

バクスターがシモンズに、重要な用件で来たことを納得させられたのはあっぱれだ。それができなければ、待つことは許されず、シモンズに追い出されていただろう。だが、バクスターは確かに、緊急の知らせを伝えに来た男の雰囲気をまとっていた。

「妻に伝えてくれ」アンソニーはシモンズに言った。「私は重要な客人を、その、今日来るのを忘れていた人物を迎えた。だから、私たちの……話し合いは、もう少しあとにしたいと」そのときには、アンソニーは事実を把握している。それはきっと、今後のメアリーの扱い方を決めるのに役立つはずだ。そうなれば、自分たちの将来に関してより良い判断ができるだろう。

「かしこまりました」シモンズは言い、姿を消した。

「書斎に来てくれ」アンソニーはバクスターに言い、腕を伸ばしてホールの反対側を指さした。

「通していただいてありがとうございます」アンソニーが背後で書斎のドアを閉めるとすぐに、バクスターは言った。「もっと都合のいいときに、出直してもよかったんですが」どこか申し訳なさそうな表情で言う。「ただ、何も書面にはしてほしくない、私が突き止めたことを対面で話してほしいという指示だったので……」

「ああ、わかってる」アンソニーはいらいらと言い、ぶつ切りにするように手を振って、次々と出てくる言い訳を遮った。「座ってくれ」そう言ってデスクの前の椅子を示し、自分は反対側に回ってデスクの椅子に座った。「わかったことを教えてほしい」

バクスターは咳払いをした。アンソニーの目をまっすぐ見る。「最初のうちは、何も収穫が得られないかと思いました。ご提案のとおり、ブランシェッツで調査を始めたんですが、使用人の口がやたらと堅くて。普通なら」共謀者のような笑みを浮かべて言う。「男と戯れたがっている退屈したメイドを見つけて、ちょっとした戯れの見返りに、一家の秘密を引き出すことができるんですが……」

この男がそうしているところを思い描くのはたやすいことだった。バクスターの笑顔には愛嬌がある。彼の目つきも若い女性を惹きつけそうだ。

「でも、今回は……」バクスターは両手を広げ、肩をすくめた。

アンソニーは自分の最下層の使用人までもがそれほど忠誠心が強いと聞き、満足感といらだちを同時に感じた。メアリーがブランシェッツに一人でいるとき、あそこで何が起こっていたかを少しでも聞けていたら、役に立っただろう。

「同じく、地元の酒場でも話は何も聞けませんでした。その、今の奥様のことは……」バクスターは言葉を切り、視線を脇にそらした。

アンソニーは椅子にもたれ、探偵をじっくり眺めた。この男が遊び好きの若い紳士の身なりをし、自家製エールのジョッキを傾けながら地元住民と仲良くなるさまを想像するのはたやすかった。妙なことだが、初めて私立探偵を雇うことを思いついたとき、探偵というのはいたちのような顔をした、ずるそうな印象の、べとついた服を着た男たちだと思っていた。だがバクスターは、率直に言うとありふれた見た目をしていた。平均的な身長。中くらいの濃さの茶色の髪。薄い色の目。きちんとした服装。

何年も前の初めての面談のとき、五分前に自分と会った人でも、ほかの何百人もの男たちとは異なる自分の特徴を挙げることはできないのだと、バクスターは話してくれた。

「でも」アンソニーは思いきって言った。「最初のレディ・エピングの話はたくさん聞いたんだろう。あのあたりでは嫌われていたから」

「そのとおりです」バクスターはこれ以上その話をせずにすんだことにほっとしたようだった。「そのあと、あなたがこれだろうと言っていた運河の近くに住むメソジスト一家のことを調べれば収穫があるかもしれないと考えました」彼は言葉を切った。

「それで?」

「見つかりました」バクスターは勝ち誇ったように言った。「すんなりと! 一家はハプコットという名前でした。運河から引き上げられた若い女性のことをたずねると、ひどく取り乱していました。自分たちは手厚く世話をしたのに、女性があまりにも恩知らずだったせいで、深く傷ついたそうです」

「では、その一家がメアリー……つまり、私の妻を回復するまで看病したのは事実だったんだな?」

「誰かを」回復するまで看病したのは確かです」バクスターは用心深い口調で言った。「奥様の人相書きに当てはまる若い女性を」

「恩知らずだったと言ったな? どう恩知らずだったんだ?」

「女性が一家に本当のことを言わず、自分の名前がわからないという作り話を続けたからです。一家はそれを嘘だと感じました。それでも、何らかの理由から女性が住んでいたと思った町に、彼女が行けるよう手配しました。本当に、非常に慈悲深い夫婦のように見えました。そして、その女性が同行者をまいて逃げ出したと聞いたことで疑念が裏づけられ、それを心から残念がっているようでした」

バクスターはハプコット夫妻と、二人がメアリーの人相書きに当てはまる恩知らずな罪深い女性に費やした時間と労力についてさらに語った。だが、アンソニーの耳には断片的にしか言葉が入ってこなかった。

ハプコット夫妻が溺れかけた女性を回復するまで看病したとしても、その女性が必ずしもメアリーということにはならないと、自分に警告する。その女性は夫妻に名前を言っていないのだから。

今聞いたいきさつをメアリーの潔白の証拠としてとらえるのではなく、メアリーがこのような運命を辿った女性の話を小耳に挟み、自分が問題の女性であるふりをして、アンソニーにその話をした可能性も考えなくてはならない。

メアリーにそこまで厚かましい嘘をつく性質があるかどうか、自問しなくてはならない。

彼女がどこからそんな話を聞いたのかも。

だが、どれだけ自分に歯止めをかけようとも、あらゆる点から考えて、メアリーは事実を話していた可能性のほうがはるかに高い気がした。

「夫妻から聞き出せることはこれがすべてだと判断しました」バクスターは言っていた。「続いて、追いはぎの件を調べることにしました。すると」椅子の上で身を乗り出して言う。「連中のせいでかなりの距離を行くことになりました」それはこの男が持ってくる伝票に反映されているに違いないと、アンソニーは冷笑的に考えた。「というのも」バクスターは続けた。「一般的な追いはぎと違い、この一団には決まった縄張りがないからです。連中は次々と場所を移動しているようで、少なくとも、奥様が話していたのと似たような犯罪が着実に北へと向かっていました。私が突き止めた最後の犯罪は、ホルトホイッスルという国境近くの小さな町で起こっていました。私はそこまで辿った時点で、連中は今ごろスコットランドの村や部落を襲っているだろうから、これ以上足取りを追う価値はなさそうだと考えました」

「まるで、連中が本当に存在しているかのような口ぶりだな。その、追いはぎが」

「ええ、存在はしていますよ」バクスターはにこりともせずに言った。「卑劣な連中です。四人組で、武装している。真っ昼間に、静かな道で旅行者を待ち伏せするんです。一つの地域で一度襲撃したら次の場所に向かうので、誰も備えはできていません。それが同じ一団だとわかるのは、やつらの手口からです」

「どんな手口だ？」

バクスターは手元の帽子を一瞬見下ろしたあと、視線を上げた。「男性には撃つと脅すんですが、必ず手荒なことをします。女性がいれば、その、最悪な方法で襲います。全員を。一人ずつ」

何ということだ。

「犠牲者の一人は」バクスターは陰気な口調で言った。「その後、首を吊りました。私がこれほど悪党の足取りを追えたのは、その女性の死に村の人たちが激怒したからです。家族が犯人の追跡を訴えたんです」

何ということだ。

メアリーは事実を言っていたのだ。何もかも。

連中は犯罪現場から次の犯罪現場へと北を目指して着実に移動していて、一方のメアリーは南に向かったのだから、彼女も犠牲者の一人でない限り、どうやってその悪党の一団のことを知れただろう？

その過程で運河に落ちはしたものの、最悪の侮辱は受けずにすんだ……。

「連中は誰かが捕まえますよ」バクスターはそう言ったが、その声は長く暗いトンネルの反対側から聞こえてくるようだった。「そうに決まっています。あの手の悪党は、遅かれ早かれ必ずミスをするものです。酒を飲みすぎて、自分たちの悪行を場違いな酒場で自慢し始めるとか。無力なカップルだと思って銃を突きつけたら、実は相手が完全武装していたとか。そういったことを」

アンソニーは自分が感じている気分の悪さが顔にも出ているのだと気づいた。だからこそ、バクスターは自分を慰めようとしているのだ。

いいかげん気を取り直さなくてはならない。

「ほかにも私が知っておくべきことは？」

「いえ、もうありません」

「君は」アンソニーは不安げに顔をしかめて言った。「例の若い厩番の遺体は探そうとしなかったのか？　君から聞いた話と、厩番が失踪した事実を考え合わせると、厩番は連中に殺されたと考えるのが理にかなっている。彼がどうなったかを突き止めて、埋葬ができれば、家族の慰めになるはずだ」そして、自分の賃借人に溝さらいをしながら荒野を進ませるよりは、バクスターにフランクリンを探させるほうがはるかにいい。「君にできる仕事だろうか？」

「はい、もちろん」バクスターは自信ありげにほほ笑んで答えた。「鼻が利く犬を連れた男を知っていますので」

「そうか」アンソニーは言い、多額の経費が追加で請求されることを予想した。請求といえば……。「ここまでの仕事の分の勘定を払ったほうがよさそうだな」アンソニーは言った。「勘定書を出してもらえるか？」

バクスターは胸ポケットに手を入れ、折りたたまれた紙をデスクに置いた。

アンソニーはその紙にざっと目を通し、想定の範囲を極度に超えた金額がないことを確かめてから、このような事態に備えてデスクのいちばん上の鍵が掛かる引き出しに入れている紙幣を取り出した。

「あなたとはいつも気持ちよく仕事ができます」バクスターは言い、現金をポケットに入れてすぐに出ていった。

アンソニーはそこに座り、目は開けていたが、何も見ていなかった。今、まわりにある物は何も。メアリーが話したすべてのことを裏づけるバクスターの報告で頭がいっぱいだった。

メアリーは何とつらい経験をしてきたのか！

それなのに、ようやく夫のもとへ戻ってこられたとき、自分は何と言った？　彼女に向かって叫んだ。あらゆる罪をかぶせて非難した。

いったいどうすれば、またメアリーと顔を合わせられるだろう？

許してほしいと言う以上のことをしなくてはならない。許しを乞わなくてはならない。這いつくばってでも。

いや、這いつくばることはできない。どんな女性が相手でも。

だが、それ以外にじゅうぶんな方法はない。自分はメアリーにひどい扱いをした。放置したあと、中傷した。

這いつくばることはできない。そうすることを想像しただけで、胃がむかむかしてくる。

だが、メアリーにはその資格がある。アンソニーにひれ伏される資格が……。

どのくらい時間が経ったのかはわからないが、そこに座り、メアリーに償う方法を見つけなくてはならないと自分に言い聞かせては、それがどんな内容になるかを考えて尻込みすることを繰り返しているうちに、ドアがノックされる音が聞こえた。

「何だ？」まだ誰とも顔を合わせる準備はできていなかった。それが誰だろうと……。

シモンズがドアの隙間から顔を突き出した。

「申し訳ございませんが、旦那様がお取り込み中に、奥様にお客様が訪ねてこられたことをお伝えしたほうがよろしいかと思いまして」

「客？　こんな時間に？」まともな人間が伯爵夫人を訪ねるには早すぎる時間帯だ。シモンズが知らせに来たのも無理はない。

「そのとおりでございます。その女性は応接間にお通しして、紅茶をお出ししております」

「女性？」では、頭の中で名前が駆け抜けるのも耐えられないあの曲芸師が、昨夜の演技にほくそ笑むためにやってきたのではないのか。

「レディ・ダルリムポールです」シモンズは重々しく言った。

「何てことだ！」こんな不作法な時間にここへ来るなど、あの女性はいったい何を考えているのか？彼女のことだから、良からぬことに違いない。

アンソニーは立ち上がり、事実を知ったせいで生じたメアリーとどうやって顔を合わせればいいのかというジレンマは、いったん脇に置いた。

「ありがとう、シモンズ」アンソニーは言い、デスクの前に回り込んでドアに向かった。

過去には間違いを犯したかもしれないが、これからはもっと良い夫になるつもりだった。そして、良い夫は間違いなく、妻をレディ・ダルリムポールのような竜と二人きりにはさせない。

15

メアリーはできるだけ長く朝食のテーブルで粘っていた。だが、食べられるベーコンの量には限りがあった。それに、紅茶を飲みすぎて、紅茶の中に浸っかっているような気分だった。

仕方なくナプキンを脇に置き、判事に下される宣告を聞きに行く囚人のように、重い足取りでドアに向かった。

ところがホールに出たとたん、普段は威厳あるシモンズが、今まで見たことがないほど慌ただしい動きで近づいてきた。

「申し訳ございません」執事は声を潜めて言った。

「旦那様のもとに予定外のお客様がいらっしゃって

います。旦那様は申し訳ないが、お二人の話し合いをもっと都合の良いときに延期したいと、奥様にお伝えしてほしいとのことでした」

アンソニーがそんなことを言うはずがないとメアリーは思った。シモンズがいつも使っている如才ない口調で表現しただけだ。とにかく今朝は面倒な妻と顔を合わせたくない。結局はそういうことだ。もっと重要な誰かが訪ねてきたのだ。いや、メアリーに比べれば誰でも重要なのだろう。

よくわかったわ！

「ありがとう、シモンズ」メアリーは言い、夫に一蹴されてどれほど傷ついたかを執事に悟られていないことを願った。そして落ち着いた、威厳あるつもりの足取りで階段を上り、自分の部屋に向かった。

背中からベッドに倒れ込み、プリーツ状の青い天蓋をにらむ。アンソニーがこんなふうに希望をちらつかせては、それを拭い去るやり方に疲弊していた。君を捨てるつもりはない、君がブランシェッツから消えたことを喜んではいないと言ったあと、メアリーに明らかに感じている情欲に屈することを拒んだ。メアリーはひと晩中、彼がすると言った話し合いをやきもきしながら待っていたのに、家を訪ねてきたほかの誰かに会うことで、大局的に見ればメアリーは価値のない存在であることを見せつけたのだ！

しかも、アンソニーにすべての発言権があり、メアリーにはないというのは不公平すぎる。私は何も悪いことをしていないのに！　本当の意味で悪いことは。メアリーが舞台に数回立ったと聞いて、アンソニーが不満に思う理由は理解できる。だが、それなら、ほかに何ができたというのか？　それよりはるかに悪いことだ。本当の意味で悪いこと。もしジャックが状況を察し、手を差し伸べてくれていなければ、自分がどんな危険に直面するはめになっていたかを夫に話すのは、実に気持ちいいだろう。そう、アンソニーは、妻に言える最大の悪口が女優になったことであることに感謝するべきなのだ！

どのくらいの時間が経ったかわからないが、そこに寝そべり、アンソニーが自分で言っていた二人での話し合いをいずれする気になったとき、彼に何を言えばいいか、どんなふうに言おうかと考えていると、誰かがドアをノックする音が聞こえた。

起き上がって髪をなでつけ、自分がみすぼらしく見えないことを願いながら、入るよう声をかけた。

「失礼します」そこに立っていたメイドが膝を曲げて言った。ジェーンという名で、メアリーが呼び鈴を鳴らしたときに、最もよく現れるメイドだ。「ミスター・シモンズに、奥様にお客様がいらしているとお伝えするよう言われました。重要なお客様です、きっと。ミスター・シモンズがご自分で応接間に通され、紅茶を申しつけられていたので」

それならクロエではない、とメアリーはまず思った。仕立屋でもない。そのどちらかなら、シモンズはメアリーのもとに使用人を送り、今客を迎えても構わないか確かめさせたあと、この部屋に上がらせるはずだからだ。

つまり、正式な訪問客ということだ。

メアリーは自分が気弱な新妻だったころ、あの応接間で何度か客を迎えたときのことを思い出し、ごくりと唾をのんだ。

「誰なの？」

「レディ・ダリー何とかという方です」ジェーンは言い、顔を赤らめた。「すみません、名前がちゃんと聞き取れなくて」

「レディ・ダルリムポール？」

「その方です！」ジェーンは顔を輝かせて言った。

何ということか。

今回ばかりは、記憶がはっきりしていた。レディ・ダルリムポールのことは、メアリーが社交界に参加していた短い期間に記憶に刻み込まれていた。無謀にも自分よりはるかに身分の高い男性と結婚したメアリーを、全力でずたずたにしてきた意地悪女たちの中でも、最も鋭い鉤爪(かぎづめ)を持つ女性だ。

「私、どう見える?」メアリーは鏡の前に駆け寄り、服に油染みや卵の汚れがついていないか調べた。着替えたほうがいいのだろうか? もう少し……。

もう少し、何なのだろう? まったく、もう! 自分がどう見えようと、それが何? あるいは、レディ・ダルリムポールにどう思われようと。前回以上に悪く思われることなどないのだ。しかも、今日このあと、あるいは、今日はアンソニーが妻の相手をするには忙しすぎるのなら明日、彼に離婚を宣告されてもおかしくないのだ。アンソニーが今も抱いている情欲でさえ、妻が家を離れている間にしていたことへの不信感や疑念を完全には消し去れなかった事実に向き合わなくてはならない。そして、彼の気を変えさせるためにメアリーにできることは何もないのだ。

だが、そう考えたことで、メアリーは絶望に沈むのではなく、驚くほど解放された気分になった。自分が何をしようと、何を言おうと、何も変えることはできないのなら、言いたいことをそのまま言っても構わないということだ。

「とてもおきれいです、奥様」メイドは心にもなさそうなことを言った。メアリーは少しもきれいではなかった。今ベッドから出てきたばかりのように見え、毛先は自分でピンを抜いた部分から飛び出し、ドレスは寝転んでいたせいでしわになっていた。

「もしかしたら、髪にブラシをかけてもいいかもしれませんね」ジェーンは如才なく提案した。

確かに、そうすれば髪はましになるだろう。だが、きちんと見せるには、ドレスを着替える必要があった。それに、とぎれとぎれに眠っただけの一夜のせいで目の下にできた隈は、厚さ一センチの舞台化粧をする以外にどうしようもない。そして、そのどちらも途方もなく時間がかかる。

「いいえ」メアリーは言い、ドアに向かった。「お客様をお待たせしてはいけないわ」レディ・ダルリムポールは待たされるのが嫌いなはずだ。彼女のようなタイプの淑女は、自分が指を鳴らせば誰もが飛んでくるのが当然だと思っている。メアリーは長年、レディ・ダルリムポールにそっくりな淑女の下で働いていたのではなかったか？　そして、その淑女に呼ばれて行くとき、彼女を待たせる度胸はなかった。

階段を半分駆け下りたとき、パーディタによく似た声がひどく辛辣に、なぜ驚いた野うさぎのように部屋から飛び出したのかと問うてきた。レディ・ダルリムポールはあなたの雇い主じゃないでしょう？

メアリーは足を止め、片手で手すりをつかんでバランスを取りながら、なぜ急にレディ・ダルリムポールを怒らせることにそんなに怯え始めているのかと、自分の中のパーディタが問いかけるのを聞いた。

それは、雇い主の呼び出しにすぐ応えるのが〝メアリー〟の習慣だったからだろうか？

それとも、新妻だったころの経験を思い出したから？　今応接間で待っているような淑女たちとの対決を思い出したから？

いずれにせよ、メアリーのつまらない習慣や恐怖心を、今朝はその部屋に持ち込みたくなかった。自分の中のパーディタを呼び出すほうがずっといい。金貸しや大家や劇場支配人や嫉妬深い女優たちと冷静に、巧みに、勇敢に対峙できるパーディタを。

そう決意すると、落ち着いて階段を下り始め、一階に着いたところでちょうど、シモンズが自ら正面の居間に紅茶の盆を持って入っていくのが見えた。

執事に続いて中に入ると、彼は窓辺のローテーブルにうやうやしく盆を置いているところだった。レディ・ダルリムポールがメアリーのお気に入りの椅子に座っているのが見える。まるで、自分が優位に立っていることを明らかにするかのように。まるで、その椅子がメアリーのお気に入りだと知っていて、わざと選んだかのように。

「それでいいわ」レディ・ダルリムポールは、今もカップとスプーン、砂糖の容器などをせわしなく並べているシモンズに言った。「紅茶はレディ・エピングに注いでもらうから。出ていったあとはドアの外をうろうろしないでね」そう言い添える。「私たちの会話をあなたに聞かれたくないの」

聞かれたくない会話をするつもりなのだろうか？

鍵穴から盗み聞きするような人間だと暗に言われたことに腹を立てた様子はおろか、その非難を聞いたそぶりすら見せず、シモンズが威厳ある足取りで部屋を出ていくと、メアリーはレディ・ダルリムポールの向かい側の椅子に座った。座りながら、自分が本当に、気弱なメアリーを二階に置いてきたことに気づいた。敵をじろじろ見て、相手の態度を値踏みしているのは、間違いなくパーディタだった。

「ミルクはいかが？」メアリーは手が震えていないことを誇らしく思いながら、ピッチャーを持ち上げた。前回、レディ・ダルリムポールと対峙した際、部屋を出るときには疲れきっていて、またこの女性に会えば泣きださずにはいられないと思っていた。

だが、あの気弱な新妻はもういない。代わりに今朝はパーディタがいる。そして、実際的なパーディタは、向かい側に座っているこの思い上がった不愉快な老女を恐れるべき理由を何一つ思いつかなかった。

「ありがとう、少しだけ」

「もちろん、砂糖もですよね」メアリーは思わずそう言い、レディ・ダルリムポールがもういいというそぶりを見せるまで、砂糖の塊を三つ入れた。もし甘さを足す必要がある人がいるなら、それはこの女性なのだから！

「昨夜、あなたを劇場で見かけたときは本当に驚いたわ」レディ・ダルリムポールは紅茶をかき混ぜながら言った。「あなたがロンドンに戻っているとは想像もしていなかったから」

「どうしてですか？」

レディ・ダルリムポールは片眉を上げた。「世の動きを把握するのが私の仕事だからよ」

「ああ、そうですね」メアリーは言い、さっき客に注いだ紅茶を自分のカップに注いだ。本当は飲みたくもなかったのだが。「もちろんですわ」

レディ・ダルリムポールは紅茶を一口飲んだ。カップをソーサーに置く。メアリーの乱れた髪のてっぺんから、ドレスについたしわへと視線を動かした。

「きっと、なぜ私がこのような不作法な時間を選んで訪ねてきたのか不思議に思っているわよね」

正確には違う。なぜそもそもレディ・ダルリムポールが訪ねてきたのかを不思議に思っているのだ。

「さっきも言ったけど」メアリーが反応しなくても、レディ・ダルリムポールは続けた。「私は社交界の動きを誰よりも早く把握したいの」そう言うと、目を輝かせた。「あなたがロンドンに戻ったことを知ったのは、私が一人目だと思っているわ。そうよね？」

アンソニーに次いで二人目だ。トラヴァーズの弟を数に入れるなら三人目だし、マダム・クレールを入れれば四人目だが、揚げ足を取っても仕方がないので、メアリーは黙ってうなずいた。

「それなら、私はあなたのお役に立てるはずよ」

「あなたが？」メアリーは驚きを隠せなかった。だが、レディ・ダルリムポールは侮辱されたと感じるどころか、面白がるかのように目をきらめかせた。

「まだ体調はあまり良くなさそうね」レディ・ダルリムポールは言った。「もう少し長く田舎にいたほうがよかったのかもしれないわ。でも」いたずらっぽくほほ笑んで言う。「あなたがエピングに首ったけだってことは、私たちの誰が見てもわかるもの。それに、ほかにどれだけの女性がご主人を狙っているか知っていて、これ以上長くご主人を一人きりで放っておく勇気がなかったのよね」

メアリーは椅子にもたれた。そして、何も言わなかった。もう、自分が何らかの形で反応して沈黙を埋める義務は感じなかった。それに、この客は実際に答えが必要な質問をしてきたわけではない。ただ、皮肉という形で一つの意見を述べているだけだ。

「私の予想では」レディ・ダルリムポールは言った。「あなたがロンドンに戻ったことをエピングが誰にも言っていないということは、あなたはまだ騒がしいところには行けないと考えているんでしょう」

何でも好きなように予想すればいい。

「でも、あなたに言っておきたいことがあるの」レディ・ダルリムポールは続けた。「あなたが昨夜、劇場に現れたという噂は必ず広まるわ。みんな、薄っぺらい口実であなたのもとを訪ねたり、エピングへの招待状にあなたも含めたりするようになるでしょう。エピングが議会の開会のためにロンドンへ来たとき、どうして新妻が一緒じゃないのかって、臆測が飛び交っていたんだから」

当然ながら人は自分の噂をしていたのだと、メアリーは初めて知った。ほかにやることのない人が。

「私の力があれば」レディ・ダルリムポールはひどく横柄に続けた。「あなたの社交界復帰はずっとやりやすくなるわ。例えば、あなたはまだ舞踏会などの騒々しい催しには出られないと私が広めれば、あなたが気分を害することは減るでしょう。だって、まだそういう催しには出られないのよね?」

レディ・ダルリムポールがどんなゲームをしているのかは見当もつかなかったが、メアリーはあえて彼女を敵に回すつもりはなかった。それは社交界での命を自ら絶つことになる。

「本当に、おっしゃるとおりですわ」メアリーは言った。そのあと、効果を狙ってため息をつきながら、クロエからどれほどのことを学んだのかと驚いた。

今度はレディ・ダルリムポールが黙る番だった。だが、彼女は時間をかけてメアリーを観察し、乱れた髪、しわの寄ったドレス、そして、しばらく顔を眺めたときには、青白い頬と目の下の隈をメアリーに強く意識させた。そしてティーカップを置き、きっぱりと言った。「あなたは劇場に行っただけで疲れてしまうのよね。少しの間だけなら元気になれるのは、見ていてわかったけど」

「そうなんです」メアリーは言った。そして、ジャックの成功を目撃できたことにほほ笑まずにはいられなかった。ジャックがレディ・ダルリムポールのような地位の人々の好意を勝ち取るのがいかに重要であるかを思い出して言う。「あの笑劇はとても独創的でしたよね？　かなり笑えました」

「あのような催しにあなたを連れていってくれるなんて、エピングは優しいわね」メアリーが芝居に関する議論へと会話を向けようとしたのを無視し、レディ・ダルリムポールは答えた。骨をくわえて離さない犬のように、自分の興味を引く話題へとまっすぐ戻ってくる。「体調が戻るまで田舎にいさせてくれたのも優しいわ。あなたが本当にロンドンに戻ってくるのかといぶかったものよ。結婚した当初、上流社会の格式高い雰囲気の中であなたが花咲くことはないと、私たちの誰もが思ったわ。例えば、流行を先導する役になることはないと」

「そうですね」メアリーは即座に同意した。「でも、あなたも指摘されていたとおり、私はそんな志のためにエピングと結婚したわけではないので」

レディ・ダルリムポールの口がゆるみ、ほほ笑みに似た何かが浮かんだ。そして彼女は軋むコルセットが許す限り遠くまで身を乗り出し、極秘事項を告げるような口調で言った。「ある人から聞いたのだけど……残念なことがあったそうね！」視線がメアリーの腹に飛び、そして顔に戻ってきた。「私も若いころ何度か経験したわ。だから慰めを言いに来たの。あなたにはこうした試練の指南役になってくれるお母様がいないから。こういう問題でエピングが力になれるとも思えないし。男は役立たずよ」軽蔑したように続ける。「こういうときはね。何を言えばいいのかわからなくて、何も言わないか、くだらない、腹の立つことを言うだけ。だから、夫婦の営みが再開できるようになったと思えるまで一人で田舎にいるのは、最善だったと思うわ」

レディ・ダルリムポールは紅茶を飲んだ。

「これはね」秘密を打ち明ける口調で続ける。「私のかかりつけ医が、二度目の失意のあとに私に助言してくれたことなの。ダルリムポール卿にも。厳しい調子で」きっぱりとうなずいて言った。「もしよければ、その医者を紹介するわ。私があなたを推薦すれば診てくれるはずよ。かなり患者を選ぶ医者だけれど」

そして、かなりの年寄りでもあるのだろう。レディ・ダルリムポールがまだ妊娠できる年齢のときに診てもらっていたのだから。

だが、メアリーがその尊い医者の診察を断る口実を思いつく前に、レディ・ダルリムポールは言った。

「私もあなたに助言しようと思って来たの。でも、あなたに会った今は必要ないと思っているわ」

「というと？」

「くよくよするのはやめなさいって言おうとしていたの。顔を上げなさいって。正直に言って……」この人が正直に言わないときはいつなのだろう、とメアリーは思った。「エピングが結婚した当初は、あなたにはあまり感心できなかったの。エピングは馬鹿なまねをしたと思ったわ。もちろん、最初の伯爵夫人にできるだけ似ていない人を求めた理由は理解できたけど、それでも誰にも支持されない無名の女性よりはましな相手がいたはずだと思ったの。ただ、その後エピングのお母様から、あなたは厳密には無名なわけではないと聞いたけど。そうよね？」

そうなの？　メアリーには初耳だった。

「あなたが属している分家は」レディ・ダルリムポールは説明した。「憂き目を見たかもしれないけれど、たとえ何代か遡るとしても母方に伯爵がいたことは誇っていいのよ」

そうだったの？　メアリーが知っているのは、母の祖母が家族に反対されていた相手と結婚したということだけだった。祖父の兄弟を名乗ったあの不機嫌な男性は、そこに関係しているのだろうか？

「正直に言って」レディ・ダルリムポールは言い、メアリーが自分の血統を取り巻く濃い霧、あるいはそれについて自分が知るわずかな事柄に深入りすることを防いだ。「あなたの心の内がすぐ顔に出るところを、私は卑しいと思っていたわ。でもね」そう言うと、丸々した手でテーブル越しにメアリーの手をぽんとたたいた。「昨夜劇場であなたを見かけてから、その第一印象は間違いだったのではないかと思い始めたの。昨夜のあなたの何事もなかったかのようなふるまいこそが正解よ。あなたは今も明らかに悲しんでいるけど、それは一人のときだけ。世間の誰も彼もに、自分が何を思っているか、何に苦しんでいるかをそのまま見せる癖は克服したようね。要するに、気骨が備わったように見えるの」

その驚くべき言葉にメアリーが反応する間もなく、ドア口からむせたような声が聞こえ、二人はアンソニーがそこに立っていることを知った。

「レディ・ダルリムポール」アンソニーは足を入れ

ようとしていた靴の中に蠍を見つけた人間と同じ声で言った。「思いがけないご訪問、光栄です」

レディ・ダルリムポールは背筋を伸ばし、面白がるような目でアンソニーを見た。「エピング、怒りの炎と煙を吐いているの？　社交界きっての凶悪な竜から愛妻を守りに来たのね？」

「まさか、夫は剣と盾を携えているはずですわ」台本や物語の筋書きを熟読することが仕事だったため、暗喩をいじくり回すことに辟易していたパーディタが割って入った。「炎と煙を吐いているのではなくて。それとも、これは竜同士の決闘なのかしら？」

明らかに驚いた顔のアンソニーに、レディ・ダルリムポールははやし立てるような笑い声をあげた。

「ほらね、エピング」立ち上がりながら言う。「あなたの愛妻は、あなたに守ってもらう必要はないのよ。といっても」とりなすように言い添える。「守ろうとしたことは勇ましくはあるけど。この人には気骨があるわ。炎の試練をくぐり抜けたおかげで強くなったの。よくやったわね、あなた」最後にもう一度パーディタのほうを向いて言ったあと、よたよたと部屋を横切ってドアを出ていった。

「〝よくやった〟？」アンソニーはドアのそばに留まり、目を光らせていた。レディ・ダルリムポールが本当に帰ったことを確かめるために、彼女が階段を下りるところを見ているのだろう。「私の耳がおかしくなったのか？」パーディタのほうを向いて言う。「あのばあさんが本当に君のふるまいを褒めたのか？　今までの人生で、あの人が誰かを褒めているのは聞いたことがない。面と向かってとなると、なおさらだ。それが、〝よくやった〟？」

アンソニーはいつから聞いていたのだろう？　それがわからないと、彼に返事はできない。アンソニーはすでに多くのことで自分に腹を立てている……。

ああ。自分がこれほど弱気な反応をしているということは、〝メアリー〟が戻ってきたということだ。

「い、いつから聞いていたの？」

「悲しむのは一人きりでというあたりからだ」

では、メアリーはエピングの前妻の代わりとしてはお粗末だと誰もが思っていた話は聞いていない？

「ええ」メアリーは言った。「レディ・ダルリムポールは私の気持ちがわかるから、外出して楽しそうにふるまっているのを勇敢だと思ったみたい」

「君の気持ちがわかる？　何のことだ？」

「自分も若いころに似たような経験をしたことがあると言っていたから、私が赤ちゃんを失ったことを言っていたんじゃないかしら」

アンソニーはたじろいだ。ドアを閉め、ティーテーブルに向かって歩きながら、うなるように言う。「いったいどうやって、あの人はそのことを知ったんだ？　それに」そう続け、メアリーをにらみつけた。「正確にどこまで知っていたと思う？」

16

「私、ええと、説明したほうがよさそうね」メアリーは鼓動を高ぶらせ、そわそわしながら言った。ああ、なぜパーディタの気楽さが欲しいときに、メアリーが前に出てきてしまうのだろう？　なぜパーディタを思いのままに呼び出せないのか？

だが、自分がアンソニーのことで気楽になれるとも、なりたいとも思えなかった。

だからこそ、レディ・ダルリムポールの訪問には気楽な態度で対応できたのだろうか？　あの女性のことも、彼女にどう思われるかも、さほど気にしていないから。一方、アンソニーのことは気にしている。とても。彼にどう思われるかも。そうでなければ、今もこの家にいて、アンソニーが疑っているようなことは何もしていないと彼に納得してもらおうとはしていないだろう。ジャックの一座に戻ることもできたのだから。彼らは腕を広げて歓迎してくれたはずだ。

実際、自分で生計を立てる手段はいくらでもある。

だが、〝メアリー〟はそうは思っていなかった。レディ・マーチモントの付き添いの職にしがみついていた。それは彼女に、あなたを雇っているのは家族の古い友人への義理からだと言われ続けていたからだ。あなたのように愚かな人間に耐えられる人はほかにいないからと。

だが、あれは事実ではなかったのでは？　少なくとも、完全には。メアリーは緊張のあまり気分が悪くなり、何も喋(しゃべ)れなくなることがよくあった。動きがぎこちなくなることも。アンソニーに猛烈な勢いでぶつかったのも、そのせいではなかったか？

「説明？」アンソニーはレディ・ダルリムポールがさっきまで座っていた席に座った。「ああ。説明はとっくの昔にしておくべきじゃなかったか？」彼はそう言うと、表情は重々しいままだったが、自分の言い方に不安を感じたかのように髪をかき上げた。

いい気味だわ！　これは、何とありがたいことか。

パーディタが戻ってきた。

アンソニーが急に不安げな表情になったからだろうか？　おかげで、大間違いをしてメアリーを失望させたことを謝らなくてはならないのはアンソニーであり、その逆ではないことを思い出せたから？

アンソニーの怒った顔を見ただけで、気弱なメアリーが舞台の中央に踊り出たのと同じように。

いずれにせよ、説明をしようとしたメアリーに対するアンソニーの態度のおかげで、〝メアリー〟は舞台袖に引っ込んでくれた。

「あなたのその言い方が」メアリーは辛辣に言った。

「私がどうやって自分の謎の失踪とロンドンへの説明なき帰還を、私だけでなくあなたの評判まで傷つくような醜聞にするのを防いだのかを知りたいという意味なら、教えてあげるわ」

「君が……防いだ？」アンソニーは目をしばたたいた。「私はてっきり、使用人の一人が軽率に口外したんだろうと思っていた。私が心配していたのはそれだ。誰がそんな不誠実なことができたのか突き止めなくてはと思っていた！」

「あら、違うわ。全部私がやったことよ。それが最善だと思ったの」

「最善？」アンソニーは椅子にもたれ、上品にズボンに包まれた片脚を、反対側の脚に交差させた。

「そういうことなら、説明を聞かせてほしい」

アンソニーの脚の上品さに気を散らされている場合ではない。自分は夫に腹を立てているはずなのだ。だが、アンソニーがあれほどすばらしい筋肉質の太腿をしているのに、まともにものが考えられる女性がどこにいるだろう？

メアリーは苦労して、生地の下で張りつめた筋肉から視線を引きはがし、アンソニーの目をまっすぐ見た。それもやはり間違いだった。アンソニーはとても美しい目をしている。とても美しい弧を描く眉をしている。たいていの男性のように、もじゃもじゃのまま放置されているわけではない……。

アンソニーは咳払いをした。おかげでメアリーは、彼が今も自分の説明を待っていることを思い出した。

「ええ。そうね」自分が彼をじろじろ見ていることに気づかれたのではという思いに頬を熱くし、メアリーは言った。昨夜のこと、メアリーが彼に身を投げ出したことを思えば、気づかれていてもおかしくない。「ごくごく単純なことよ。私はただ仕立屋に、絶対に誰にも言わないでと言って、かいつまんで話したの……」メアリーは息をのんだ。今も、口にするのはとても難しかった。だが、少なくともそれは、昨夜自分たちがどれほどすばらしい時間を過ごせるかをアンソニーに思い出させようとして恥をかいたことから意識をそらすのには役立った。「私が赤ちゃんを失ったことを」自分でもほとんど聞こえないほど小さな声で、何とかそう言った。咳払いをする。「それから、そのあと体調を崩したこと。今では、夫のもとに戻れるほど回復したこと。たとえ全部ではなくても、ありのままに話すことには利点があるから」

アンソニーの顔に困惑の表情がよぎった。「そうすることで、何が成し遂げられたんだ？」

「もう、何言ってるの」メアリーは口をとがらせて言った。「あなたも知ってるでしょう、マダム・クレールが大人気の理由は、裁縫の技術と同じくらい、あの人が教えてくれるゴシップにあるのよ。どうして私があの人を選んでひいきにしたと思う？　あんなふうに……」そこで言葉を切り、カップとソーサーをもてあそび始めた。

「あんなふうに」アンソニーは言った。「仕立屋が……どうした？」

メアリーはレディ・ダルリムポールが使ったカップを、シモンズが脇に置いていった盆にのせた。次に、ミルクのピッチャーを。次に、ティーポットを。「まあ、知りたいなら言うけど」メアリーはようやく言った。アンソニーが理解してくれる望みが少しでもあるなら、それにはこの種の事柄を知ってもらう必要があるからだ。「結婚した当初、あなたにマダム・クレールの店でドレスを作ってもらうよう勧められたとき、彼女は私に打ち明け話をさせようとして、とても思いやりある、母親のようだと言ってもいい態度で接してきたの。私は彼女にいくつかのこと……その、私がどんなに不安で、どんなに夫を失望させたくないと思っているかを話したの」

メアリーはアンソニーを見上げ、夫が自分の話をどう受け取っているかを確かめようとした。あの美しい眉は強くひそめられ、今にも一本の直線になりそうだった。同様に、唇はいかめしい切れ込みのようになっている。まあ、いい。予想どおりだ。

「すると」メアリーは諦めのため息をついて続けた。「彼女はよりによって最悪の淑女たちにその話をしたの。あなたが私を選んだことで、自分たちがないがしろにされたと思って激怒していた人たちよ。彼女はそういう女性たちに、私を傷つける武器を渡したの」

「じゃあ、なぜまたあの仕立屋の客になろうと思ったんだ？」

メアリーはアンソニーをじっと見た。「それは、私は今ではマダム・クレールの人となりを見抜いているから。彼女は信用できないとわかってる。友達ではないし、これからもそうはならない。でも、上流社会に野火のように広げたいことがあるなら、彼女の耳元でささやいて、絶対に言わないで、と言えば……」両手を広げる。「ほらね」

「わかったよ。よくわかった。でも」アンソニーはその表情に見合ったいかめしい声で言った。「その女性たちが武器を使って君を傷つけるというのはどういうことだ？　誰のことだ？　そいつらに何を言われた？」

メアリーは驚きに目が丸くなるのを感じた。「その女性たちのことを知りたいの？　今？　それはどちらかというと……本筋からは外れていない？」

「わかってるよ」アンソニーはいらいらと返した。「私に何かできたかもしれないときに、君の悩みを聞いていればよかったたって！」

何かできた？　アンソニーに何ができたというのだろう？　メアリーは飲みかけの紅茶のカップを手に取った。それを盆に戻すときに勢いがつきすぎ、ソーサーに中身がほとんどこぼれた。「私の戦いをあなたが代わりに戦うことはできなかったわ」

「それでも知りたい」アンソニーは言った。「君が何を言われて傷ついたのか」

メアリーはため息をついた。額をこする。「今では大昔のことに思えるけど」そして、まるで別の誰かに起こったことのように。そのおかげで話はしやすそうだった。〝メアリー〟に。実際、その出来事に、当時と同じ感情は持っていない。持っていたとしても、その後起こったあらゆることによって鈍らされている。自分について学んだあらゆること。あるいは、パーディタ、呼び方は何でもいいが、それになったこと。「ええ、わかったわ」メアリーは始めた。「最初に、私は自分があなたに目を向けられる価値はないと思っていることを認めた。すると、マダム・クレールがすごく興味を持ってくれて、すごく思いやりを示してくれて、すごく理解してくれているように見えたから、自分の経歴について説明したの。まず、私は両親が死んだあと、慈悲の精神から私を引き取ってくれたいろいろな遠い親戚の家の隅で暮らしてきたこと。次に、自分から私に何らかの立場を与えてくれたのがレディ・マーチモントだったこと。彼女の言いなりになるのはとてもおぞましかったこと。でも貯金もなければ、頼れる家族もいなかったから、辞められなかったこと。親戚からは、私への義務はもう果たしたから、一定の年齢になったら自分で生計を立てろ、自分たちの財産を食い潰すのはやめろとはっきり言われていたことを話したの。でも、マダム・クレールからこれらの事実を聞いた淑女たちは、私が宿なしの浮浪者で、つらい骨折り仕事を辞めたくてあなたに色目を使ったかのように人に話したわ。私をご都合主義の、あなたに鉤爪（かぎづめ）を立てたずる賢い魔女のように仕立て上げた……」そう言うと、メアリーは顔を上げた。そして、冷ややかに短く笑った。「ねえ、この話によく表れているわね？」

「何が表れているっていうんだ？　私は君が陰でそんなことを言われていたなんてちっとも知らなかったよ。陰どころか、面と向かっても言われたってことだよな。仕立屋にした打ち明け話をめちゃくちゃに作り変えた話を君も聞いているんだから」

自分がこの話で伝えたいことを理解してくれないアンソニーに、メアリーは頭を振った。「この話には、人がいかに間違いを犯せるかが表れているの。いかに愚かか。いかに意地悪か」

「確かに、愚かだ。君のそんな噂を信じるなんて。本当に信じていたらの話だが。でも、意地悪なのは間違いない」アンソニーは急に立ち上がった。テーブルから二歩離れる。「私はもっと君のことをよく見ておくべきだった。君を守るべきだった」

アンソニーは部屋の反対側に行き、そこで向きを変えて、また元いたほうへと歩きだした。ひどく動揺しているようだ。もっと君のことをよく見ておくべきだった言ったときの口調には、はっきりと後悔の念がこもっていた。

メアリーが不貞を働いたという、これまで譲らなかった持論を修正し始めたのだろうか？

それとも、メアリーをブランシェッツに置いていく前の新婚当時のことを言っているだけだろうか？

「私もわかっている」アンソニーは苦々しげに言った。「上流社会の住人であるいわゆる淑女たちの多くがどんなふうであるかは」足を止め、窓を背にし、自分を支えるかのように、両手を背後で組んだ。「最初の妻もその一人だった。私に鉤爪を立てる、ずる賢い魔女と形容できる人物がいるとしたら、それはサラだ。断じて君ではない」

メアリーがすでに座っていたのは幸いだった。そうでなければ、両脚から力が抜けていただろう。実際には、口がぽかんと開くのを感じた。

「でも」メアリーは言った。「最初の奥様は、あなたとお似合いだったんでしょう。みんな私にそう言ったわ。エメラルドのように輝く目と、豊かなつやつやした黒髪をした眩しいほどの女性で、彼女が亡くなったとき、あなたは打ちひしがれていたって。お葬式では両手で頭を抱えて座っていて、何日も、何週間も悲嘆に暮れていた。人づき合いを断って、何カ月間も一人で引きこもっていたって」

アンソニーはつらすぎる記憶に直面するのが耐えられないかのように、目をぎゅっとつぶった。

アンソニーがそうしたい気持ちはよくわかった。メアリーも同じことをしたのではないか？　ただ、メアリーの場合、極限まで行ってしまった。痛みに強く目をつぶりすぎて、自分が目を開けたいかどうかにかかわらず、再び開けられなくなってしまった。

「確かにそうだった」アンソニーは目を開け、虚ろな声で言い、悲しげにメアリーを見つめた。「〝眩しいほどの女性〟という形容の仕方は合っている」

メアリーの心は沈んだ。やっぱり！　アンソニーは最初の妻とともに心を墓に埋めたため、メアリーに割く感情がほとんど残っていないことはわかっていた。最初はそれでじゅうぶんだった。メアリーがアンソニーを崇拝していたころは、彼がどんな女性でも選べたはずなのに、慰めを得るのに自分を選んでくれたと思うだけで、じゅうぶん以上だった。

「でも、よければ考えてみてくれ」アンソニーは続けた。「〝眩しい〟という言葉の意味を。何かが眩しいと、それがあまりに明るく、輝いているせいで、目がくらむだろう。明るく、輝いている」アンソニーは苦々しげに繰り返した。「まさにそういう女性だった。とても美しく、とても魅惑的で、とても頭が良かったから、私は目がくらんでしまって、彼女のほかの面が見えていなかったんだ」

どういうことだろう？　アンソニーの最初の妻は、メアリーがエピング伯爵夫人の地位につくための素質をすべて欠いていることを証明するために、鏡に映したように誰もが引き合いに出してきた完璧な模範ではなかったのか？

「それから、確かに」アンソニーは続け、どこか自暴自棄な様子でメアリーを見つめた。「私は葬式で顔を上げられなかった。妻の死後、長い間一人で引きこもっていた。でも、それは悲嘆に暮れていたからではない。それは……」言葉を切り、深く息を吸ったあと、だしぬけに言った。「ほっとしたからだ。すべてが終わったことにほっとした。そして、ほっとしたことに罪悪感を感じた。だって、妻が亡くなったときにそのような感情を抱けるなんて、いったいどんな男なんだ？」アンソニーは勢いよく向きを変え、すたすたと部屋の反対側に戻っていった。

「それからの数週間は、妻との結婚に関して自分がいかに愚かだったのかを思い、何もできないまま過ごした」振り向き、うつむいて、再び床の上を歩いてきた。「いかに鈍かったのか」また向きを変えて歩いていく。アンソニーの顔は声と同様、苦悩に満ちていた。「自分の賢いところを誇りに思っていた私が、あの女が家族を破滅させ、跡継ぎを持つ希望を私から奪うのを止められなかった。あの女との結婚生活のあと、私はどんな女性も二度と信用できないと思うようになったんだ」

アンソニーは歩くのをやめ、ただ窓辺にじっと立ち、眼下の街路に顔を向けたが、外にある何も実際には見ていないのは確かだった。ただそこに立ち、まるで階段を三階分駆け上がってきたばかりのように、深く息をしていた。

これほど不安そうなアンソニーを見たのは初めてだった。これほど心を乱した夫を。メアリーは思わず立ち上がり、部屋を横切って、夫のそばに行った。

おずおずと袖に手を置く。アンソニーはその手の上に、自分の手をしっかり固定するように置いた。

「そんなにつらいなら、これ以上私に話してくれなくていいのよ」メアリーは言った。

「その逆だ」アンソニーはメアリーの手を握る手に力を込めて言った。「君に話さなければいけない。私には、君にすべてを話す義務がある。最初の結婚の、忌々しいほど屈辱的で、恥ずかしい秘密を隅々まで。そうでないと、私がなぜ君にあれほどひどい態度をとったのかを、君に理解してもらえないと思う。君に許してもらえないと思う」

メアリーの心臓が胸の中で大きな音をたて始めた。その言い方から、アンソニーは離婚やその他何らかの形での別居の話題を切り出そうとしているどころか、謝る覚悟を決めたように思えた。

そして、メアリーがアンソニーを許す話をしているのなら、それは彼がついに、メアリーが真実を話していると信じることにしたという意味だろう。

メアリーはアンソニーの手の中で手を裏返した。そして、二人で手を絡めたまま、彼をソファに連れていった。隣り合って腰を下ろす。アンソニーはメアリーの顔を見ずにすむほうが、話さなくてはならない何かを話しやすいのではないかと思ったからだ。

「初めてサラに出会ったとき、私はとても若かった」アンソニーは部屋の反対側の窓を見つめて話し始めたが、見ていたのはおそらく、心の中を何年も遡った彼の過去だった。「私がまだオックスフォードに行っていたころ、父が亡くなった。母は跡継ぎのことを心配しすぎて、妻を選ぶという重要な務めを先送りにしないよう私に言いつけた。だから、父の喪が明け、エピング伯爵としてデビューするためにロンドンへ行ったとき、私はただ楽しむためにそこにいる同年代の男たちとは違っていた。積極的に妻を探していた。そんなとき、サラに出会った」アンソニーは鬱々と言った。「間違いなくそのシーズンきっての美女で、自分に群がる大勢の男たちの中から私を気に入ってくれた。ほかにも数十人から求婚されていただろうに、その中から私の求婚を承諾してくれたときは信じられない思いだった。自分は世界一幸運な男だと思った。最初のうちは、何もかもがすばらしく思えた」肩を丸め、苦々しげに言う。「鏡の前に並んで立ち、私たちは何てお似合いのカップルなの、と彼女に言われたときには、天にも昇る心地だった」空いているほうの手で髪をかき上げる。「あとから思えば、警鐘が鳴っているのに気づくべきだった。その後、私が母に紹介するためにラドリー・コートへサラを連れていき、母からなぜ求婚する前に相談しなかったのかと言われたときは信じられなかった。母が私の選択に賛成しているように見えないことにひどく腹が立った。母は大喜びするものと思っていたんだ。だって、私は母に言われたとおりのことをしたはずだろう？　ほら、君も知ってのとおり、私はかっとなりやすい」アンソニーは言った。「特に、母からもう手遅れ、後の祭りよ、あなたが後悔するようなことがなければいいけど、と言われたときには」

「お母様はサラのことも気に入らなかったの？」

アンソニーは質問の意味が理解できないかのように、目をしばたたいた。あるいは、メアリーがそこにいたことすら忘れていたかのように。

「サラのこと*も*？　どういう意味だ？」

「だって、お母様は私のことも気に入らなかったでしょう？　いかにもいやそうに、なぜあなたが私を選んだかは理解できると*思う*と言ったわ。そのずっと前に、そもそもあなたに結婚を急かさなければよかったとも言っていた」

「それは誤解だ」アンソニーは急いで口を挟んだ。「母は君を、サラよりはるかに良い相手だと思っている。ただ、最初の結婚と口論のあと、私と母の間には明らかに冷たい空気が流れていたんだ。母が少しでも仲直りの意志を見せたのは、サラが亡くなってからだ。そのために会ったとき、母はもし自分が助言していいなら、もしまた結婚を考えているなら、慎み深く、物静かで、あなたを心から思ってくれる女性を選びなさいと言った」

「まあ」メアリーはしばらくその話について考えた。「私は、あなたが私を紹介したとき、ほとんど反抗的にも見える態度をとっていると思って――」

「ああ、それは、私がまたも母に花嫁を紹介する前に結婚したからだ。だから、母が私に腹を立てるかもしれないと思っていた。私は仲直りのチャンスを完全に壊したかもしれないと。でもあとになって、君が私に向けるまなざしは、たとえ君にほかに欠点があったとしてもそれを補っていると言われたよ」

「あら」つまり、アンソニーはメアリーで大きな賭に出たということなのか？

そして、母親と息子の間でふつふつと沸いていたあの緊張感は少なくとも、メアリーがとつぜんアンソニーの隣に現れたことと同じくらい、過去の歴史にも大きな関係があったのだ。

「私が思うに」アンソニーは剃刀（かみそり）の刃をのみ込んだような声で言った。「母はサラが本当はいかに浅い人間であるかを見抜いていたんだ。浮ついたこと、快楽にしか興味がない人間だと」力をかき集めるかのように、言葉を切る。「要するに、サラは夫のために跡継ぎを作る義務を果たす気はあっても、その後は自由に愛人を作っていいと考えているような女性だったんだ」

「つまり」アンソニーが進んで言葉にはしたくないように見えたため、メアリーは言った。「サラは不貞を働いたの？」

「そこまでは行っていない」アンソニーは苦々しげ

に言った。そして、目を伏せた。ズボンの脚の部分から、小さなけばをつまむ。「私に兄弟が二人いることは知っていたか？」

「いいえ」メアリーは息をのんだ。兄弟？　アンソニーの言いたいことが、自分が想像しているのと同じだなんてありえるだろうか？「あなたに兄弟がいたことさえ知らなかったわ」

「実は、いるんだ」アンソニーはもの悲しげに言った。「二人とも弟だ。私が爵位を継いだんだから、当然だな。でも、重要なのはそこじゃない。上の弟のマーカスは軍隊に入っている。自分の連隊で大活躍しているよ」つらそうに言う。「私の結婚式には来られなかったが、ようやく休暇が取れたときに、花嫁に挨拶しに来てくれたんだ。そして……」言葉を切り、両手を太腿の間に挟んで下を向いた。「ある日、サラが涙を浮かべて私のところに来て、マーカスが、その、自分と行為をするよう迫ったと言うんだ。拒絶すると、暴力を振るわれたと。肩の痣をいくつか見せられた。前にも後ろにもあった。私は激怒した。マーカスの部屋に直行して、この家から出ていけと言った。弟は冷静に、自分の側からの説明を聞く気がないのならと答えた。サラが嘘をついている可能性を仄めかされただけで、私はかっとなり、決闘を申し込むと脅した。弟だろうと何だろうと関係ないと。マーカスはもう兄とも思わないと言って、私に強い軽蔑のまなざしを向けてきた……そこには哀れみが混じっていて、それが何よりも最悪だった……」アンソニーは頭を振った。「マーカスは黙って後ろを向き、荷造りを始めた。そして、出ていった。それ以来、マーカスとは二度と会っていないし、口も利いていない」

「つまり……今では、それは嘘だったと思っているの？　サラの訴えは嘘だったと？」

「ああ、そうだ」アンソニーは苦々しげに言った。

「少し経って、下の弟のベンジャミンが、私が近くにいないとき、サラが自分に迫るような態度をとると言ってきたんだ。最初は、ベンジャミンの話も信じなかった。でもその後、ある日……」アンソニーはとつぜん立ち上がり、窓辺のティーテーブルの前まで歩いていって、メアリーに背を向けて立ち止まった。「手短に言うと、二人がベッドに入っているところを見たんだ。文字どおり、ベッドに入っていた。サラは裸だった。完全に裸だった」

メアリーは吐き気に襲われ、両手を喉に当てた。

「実の弟さんと？」

アンソニーは頑としてメアリーに背を向けたままうなずいた。

「ど、どうなったの？　あなたはどうしたの？」

アンソニーはメアリーのほうを振り向き、唇を歪めて皮肉な笑みを浮かべた。

「弟を撃った」彼は言った。

17

最初の結婚の終焉にまつわる汚れた出来事のこの部分を打ち明けるにあたり、アンソニーはメアリーの顔をまっすぐ見る必要があった。自分の弟を撃てる男と結婚したことを、メアリーがどう感じているのかを知らなくてはならなかった。

メアリーは目を丸くしていた。だが、嫌悪感は感じられない。むしろ、少し混乱しているようだった。

「でも」メアリーは言った。「あなたは今も捕まっていないわ。だから、弟さんを殺したはずは……」

「ああ。けがをさせただけだ。ベンジャミンから、すぐに自分の部屋まで来てくれ、緊急事態だという手紙を受け取ったとき、私がマントンの店にいて新しい拳銃を試していたのが運の尽きだった。そうでなければ、私は弟を鞭で打っていただけだと思う」

「でも……」メアリーはいっそう混乱した顔になった。「今、そのベンジャミンは、弟さんは、あなたに自分の部屋まで来るようにという手紙を書いてきたと言ったわよね？　その部屋であなたは見たのよね、ベンジャミンがベッドで……」メアリーは頭を振った。「弟さんは何を考えていたの？」

「サラがどんな女かを私に証明しようとしたんだと思う。私がマーカスと仲違いした当初から、ベンジャミンはマーカスがそのような卑しい行動をとる、いや、女性に暴力を振るうとは思えないと言っていた。痣はほかの方法でつけたに違いないと。サラは……サラは熟練の女優だと」アンソニーは言い、今すぐにではなくても、いずれメアリーが、その職業がなぜ自分にとって最大の呪いになっているのか理解してくれることを願った。「でも、そのときの私はまともにものが考えられなかった。ショックを受けすぎていて。腹を立てすぎていて。だから、ただ部屋を出て、ケースを開け、拳銃をつかんだ。それから寝室に戻って、発砲した。手が激しく震えていて、何かに当たったのが奇跡的なくらいだった」

「じゃあ、何かに当たったの？　あなたは弟さんを傷つけたの？」

「ああ。ベンジャミンの耳の一部を吹き飛ばすことはできた。そして、サラを怖がらせることも。そこらじゅうに血が飛び散って、サラは家を破壊しそうな勢いで悲鳴をあげていた」これを言葉にするのは、想像と寸分違わずきつかった。拳銃の煙、血、ベンジャミンの頭がのっていた枕の焦げた生地の匂いが蘇る。吐き気をのみ込んでからでなければ、話を続けられなかった。「サラは私の足元に膝をついて、あらゆる種類の言い訳をまくしたてた」アンソニーの声は、自分自身の耳でさえ耳障りに聞こえた。ということは、自分がいかに苦労してこの話をしているかがメアリーにも伝わっているということだ。

「だが、主に言っていたのは、自分がまだ妊娠していないのは私の責任だということだった。私の長男と次男を作るまでは、サラの言葉どおりに言うと〝務めを果たす〟つもりでいるけど、その後は……」

アンソニーは言葉を切り、メアリーの顔を見て、事実を言葉にしなくても言いたいことが伝わっているかどうかを確かめた。要するに、最初の妻は夫婦が互いに無数の情事に耽（ふけ）る、いわゆる〝当世風の結婚〟をしたがっていたのだ。

「そして、こう主張した」アンソニーは続けた。「自分は私の弟を使うことで、その過程を加速させようとしただけだと。そうすれば身ごもる子供は、少なくとも確実に私の血を引くことになるからと。その時点で、私は一丁の拳銃を撃っただけだった。手にはもう一丁持っていた。サラをその場で、至近距離から撃ちたいという衝動に駆られた……」自分を焼き尽くしたあの怒りを、あの絶望を、あの屈辱を追体験し、アンソニーは言葉につまった。「私が自分を止められた理由は、神のみぞ知るだ。私はどうしようもなく気性が荒いんだ、メアリー。その場の勢いで何かを言い、何かをする――」

「ちょっと待って」メアリーはすっかり困惑した顔で言った。「その、跡継ぎを作るのに苦労していた話はいったい何なの？　だって、私はあなたと結婚してすぐに妊娠したじゃない」

「ああ。そのことが、サラが自分にとって都合のいい言い訳にしがみついていただけだったことの証明になるだろう？　自分の罪を認めなくてすむなら、何でもよかったんだ」

しばらく経（た）ってようやく、アンソニーはサラの言い訳がどれほど根拠薄弱であるかに気づいた。サラがその場面をマーカスと演じたのは、結婚してまだ数カ月のころだったのだから。

「でも、そのときは……」メアリーにとって最も重要な問題に戻らなくてはならないと思い出し、アンソニーは続けた。「自分は本当に子供が作れないんじゃないかと思ったんだ。しかも、そのあと、私はできなくなって……」自分の最も最悪な、最も屈辱的な秘密をメアリーに告げようとすると、顔から血の気が引くのを感じた。深く息をする。「サラを見るたびに、裸でベンジャミンとベッドにいて、私は子供が作れないと言っている彼女の姿が思い浮かぶようになった。それで、私はできなくなった……つまり、能力を……」

自分が男性として機能しなくなったことを説明する言葉に手を伸ばそうとすると、額に汗が噴き出した。それを、声に出して言うことは……。

メアリーが立ち上がり、部屋を飛ぶように横切ってきて、ウエストに両腕を回してくれたおかげで、アンソニーは何も言わずにすんだ。「あなたはそんなに恐ろしい時間を過ごしてきたのね」メアリーは言った。「本当にかわいそうだわ」

アンソニーはメアリーにしがみついた。柔らかく芳しい髪に顔を埋める。「君がかわいそうに思うことは何もない」軋んだ声で言う。「君が私を生き返らせてくれた。私をまた男にしてくれた。君に出会うまで、私は二度と女性に情欲を抱けないんだと思っていた。女性が私にほほ笑みかけてくるたびに、自分の中の何かが萎縮し、後ずさりした。でも、君は……」少しだけ体を引き、メアリーを見下ろせるようにして、両手で顔を包んだ。「君はまったく違っていた。夜が昼と違うのと同じくらい、君はサラとは違っていた。内気で、控えめで、優しい。君の雇い主だったあの女がどれだけ理不尽でも、決して癇癪を起こさない。とても気が弱く、自信がなくて、影が膝を横切っただけでも縮み上がるような人。

でも私を見るときは違った。私を見ると、顔がぱっと輝いた」アンソニーはメアリーの真剣な表情を見下ろして、あのころ目にきらめいていた星を思い出し、その喪失を悼んだ。アンソニーの身勝手な、疑い深い態度がそれを消し去ったのだ。そして、責めるべきは自分以外に誰もいない。サラのせいでもない。メアリーがサラとはまったく違うことはわかっていた。だからこそ、再び愛に賭けたのではないか？「あのころ君が私を見るまなざしは、私にな気にさせた。暗闇に再び光が差すかもしれないと……」深く息を吸った。「この世に女神がいるよう思わせた。私が結婚を申し込んだのは、跡継ぎを作りたかったからじゃない。それが可能かどうかもわからなかった。ただ、君を私の人生に迎え入れたかった。私をそんなふうに、私がすばらしい何かであるかのように見る君を見たかった。結婚を申し込んだときは、長年続く穏やかな満足感を想像していた」アンソニーはため息をついた。「そんなことを思うなんて身勝手だろう？」

「いいえ」メアリーは激しい口調で言った。「いいえ、前の奥様にそんなふうに屈辱を味わわされたあと、あなたが自分を無条件に、たとえ少々崇拝が混じっていようと、愛してくれる誰かを必要としていたのはよくわかるわ」

いかにもメアリーらしい言葉だった。メアリーはとても心が広い。とても思いやり深い。「ありがとう。寛大でいてくれて」アンソニーは言った。そのとき、サラとの結婚の終盤に苦しんだ不能の話をしたあとでは驚くべきことに、メアリーを腕に抱いていることで体が当然の反応を示し、アンソニーはさらに一歩下がった。「あっちに行って座ったほうが続きを話しやすいと思うんだ」

メアリーは目を丸くした。「まだあるの？」

「ああ」アンソニーは言い、メアリーがついさっき自分を連れていってくれたソファに、彼女を連れていった。隣り合って身を落ち着けると、アンソニーはメアリーの手を取り、上半身をひねって、今朝自覚したばかりのことを話すときに妻が何を思っているかを正確に知ることができるようにした。「君が妊娠したかもしれないと言いだしたとき、私は信じられない思いだった」アンソニーは話し始めた。そして、次の言葉はごく慎重に選ばなければならないと感じ、いったん言葉を切った。「君と結婚して数週間で、サラに植えつけられた思い込みはすべて覆された。君は私を立て直してくれた。癒してくれた。そして、私は……」そう言うと下を向き、メアリーの膝の上で絡む二人の指に目をやった。「しばらくの間、君を心から愛していた。君は私を偶像化していたと思っているかもしれないが、それは私が君に抱いていた思いとは比べものにならない。君は……奇跡だと思っていた」

「でも、あなたは何も言ってくれなかった」メアリーは当惑した顔で言った。「むしろ、お医者様に、確かに私はあなたの子を妊娠していると診断されたとたん、私から離れていったように見えたわ」

「だって、弟二人に恐ろしいことをした私に奇跡はもったいないだろう？ それに、その、私は……暗黒の記憶の中を螺旋を描きながら落ちていったんだ。妊娠の知らせを聞いたことで、サラが私に投げつけてきたすべての非難がいやでも思い出された。だから、ただ普通の、健全な形で喜ぶことができず、自分が抜け出せたと思っていた場所に戻ってしまった。それに、君への思いの強さにも警戒心が芽生えていた」アンソニーは認めた。「君は完璧すぎた。すばらしすぎて、現実とは思えなかった。私はサラのことを大きく見誤っていたから、君のことも見誤っているんじゃないかという不安に取りつかれたんだ」

「でも……」

「わかってる、わかってる。君はそれでも、崇拝をたたえた目で私を見てくれた。でも、私の中にある暗闇の芯は消えてくれなかった。サラのせいで、私は自分の判断力が信じられなくなっていた。サラにすっかりだまされていたんだから、当然だろう？　サラを生まれたときから知っている弟たちよりも、サラを信じたんだから。どんな女性だろうが、これほどの出来損ないを本当に愛してくれると信じるのは難しかった」アンソニーの言葉はとぎれた。無理やり続ける。「昨夜の」何とか声を発した。「私は地位と富のめっきに覆われた男のまがいものだという君の言葉、あれは紛れもない事実だ。長い間、それこそが私だった。私が自分に抱くイメージだった。新婚当時の幸せいっぱいの数週間は別として――」

「ああ、アンソニー」メアリーは言い、頭を振った。「私がいなくなったとき、あなたが間違った結論に飛びついたのも無理はないわ。あなたは嫉妬と、歴史を繰り返す恐怖でいっぱいだった……。私たちの間に何か悪いことが起こると思って、それに対して身構えていたように聞こえるわ」

「そう！　まさにそのとおりだ。それに、正直に言って、君が脅威になっていたんだと思う。ほかに適切な言い方がないので、こんな言葉になるけど」

「脅威？」メアリーは仰天した顔になった。「私、どんな形でもあなたを傷つけたことはないわ」

「でも、君は今にも私の仮面を打ち砕くところだったんだ。最初の結婚の間もそれが終わったあとも私が保ってきた、そこらの人間であれば影響されるような感情でも自分は寄せつけないという見せかけを」アンソニーはメアリーに皮肉な笑みを向けた。「もし今話しているのが別の誰かのことなら、私はその男を、あっというまに君に夢中になりすぎたせいでパニックに陥っていた、と説明するだろう。でも、私が経験していた状態をどう説明するにせよ、歴私は君との間に少し距離を置きたかった、いや、置く必要があったんだ。何らかの見通しを立てるために。バランスを取り戻すためかもしれない。説明するのは難しい。でも、君が地所巡りの旅と伯爵夫人としての責務を重荷に感じているのがわかったとき、私は君がデリケートな状態にあるという口実に飛びついて、君をブランシェッツに預けた。ずるいのはわかっていたが……」

「いいえ、そんなことないわ」メアリーはなだめるように言った。「だって、私も長距離の移動や、私にサラの代わりは務まらないと言ってくる大勢の人たちの目から逃れられて嬉しかったもの。それに、実際に暑さで気分が悪くなる日もあった。吐き気もしょっちゅうあったし。だから、あなたには感謝していたわ。ただ、それと同時に……」メアリーはアンソニーに感情のうかがえない表情を向けた。「自分をひどい出来損ないだと感じていたの。よく寝そべったまま、サラなら半日もベッドで横にならなきゃいけないほどひ弱じゃなかったんだろうなと思ってた。サラならああいう意地悪な女性たちもうまく相手にできたんだろうなって……」

「まあ、サラは意地悪女たちの中でも最も鋭い鉤爪を持った女だったから、確かに、ほかの女たちをいとも簡単に切り裂いていただろうな」アンソニーは皮肉めかして言った。「でも、私は彼女のその面はほとんど見たことがない。特に最初のころは、サラは自分が見せたい部分だけを私に見せていた。でも、君は出来損ないなんかじゃない。一つには、お腹に命を宿していたせいもあるだろうし」アンソニーはメアリーの手から手を引き抜き、それを彼女の腹に当てた。今では平らな、空っぽの腹に。

メアリーの目に涙があふれた。「でも、私はそれを守れなかった。失ったのよ、アンソニー。失ったの！」そう言うと、メアリーは泣き始めた。

アンソニーも涙をこぼしながら、メアリーを胸に抱き寄せ、妻が泣く間抱きしめていた。「私は……」あえぐように言う。「もうやめだ！」アンソニーはこの特定の感情の表現を抑えようとするのをやめた。「男が自分の子の喪失を悲しんで何が悪い？　その子を身ごもったことが、あれほどすばらしい、思いがけない、もったいないほどの贈り物だったならなおさらだ。でも少なくとも、私は君を失ってはいない」アンソニーはメアリーの頭に口をつけて息をした。「少なくとも、君は帰ってきてくれた」

するとメアリーは顔を上げ、探るようにアンソニーを見た。「じゃあ、あなたは嬉しいの？　私をまた妻にしたいの？　今も？」

「これからもだ」アンソニーは誓った。「前と同じになれないことはわかっている。君が私を半神半人としては見ていないことも」悲しげに言う。「私は普通の人間を悩ませる心配事を超越しているふりをし、偉そうにふるまうことはできるかもしれない。でも内面はしょっちゅう、煮えたぎる感情の大釜になっている。その一部が熱く燃えすぎて、弟の一人を撃ち、一人を遠ざけることまでした。今、君はそれを知っている。でも、いつか、きっと……」

メアリーは両腕をアンソニーの首に巻きつけ、泣きながら〝そうよ、アンソニー、あなたは私のすべてよ〟とは言わず、アンソニーもそれが大それた望みであることはわかっていた。メアリーはさっきと同じ表情でアンソニーを見ていた。その表情は困惑とも言い切れず、警戒とも違っていたが、逆に喜びの気配もなかった。

永遠にも感じられる長い間、メアリーは下唇の内側を噛んでいたが、やがて言った。「なぜ気が変わったの？　私がこの家に戻ったとき、あなたは激怒していたわ。説明しても聞いてくれなくて……」

アンソニーの体内がひっくり返った。まるで底なしの深淵（しんえん）のように思えるものの中へ、むこうみずに飛び込もうとしているかのように。

だから、メアリーの手を強く握った。それが妻にしがみつける、ただ一つの確かな方法だったからだ。

「今朝来ていた客だが……」アンソニーは口を開いた。「私がブランシェッツに調査のために送った探偵だったんだ」

「そう」メアリーは言い、顔から表情が消えた。「つまりあなたは、私が言ったことはすべて事実だとほかの誰かが証明したから、私の説明を信じるようになっただけなのね」アンソニーの手から手を引き抜き、立ち上がった。ソファから数歩離れる。

アンソニーは自分も立ち上がるのが賢明だと判断した。メアリーがまた自分から逃げ出したくなったときのために、ドアの脇という戦略的な位置につく。メアリーを逃がしはしない。今回は彼女のために抵抗し、戦うのだ。「君の言葉を信じられなかった私に腹を立てるのはわかる」アンソニーは言った。「でも、サラのせいで私が誰かを、何かを、特に自分の判断を信じられなくなったいきさつを聞いたあとなら、理解してくれるかもしれないと――」

「ええ、もちろん、理解ならしているわ」メアリーは言い、片手を額に当てた。「私がサラの罪の代償を支払ったのよね！」

アンソニーは反論しようとしたが、正直なところ、何が言えるだろう？　メアリーの言うとおりだ。

「あなたは私にまた会えたことを少しも喜んでいなかったでしょう？」メアリーはアンソニーに言い放った。「私に向かって叫んだんだから！」

アンソニーは一瞬、自分の一部分はメアリーに、特に裸で風呂にいるメアリーにまた会えて大喜びしていたことを話せるだろうかと考えた。そして、メアリーのすばらしい体を見たときの欲深い反応に、不当なほど腹が立ったことを。なぜなら、サラといたときと同じ気分にさせられたからだ。まるで、自分が情欲の奴隷であるかのような気分に。

「謝ることしかできない」アンソニーは言った。「でもお願いだ、私がどんな気持ちだったか想像してほしい。この数カ月間、最悪の不安が現実になったと思っていた。君は私が信じていたような天使ではなかった。君はサラと同じようなことをした。その後、君は帰ってきて、追いはぎや記憶喪失という荒唐無稽な話をしたうえ、おそらく何よりも最悪なのが、反省の色を少しも見せなかったことだった」

「反省？　なぜ私が反省するの？」メアリーはアンソニーのそばまでつかつか歩いてきて、あごを突き出した。「何も悪いことをしていないのに！」

「ああ、でも私が結婚したあの女性なら、私が顔をしかめただけで、平謝りして許しを乞うていたはずだ。わからないか？　君はすっかり変わって戻ってきたんだ。別人になったかのようだった。そして、私はその女性が誰なのかも、自分が彼女のことをどう思えばいいのかもわからなかった」

メアリーの顔からとつぜん、ろうそくの火が消されたかのように怒りが消えた。

それを見て、アンソニーの心は恐怖によじれた。

「ええ、そうね、わかったわ」メアリーは肩を落として言った。「私もそれは感じていたの。自分が何者なのかわからなかったあの何週間かのうちに、別の誰かに変わったことを。ジャックが名前をつけてくれたわ。パーディタと。今では、私がメアリーという、自分よりはるかに身分が上の男性に首ったけになっていた女性だったことは思い出したけど……」メアリーは言葉を切り、両手を頭に当て、指に髪を絡めた。「ああ、どうやって説明すればいいのかわからない。でも、それはまるで……とりあえず、彼女はもういないんだと思う。メアリーは。運河の中か、もしかしたらあのはしけの上で、赤ちゃんと一緒に死んだんだと思う……」向きを変え、自分を慰めるかのように腹を両腕で抱いた。あるいは、もうそこにいない赤ん坊を抱きしめるかのように。

「きっと」震える声で言う。「正気を失ったように聞こえるでしょうね。あなたが私をどこかに監禁するよう手配しても仕方ないと思ってる」メアリーはがっくりした調子でそう結んだ。

「まさか、違うよ、メアリー」アンソニーは言い、メアリーのもとに歩いていって、妻に両腕を回した。「そんなことはしたくない。絶対に！　君は世間一般の人と同じように正気だ！」

「でも、今言ったように、今では自分が二人いるみたいなの。気弱なメアリーになったかと思うと、次の瞬間には、私がメアリーのことを全部忘れていたときに生み出したパーディタが出てきて、メアリーを脇に押しのけるの」

アンソニーはメアリーを強く抱きしめたが、メアリーは腕の中で身をこわばらせたまま、頑としてアンソニーに背中を向けていた。

「構わない」アンソニーは誓った。「君は君だ。私が結婚した女性だ」

「でも、あなたは今の私を、メアリーを愛していたように愛することはできないわ」

一瞬、アンソニーは再びあの深淵の縁を歩いている気がした。一つでも間違った動きをすれば、またメアリーを失ってしまう。今度はきっと、永遠に。

すべての口実を、自分が今までしてきた保身のための、体面を保つためのすべての言い訳を切り裂き、剥き出しの真実を話すしか選択肢はないだろう。

「私はメアリーを好ましい形では愛していなかった」アンソニーは認めた。「だから、君のことを同じ形で愛したいとは思わない。はっきり言って、君をあんなふうに……けちな、抑えた形で愛するつもりはない。当時は自分のことしか考えていなかった。

私の言葉が、私の行動が君に与える影響など考えていなかった。それに、君もきっと、自分が結婚したつもりのアンソニーを今も愛してはいないだろう？君が想像の中で作り上げた光り輝く半神半人は、そもそも実在していなかっただろう？」

メアリーがそれを理解しているのが感じられた。頭の中で検討しているのが。なぜ感じられるのかはわからないが、とにかく感じるのだ。それは、メアリーの呼吸の仕方が変わったからかもしれない。たとえこちらを向いて、自分を抱きしめてはくれなくても、筋肉がゆるんだからかもしれない。

「じゃあ、私たちは」しばらくして、メアリーはほとんど聞き取れないほど小さな声で言った。「これからどうすればいいの？」

18

アンソニーがうなじの上でため息をつき、熱が背筋をすべり落ちていくのを感じて、メアリーは今二人で話していることから注意がそれ、二人でまた一緒にすることへの切望で頭がいっぱいになった。

今、寝室へ行って、その方法で結婚を立て直そうと提案する勇気があるだろうか？　前回、本当にアンソニーとつながっていると感じられた唯一の方法で彼に触れようとしたとき、彼はそれが先まで進む余地がないうちに中断した。

「私が何よりもしたいのは」アンソニーが言い、メアリーの心臓は跳ねた。ああ、私が何よりもしたいことを、アンソニーが提案してくれさえすれば！

アンソニーは腕の中でメアリーの向きを変えた。希望と拒絶される覚悟が半々の表情で、メアリーを見つめる。「君にキスすることだ」

そう言うと、唇をメアリーの唇へと近づけた。ゆっくり。じれったいほどゆっくり。メアリーに押しのけられることを半ば予期しているかのように。

当然ながら、メアリーはそんなことはしなかった。これは、正しい方向へ進む望みの持てる一歩だ。

そして、アンソニーはメアリーにキスした。優しく。ためらいがちに。

だが、メアリーはためらいも優しさもいらなかった。そこでアンソニーの首に両腕を巻きつけ、キスを返した。彼の髪に指を絡め、頭を引き寄せる。

アンソニーに必要な励ましはそれだけだった。彼のキスは貪欲になった。

「君が欲しくてたまらない」アンソニーはあえぎ、メアリーの首に顔を埋め、大きな手で尻を揉んだ。

アンソニーがメアリーへの欲望をこんなふうに示したことはなかった。彼の欲望の表現はつねに品が良かった。礼儀正しかった。そして、この種の行為はいつもメアリーの寝室に限っていた。アンソニーではなく、メアリーの寝室。彼の寝室では一度もなかった。メアリーは夫は自室を聖域にしたいのだろうと考え、わざわざ足を踏み入れることはしなかった。

そして、アンソニーは真っ昼間にはどんな求愛もしてこなかった。日中は忙しすぎるからだと、メアリーは思っていた。

そのとき、アンソニーは痛みを感じたかのようにうめいた。

彼は本当に自分を求めているのだ。そのことを示す証拠が腹に押しつけられるのを感じた。それはたとえ本人が隠そうとしても隠しようがなく、アンソニーは隠そうともしていなかった。少しも。

自分がアンソニーに与えている影響を感じ、メアリーの気分は高揚した。しかも、ついさっき、その分野での苦労を告白されたのだ。ほかのどんな女性も彼をこんなふうにできなかったと知った。

ほかのどんな女性もアンソニーに対し、この力を持っていなかった。昨夜、書斎にいたときでさえ、彼は高ぶっていた。本人は抗（あらが）っていたが。今日もまた抗うのだろうか？　アンソニーが適切だと見なす場所に、自分たちがいないから？

メアリーはしゃにむに、せっぱつまったように、アンソニーの首に、眉に、唇が届く限り顔のあらゆる部分にキスの雨を降らせ、腕は首に回したまま脚を動かし、彼に動くよう促して、ソファのほうへと押していった。アンソニーはメアリーの寝室に上がり、ベッドに入りたいと思うかもしれないが、もしメアリーがそれを提案し、そのことで議論が始まったら、この時間は失われてしまう。

それはソファの上でも可能だろうか？　まあいい、試してみればわかる。

二人とも相手を離そうとしないせいで、軽くつまずきながら、互いに腕を回したままソファにどさりと腰を下ろした。

隣り合って。

アンソニーは再び激しくキスを始め、両手でメアリーの全身を探り、その様子は再び妻の形を知ろうと必死になっているかのようだった。あるいは、メアリーが本当にそこにいることを、物理的な証拠なしには信じられないのかもしれない。

それはすばらしかった。だが、二人が隣り合って座っていては、相手と交われるはずがない。何とかして向かい合わなくてはならなかった。今。今よ！

メアリーは焦（じ）れていて、アンソニーが主導権を握るのが待ちきれなかった。

何らかの本能に突き動かされ、メアリーはアンソニーを仰向けにクッションに倒したが、それは二人の体格と力の差の割に驚くほど簡単だった。

これはアンソニーも求めていたことなのだ。ついに。アンソニーが再び自分に賭けるつもりでいることを、彼の上によじ登り、もっとまたがりやすいようにじゃまなスカートを彼が引き上げてくれたときに、メアリーははっきりと確信した。

この体勢になった今、二人のキスは死に物狂いになっていた。メアリーがアンソニーの体を、全身の至るところで感じられるようになった今。メアリーが彼に体をこすりつけると、彼の腰は突き出され、彼の両手はメアリーの腰を、尻を、太腿の上部のそこかしこをまさぐった。

それでは足りなかった。欲しいのは……。

ああ、どうしてアンソニーは……。

アンソニーがしないのなら、自分がするしかない。

メアリーはアンソニーの輪郭を感じるために、二人の体の間に手を差し入れ、ブリーチズに閉じ込められた部分にせっぱつまったように押しつけた。

そして、ボタンを外し、アンソニーを解き放った。二人の間の最後の障壁を取り除く。

アンソニーの顔を見下ろした。彼の目は半開きになっていた。眉に汗が噴き出している。

それは彼が瀬戸際まで来ていること、メアリーが何か思い切ったことをしなければ、一人で達してしまうであろうことを意味した。

そんなことは許されない！

メアリーもアンソニーと同じくらい満たされずにはいられなかった。

メアリーはアンソニーをつかみ、最も必要な部分に彼を感じられるまで体をくねらせたあと、彼をそこに導いた。

アンソニーは首を絞められたような、うなり声とため息の間のような声をあげて、メアリーの中にすべり込み、しばらくは目がくらむほど激しい行為が続いた。

やがて、メアリーの中で歓喜が爆発した。

そして、しゃがれた叫び声とともにアンソニーも爆発し、その瞬間から最後の一グラムまで快楽を絞り取ろうとするかのように、メアリーの尻に指を食い込ませた。

メアリーは前に倒れ、夫の首に顔を埋めた。二人とも息を切らしていた。汗でぬめっていた。

メアリーは喉の渇きを感じた。

唐突に、呼び鈴を鳴らして紅茶を頼むのは不適切だろうかという疑問が頭に浮かんだ。次の瞬間、急に笑いたくなった。紅茶！　こんなときに、よりによって紅茶のことを考えるなんて！

「どうした？」アンソニーは警戒した声で言い、起き上がろうと身動きした。「また泣いているんじゃないだろうな？」

メアリーはアンソニーの顔が見られるよう体勢を変えた。「いいえ。ぜんぜん違うわ。ただ、私たちがこんなことをしたのが信じられなくて。私、二度とこのソファを冷静な目では見られなくなるわ。いったいどうやって、レディ・ダルリムポールのような人をここで大笑いせずにもてなせばいいの？」

「大笑い」アンソニーは繰り返した。メアリーは彼のこわばった体から緊張が抜けるのを感じた。「少なくとも、後悔の念に襲われるよりはましだよ」

メアリーはアンソニーの形の良いアーチ型の右眉をなでた。「私は後悔していないわ、少しも」きっぱりとそう言った。

アンソニーの眉が下がった。「でも、君は以前、愛の行為のときとても恥ずかしがっていた。私はいつも、君を怖がらせないよう気をつけなくてはいけないと思っていたんだ」

「まあ。不思議ね。私はずっと、自分はこういうことの相手として物足りないんだと思っていたわ」

「まさか！」アンソニーはメアリーの顔を手で挟んだ。「どうしてそんなふうに思えるんだ？　私があの……あのことを告白したあとで……」

「もう、やめて」メアリーは遮り、アンソニーが能力のなさだと感じていた事柄を言葉で表現する隙を与えないようにした。「それはもういいのよ。以前の私が未熟すぎただけ。ベッドの中で男女の間に何が起こるのか、何も知らなかった。でもさっきは、こういうことにはあまり礼儀正しくならなくていいんじゃないかと思ったの」

　アンソニーは起き上がろうとした。「そのことだが」そう言いかける。

　メアリーはため息をついた。彼の動きがこの甘美な情交の時間の終わりを告げたからだ。ここからまた、二人は話をするのだ。

　しばらくの間、ぎこちない雰囲気の中で二人は絡まっていた手脚をほどき、服を直し、ソファに隣り合って座るという礼儀正しい位置に戻った。

　だが少なくとも、今は手をつないでいた。恋人同士のようだと、メアリーが感じるつなぎ方で。

「要するに」アンソニーはひどく憂いを帯びた口調で言った。「今のはすばらしかったけど……」

　メアリーの心は沈んだ。アンソニーは自分が望まない何かを言おうとしている……そう確信した。

「昨夜言ったとおり、肉体の衝動に屈することは、本当の意味での物事の解決にはならない」アンソニーはしばらくうつむいていたが、やがて決意を新たにしたように、顔を上げてメアリーを見た。「私たちが口論になったとき、サラは私をベッドに誘惑することで、本当の問題から私の気を逸らす術に長けていた。それは問題を適切に解決するのではなく、棚上げするだけだった。そしてこれ、私と君のことだが、何もかもが間違った方向に進んでしまった以上、状況を正すことが非常に重要だ」そう言うと、もの悲しげにつけ加えた。「だろう?」メアリーはめまいを覚えるほどほっとした。アンソニーのどんな言葉を恐れていたのかはわからないが、この状況の適切な解決策を見つけたいのだと聞くと……。不適切なことをするのではなく……。メアリーはまたも場違いな笑いの衝動に襲われた。笑ってはいけない。アンソニーが自分たちの将来をこれほど真剣に考えようとしているときに。だが、メアリーはただ幸せだったのだ。今までの人生で感じたことがないほど幸せだった。

記憶にある限りでは。

「私に質問する権利がないのはわかっている」アンソニーはいかめしい表情と声で言った。「君を責める権利も。君はあのような経験をして、夫がいることも覚えていなかったのだから……」

「でも、あなたは質問したいんでしょう。私が何を打ち明けるか不安でも」

アンソニーはやつれた、不安げな顔でうなずいた。今では背筋をぴんと伸ばして座っていて、まるでメアリーがこれから言う可能性のあることに対し、覚悟を決めようとしているかのようだった。

メアリーの幸福感は消えた。なぜアンソニーは今も、妻に対して最悪の想像ができるのだろう? たった今、あんなことが二人の間に起こったあとでも? あれには何の意味もなかったのだろうか?

だが、アンソニーが今言ったことからすれば、憎きサラがそれさえも汚したのだろう。最初の妻がアンソニーに、体を重ねることは欲望を満足させるだけの行為だと教え込んだのだ。あるいは、誰かを支配する手段だと。メアリーのほうは、ついに我が家に、冷えることにうんざりした爪先の導きではなく、自分の意志で帰った気がしたというのに。

「話すわ」メアリーは決然と言った。「すべてを。

そうしないと、あなたは私が自分が何者なのかわからず田舎をさまよっている間に、私がこんなこともあんなこともしたんじゃないかと想像して自分を苦しめるような気がするから。そうでしょう？」

アンソニーは気分が悪そうだった。だが、うなずいた。歯を食いしばったらしく、あごの筋肉がこわばった。

「ああ、アンソニー」メアリーは頭を振って言った。「あなた、誰だろうと人を信じるのが難しいのね？　サラのことを聞いた今では、あなたが探偵を雇って私の話の裏を取らせた理由は理解できる気がするの。でも……」とつぜん、不安の矢がメアリーを貫いた「今は、私がどこまでも正直に話すって信用できるの？　これからは私のことを信じられる？」

「ああ」アンソニーは言った。

「なぜそう言えるの？」

「それは、君が帰ってきた瞬間から私はほとんど信じていたからだ。少なくとも、信じたいと思っていた。いちばん怖かったのはそのことだ。君は嘘八百を並べているかもしれないのに、自分はそれを信じたがっていること……いや、君があのような苦難を経験したことじゃなくて、別の男と駆け落ちしていないことを。これが事実であることは、君にもわかるはずだ。さもなければ、なぜ私は君をすぐさまこの家から追い出さなかった？　あるいは、君をどこか遠方の地所に送り込んで、看守をつけなかった？　私はそうすることもできたんだ。それをサラにやることを何度も想像していたから、その手はずを整えるには五分もかからなかっただろう」

あの完璧な妻を？　メアリーとは比べものにならないと誰もが言っていたあの妻を？　アンソニーはその妻を監禁し、部屋の鍵を捨てることを想像していた？　今日はまさに、新事実発覚の一日だ。

とつぜん、メアリーはずっと気分が良くなった。

「私……私、そういう面からは考えていなかったわ。確かに、あなたは私をここにいさせてくれた。私の行動もじゃましなかったし。ただ……」

「君の行動はいっさいじゃましていないよ」アンソニーは抗議した。

「ただ、使用人に私の行動を逐一報告させていたでしょう。そうでなければ、私がジャックを訪ねようとしていることをどうやって突き止めたの？　劇場に行ったときのことも」

アンソニーはメアリーの手を握る手に力を込めた。「それは私じゃない」アンソニーは激しい口調で言った。「つまり、私は使用人に君の動きを報告するよう指示はしていないんだ。ただ、サラのことがあってからは、私に完璧に忠実でない使用人は雇わないようにしている。サラにはメイドが一人、従僕が二人、厩番が一人いて……まあ、その話はいい」陰気に言う。「要するに、君が失踪したときに私が陥った状況を見ていた使用人が、たぶん……」

メアリーはアンソニーの手を握り返した。「わかった。前よりも状況がはっきり見えてきた気がするわ。例えば、ブランシェッツのあの恐ろしい女性は、確かに看守のようにふるまっていた。前の奥様の生前も、あの人はいたの？」

アンソニーはうなずいた。「そのことはすまなかった。君にはもう少し優しくて、君の状態を気にかけてくれる使用人をつければよかった。でも、探偵のバクスターの話だと、あの家の使用人は全員、不自然なほど忠誠心が強く、誰一人として口を割らせることはできなかったそうだ。それから……それから、すまなかった」アンソニーはメアリーの手の上に身を乗り出し、うやうやしさのようなものを込めてキスをした。「君が逃げ出したのかもしれないと疑ってしまって」

「ええ」この悔恨の表現に、メアリーの感情は高ぶり、目に涙がこみ上げた。「あなたはすでにじゅうぶん罰を受けている気がするわ。だって、何カ月も最悪の想像をして苦しんできたんだもの」

「君を探して、家へ連れ戻す代わりに」アンソニーはみじめそうに言った。

メアリーはアンソニーのふさふさしたつやのある髪のてっぺんをなでた。アンソニーが申し訳なく思っているのはわかった。彼があのような行動を取った理由も理解できた。それでも、やはりつらかった。

「そのバクスターって」メアリーはアンソニーの謙虚な謝罪への反応の仕方を考えては、どれも彼にじゅうぶんな許しを与えるものではないと却下し、それよりも話題を変えたほうがよさそうだと思って言った。「私が本当のことを言っているかどうか確かめるために、あなたが雇った男性のこと?」

「そうだ」アンソニーは顔を上げ、メアリーを真剣な目で見つめた。「君の無実を証明するために私が雇った男だ」

自分の満足のためということだろうが、確かにそれは信じられた。

「それで、その人はほかに何を突き止めたの?」メアリーは言った。どこから話せばいいのかを知るには、アンソニーがどこまで聞いているのかを確かめる必要があった。何も取りこぼしたくなかった。アンソニーがそれほど人を信じるのが難しいのであれば、メアリーが言い忘れたことがあるとあとからわかれば、さっき言っていた暗くて疑い深い思考の大渦へと再び沈んでしまうかもしれないからだ。そして、何もかもが台なしになってしまう。

「ブランシェッツの使用人からはほとんど収穫がなかったこと、地元住民から最初の妻の良い噂を一つも聞かなかったこと以外では」アンソニーは言い、いかめしく唇を引き結んだ。「君を引き取り、回復するまで看病してくれた、例のメソジスト一家がすぐに見つかったと報告してくれた。そこから、君を水中から引き上げてくれた運河のはしけに辿り着くのにも時間はかからなかったそうだ」

まるで、太陽が暗い雲の裏に隠れたかのようだった。すべてを失ったあの恐ろしい日々に意識が引き戻されたことが、その主な理由ではなかった。ミスター・バクスターがメアリーの動きをいかに簡単に辿り直せたかを知ったせいだった。アンソニーが妻を捜索する気になっていれば、いかに簡単に見つけられていたかを。

だめだ。和解の始まりだと思えるものが、苦痛のせいで台なしになってはいけない。アンソニーは自分が最悪の想定をした理由を説明してくれた。サラにあのような苦難に突き落とされたせいで、人を信じるのが難しかったからだと。

それに、アンソニーはメアリーの両手を握り、その手を自分の膝に置いて、メアリーを熱心に見つめていて、妻が言うことは自分にとって重要だと思っているように見えた。

当時、わざわざ捜索するほど妻を重要だと思ってくれていなかったことは、残念だけど……。

だめ！　そんな思考に身を任せてはいけない。そうでないと、二人はどこにも辿り着けない。

「バクスターの話によると」アンソニーは続けた。「夫妻は別の地域、言い方は違っていたが、教区のようなものに派遣されることになっていた牧師に君を預けたそうだね。ミスター・ジェイコブ・ペンドルだ」

メアリーは顔をしかめずにはいられなかった。

「何があった？　夫妻の話だと……」アンソニーはためらった。「そのペンドルが、君は救いがたい罪人で、自分がいくら懺悔と改心を勧めても、自分の流儀に戻ってしまうと報告してきたそうだ」

「私の流儀？　ああ、何て図々しい男なの！　私がすべてを話すと言ったとき、あなたがあんなに気分が悪そうにしていたのも無理はないわね。きっと、すでに想像して……恐れて……」メアリーは立ち上がろうとして動いた。

アンソニーはメアリーの手をつかみ、一センチたりとも動くことを阻止した。「それは否定できない」彼は言った。「でも、私はもう誓っただろう？　君が家にいない間に何をしていようとも、君を責めたり咎めたりはしないって。ただ今回は、第三者に私たちの私的な事柄を調査させるんじゃなくて、君の口からすべてを聞きたいんだ」

ああ、アンソニー。彼は妻を信じようと必死に努力しているのだ。少なくとも今回は、メアリーの行動に関する悪い噂を聞いていながらも、メアリーからの説明を求めている。そして、メアリーが何を言おうと信じるつもりでいるようだ。アンソニーなりのやり方で、メアリーに大きな敬意を払おうとしているのだと思えた。

「ありがとう」メアリーは言った。「私の言い分を聞こうとしてくれて。だって、どんな物語にも必ず二つ以上の側面があるものでしょう？」

アンソニーは必ずしもその言葉には納得がいっていないかのように、一瞬眉間にしわを寄せた。きっと、物事は二種類に分類されると思っているのだろう。真実か、嘘に。

「ハプコット夫妻は自分たちが事実を、見たままを話していると思っているんだと思う」メアリーは言った。「でも問題は、夫妻は最初からは二足す二を五にしていたことなの。運河のはしけの人たちは、停まってちゃんと説明する時間がなかったんだと思う。だって、私が熱が下がって頭の中が空っぽになっていたとき、ハプコット夫妻はすでに私が堕落した女で、命を絶とうとしていたと思い込んでいたもの。私にはぴんとこなかった。でも、二人はそうなんだと言い張った。もし違うのなら、自分が本当は何者なのか、どこから来たのか白状するようにと言い続けていた。この家で目が覚めるまでのことを何も思い出せないという私の言い分を信じてくれなかった。私が嘘をつくことで自分の悪行を隠そうとしていると思い込んでいたの。私が嘘をついているのは確かで、それは私を水中から引き上げた人たちが、私がエピングという場所から来たと言っていたからだそうよ」

「でも、それはおかしい。君はエピングからは来ていないんだから」アンソニーはひどく腹を立てた様子で言った。「それは、熱に浮かされながら、私を呼んでいたときのことだろう？　誰も私と結びつけて、連絡しようとは思わなかったのか？」

メアリーはアンソニーを気の毒に思っている。今もアンソニーの行動、あるいは行動しなかったことが自分に与えた影響に傷つき、腹を立ててはいるが、それでも、本当に気の毒だとは思っている。だから、妻が失踪した事実を隠蔽することしかできなかったアンソニーに、ほかの誰かが彼を見つけようとしなかったことを責める資格はないという、辛辣な反論をやっとの思いでのみ込んだ。

「ブランシェッツは」あらゆる点を考慮し、メアリーはできるだけ優しく指摘した。「あまり重要でない地所の一つでしょう？　あなたが行くことはめったにない。運河が流れている何とかという町の人々ともほとんど関わりがないわ」町の名前は思い出せなかった。一度も聞いていないのかもしれない。

「でも、とにかく」本質的なことではないため、知識もしくは記憶のその穴は脇に押しやり、話を続けた。「夫妻は私が川で助けてくれた人たちに場所のことを言ったんだと思い込んでいた。どこからそんな思い込みが生まれたのかはわからない。その部分の記憶のほとんどが今も少しぼんやりしているの。

でもあのとき、私は確かに熱を出していて、女性は私に例の飲み物を飲ませ続けて、痛みと熱を抑えようとした」それから今日まで、あの特定の、悪夢のような一連の記憶を深く掘り下げすぎることは拒否してきた。つらすぎるからだ。その記憶が勝手に燃え上がったときも、脇に押しやるようにしていた。

「痛みといえば、手を放してもらえるかしら？　つぶされそうなの」

「ごめん」アンソニーは言ったが、手は放さず、口元に持ち上げてキスをしたあと、自分の膝の上に戻した。「あまり強く握らないから。約束する」

「そう」今日のアンソニーがどれほど違って見えることか。結婚した当初、彼はとても超然としていた。とても誇り高く、よそよそしかった。

だが今は、アンソニーが最初の結婚のときに傷ついたような形でまた傷つくことをどれだけ恐れているかがわかっている。彼にも心が、そして感情があることが。野放しにしたときに起こる事態を恐れるあまりに抑えなければならないほど、多くの感情を持っていることが。

そこで、メアリーはアンソニーの手をぎゅっと握り、どんなに感情が高ぶっても、彼が自分に優しくできることを証明するチャンスを与えるために、このまま手を握らせておくことにした。

「ハプコット夫妻は」メアリーはさっきやめたところにできるだけ近いところから話を再開した。「私が自分でわかる限りはエピングに行ったことはないと言い続けたせいで、ひどく腹を立てたわ。そして例の牧師のミスター・ペンデルに頼んで、彼が新たな職につく場所からそう遠くないエピングまで私を連れていってもらうことにした。いったんそこに行けば、私は記憶を失ったふりができなくなって、土地勘があるとか、私を知っている誰かに気づかれるとか、何らかの形でしっぽを出すはずだから、私が犯した罪も暴かれるだろうと考えたの。私はいちいち反論はしなかったわ。そのとき考えられる限りでは、自分がやった覚えのないいろんなことで夫妻に責められるのをじっと聞いているくらいなら、エピングという場所に行くほうがましに思えたから。二人が言うとおりになるかもしれないとさえ思ったわ。もしエピングが手がかりなら、それを追って、自分が何者なのか突き止めるのは良い案に思えた。だって、これは言っておきたいんだけど、自分のことが何もわからないというのは、ものすごく……」言葉が出てこなくて、メアリーは頭を振った。

「だろうね」アンソニーは言った。「私には想像もつかないくらいだ」

「でも、私は間違ってた」メアリーは身震いして言った。「状況はもっと悪くなったの。ハプコット夫妻は本当に善意の人たちで、私に悔い改めるよう説得していたのは、私の永遠の魂の状態を心から気遣っていたからだった。でも、あの牧師は……」彼がときどき狂信的な、熱に浮かされているとも言える目つきをしていたことを思い出し、言葉を切った。「私を堕落した女だと信じ切っていて、聖書に出てくる邪悪な王妃イゼベルの名で呼んでもおかしくないくらいだった。よく呼ばずにいられるものだと思うこともあったくらい。でも、私がどんなにおぞましい人間かをくどくど言われるたびに、私は怒りを募らせていった。だって、自分が何者なのか覚えていないのは嘘じゃないもの。少し経つと、私のことで嘘をついているのはハプコット夫妻じゃないのかと思い始めた。だって、私に出会う前から私がどんな罪を犯したか、そもそも罪を犯したことを知っているのはなぜなの？　エピングに着くころには、牧師に説教されるのも、私の言い分を信じてもらえないのも心底いやになって、今にも牧師を馬から近くの池に突き落としてやりたいくらいだった。あっ」

メアリーは言い、背筋を伸ばしてまっすぐ前を見つめた。「声に出してこの話をしているうちにわかったんだけど、パーディタは完全にジャックが作り出したわけではなかったわ。彼は名前をつけてくれただけ。パーディタはエピングに行く道中に着実に姿を現していたのよ。考える時間はたくさんあったわ。ミスター・ペンドルが聖書を読みながら馬で先を行って、私が罪を悔い改めるまで口を利かないことで私を罰しているつもりになっている間に。私は着実に、自分がその罪を犯していないことを確信するようになった。着実に、人が私に押しつけてくる人物像と私は違うと確信するようになった。私が何者なのか、いえ、何者だったのかはわからなかったけれど、自分が絶望して身投げするとはとても思えなかった。私はどんな問題にも実際的な対処法があるはずだと思っていたの。それなのに、流れが速い川で溺死しようとするのは、実際的とは正反対だわ。想像はできないし、考えるのも耐えがたかったけど、もし私が本当に命を絶ちたいほど絶望したのなら、もっと実際的で確実な方法を思いついていたはずだと思ったの」

相変わらず用心深い、それでいて毅然（きぜん）とした表情で自分を見守っている夫に、メアリーは向き直った。

「まあ、とにかく」メアリーは言い、ついにジャックとの出会いをアンソニーに話すという、より重要な作業へと自分を引き戻した。「エピングの町に着いてすぐに、市の立つ日だとわかった。牧師は人々が大量のビールを消費しているのがわかると無表情になって、路上で飲み騒ぐことの悪徳についてわめき始め、市場の中央の十字架の塔によじ登って、そこにいる全員に向かって地獄の業火に関する説教を始めたの。でも、ほとんどの人は見向きもしなかったわ。だって広場の反対側ではクロエが滑稽な歌を歌って、ジャックが曲芸をし、トビーがジャックのものまねをしていて、それがすごくおかしくて……私はずいぶん久しぶりに笑った気がした」メアリーはため息をついた。「そして、近くに行ってもっとよく見ずにはいられなかった」

アンソニーの手が自分の手の上でこわばるのを感じた。今では彼が役者にどんな感情を持っているかはわかっていたが、自分が彼らに、特にジャックにいかに恩があるかを夫に説明するチャンスがついにやってきたのだ。

「どれくらいの間、そこに立って一座を見ていたのかはわからないけど、そのうち何か、口論のようなものが広場の反対側で始まっていることに気づいた。市日の群衆の一部がミスター・ペンドルの説教に異議を唱えて、彼に物を投げつけ始めたの。たまたま足元にあった腐った果物が始まりだったと思う。でも、ミスター・ペンドルは反対側の頬を差し出すどころか、物を投げ返し始めたの。すると群衆はキャベツで仕返しして、挙げ句の果てにはビールが入ったジョッキを投げ始めた。ついに、誰かが牧師を立っていた場所から引きずり下ろそうとすると、ミスター・ペンドルは拳闘家としても生きていけそうな動きを見せたわ。誰が勝つか、牧師を演壇から引きずり下ろそうとしている人たちか、牧師か、人々が賭をしている声が聞こえた。もちろん牧師は数で負けていたから、当然の結果に終わった。でも、そこには市日の治安維持のための執行官のような人がいて、その人がこの争いはすべてミスター・ペンドルの責任だと決定して、監獄に連行していったの。ミスター・ペンドルは絶対にこのことはハプコット夫妻に報告していないだろうし、それが私とはぐれた理由だと認めてもいないと思うんだけど、どうかしら？」アンソニーの返事は待たなかった。単なる修辞疑問文だ。「そうだわ」メアリーは言い、牧師が引きずっていかれる間、まだ四方八方にパンチを繰り出しながら浮かべていた憤怒の表情を思い出し、ほほ笑んだ。「それは間違いなく、人生最高の瞬間だった」

アンソニーが身動きした。顔をしかめている。

「あなたの顔」メアリーはきつい口調で言った。「今の発言は気が利かないと思っているようね。私はあなたに求婚されたときか、指輪をはめてもらったときが人生最高の瞬間だったと思うべきだって」

「まあ……」

「そうね、でも当時の私はそのどれも覚えていなかったのよ？　私が知っていたのはハプコット夫妻と、牧師と馬で進んだ道だけ」

「そうだな」アンソニーはとたんに態度を和らげた。

「むっとするなんて、私が馬鹿だった……」

「それに、いつもながら自己中心的ね」メアリーはいらだちが募り、そう言わずにはいられなかった。

「アンソニー、正直に言うと――」

「わかってるよ」アンソニーはメアリーの指のつけねを揉みながら言った。「私も努力してる――」

「ええ、そうね」メアリーは譲歩した。「この話を聞くこと自体があなたにとってどれだけつらいかもわかってるわ。でも正直に言うと、ただじっと座って聞いていてくれたほうが、あなたのためになるの。じゃまをせずに。そうすれば、私はできるだけ早く、私のやり方で、すべてを話してしまえるから」

「切開して膿を出すように？」

「あなたがそんなふうに思いたいのなら」今もアンソニーが最悪の想定をしていることにいらだちながら、メアリーは言った。「それでいいわ」

19

アンソニーはメアリーが自分にそのような口調で話せることが信じられなかった。

だが以前の、人がいる場所では顔も上げられないくらい内気だったころのメアリーのふるまいが、外の世界に出て、守ってくれる夫もそばにおらず、自分で自分の身を守らなくてはならなくなってからの彼女とは違うことを、自分はすでに知っているのではないか？　メアリーのほうもそれは感じているのではないか？　自分が二人の別々の人間になったような気がすると彼女が言っていたのは、そういう意味だったのでは？

「ただ聞くよう努力するよ」アンソニーは誓った。

「でも、君の話を聞いているときに、私が何も感じていないとは思わないでくれ。その大部分が、私の愚かな過ちのせいだと思わずにはいられないんだから。私のプライドのせいだ……」

アンソニーは下を向きたかった。あるいは、部屋から出て、メアリーが特に不快な経験を語るたびに目に光る怒りと苦痛から目を背けたかった。

だが、アンソニーにはメアリーの嘲りに向き合う義務があった。軽蔑に。怒りに。二人がかつてともにしていたものをわずかでも取り戻したいのなら、このすべてに耐えなくてはならないのだ。

メアリーはあごを上げた。そして、皮肉混じりの笑みを浮かべた。

「ありがとう、黙っているよう努力すると言ってくれて。誰もが自分の発言をすべて金言として扱ってくれることに慣れている人には、簡単なことではないでしょうから」

確かに人は自分をそのように扱うと、アンソニーは思った。自分はごますりは嫌いだといつも言ってきたが、人がうやうやしい態度をとることに慣れすぎていて、それを当たり前だと思っていたのか？

「君は手加減しないんだな？」

「もうしないわ。それから」メアリーはアンソニーをじろりと見たあと、つけ加えた。「私をじゃましないようにするというのはどうなったの？」

じゃましたわけじゃない、君の意見に反応しただけだと、アンソニーは今にも言い返しそうになった。だが、そうすれば、それも同じことだとメアリーに反論されるだけだろう。

だったら、今からは本当に何も言わないとだけ言っておくほうがいい。

だがそうなると、さらにいくらか言葉を発することになる。そこで、アンソニーは唇を固く結び、メアリーが続けるのを待った。

メアリーはアンソニーを見た。

アンソニーは何も言わなかった。

メアリーはなおも見続けた。

アンソニーは威厳ある沈黙のつもりであるものを保った。

すると、メアリーの唇にほほ笑みらしきものが浮かび、アンソニーは胸をなで下ろした。

「さてと」メアリーはやがて言った。「どこまで話したかしら？」何かの位置を知ろうとするかのように、天井を見上げる。そして、合図を待っているような目でアンソニーを見た。

アンソニーは牧師が監獄に連れていかれたところだと指摘しようとしたが、そのときメアリーの目に挑むような色があることに気づいた。

アンソニーを試しているのだ。

黙っているというアンソニーの決意を試している。

ある一節が頭に浮かんだ。聖書の言葉で、小さなことに忠実な者は大きなことにも忠実だというような言葉だ。メアリーはアンソニーが自分をじゃましないという誓いを守れるかどうかを試しているだけに見えるが、もしアンソニーがこの小さな約束に忠実でいられることを証明できなければ、メアリーは今後もっと重要なことで夫を信頼するのが難しくなるのではないかと思えてならなかった。

アンソニーのほうも、今後メアリーは自分を信頼してもいいのだと証明する必要があった。同じ過ちは二度と繰り返さないと決意しているのだと。

そこで、アンソニーはいっそうきつく唇を結び、メアリーが話し始めるのを待った。

「あっ、わかったわ」メアリーは言った。「ペンドルが引きずっていかれるのを見て、私がどんな気分になったかを話したところだったわね？」メアリーに喋りたくなるよう仕向けられても、アンソニーが断固として沈黙を守っていると、彼女の目に賞賛の色がきらめいた気がしたが、本当だろうか？

それとも、アンソニーがわらにもすがろうとしているだけか？

「群衆は散り散りになっていった」メアリーは続けた。「もう日は暮れかけていた。私は今夜はどうすればいいんだろうと思っていた。宿の手配はミスター・ペンドルがしていて、たいていはメソジストの穏やかでまじめな家族のお世話になっていたの」

メアリーがその種の家族のもとに滞在していたことを、アンソニーは嬉しく思った。社会的地位は自分より低いし、記憶にある限りでは関わりを持ったこともほとんどないが、メソジストは型破りではあっても独自のやり方できちんと生きている人々だという評判だった。それに、メアリーが一緒に旅をしていたのは、少なくとも、道沿いの宿屋という屈辱に彼女を晒すような人間ではなかった。

「それに、私はお金をまったく持っていなかった」

メアリーは続けた。「少し不安になり始めたとき、一人の女性が近づいてきたの。身なりは派手だったけど、すごく母親らしい雰囲気に見えた。その人が私に、あなたが一人でいることには気づいていた、力になりたいと言ってきたの。その瞬間、ジャックがぶらぶらと近づいてきて、私にはかなり不作法に思える言い方で、この人は一人でいるわけじゃないと言ったの。自分の一座の一員だと。なぜこの見知らぬ人が私が自分のもとで働いていると言い張っているのかと私が考えている間に、その女性は……」メアリーは顔をしかめ、頭を軽く振った。「ええと、どう説明すればいいのかわからないけど、その女性は……変化したの。母親らしい雰囲気が急に消えて、ものすごく下品な感じになった。下品な感じで、ジャックを嘲った」メアリーはアンソニーにその話をしているのと同じくらい、頭の中でそれを理解しようとしているように見えた。「下品な感じで、もしそうなら、なぜこの女性は芸をせず、ここで立って見ていたのかとジャックに問いただした。自分は女優を見ればそれとわかるけど、この女性は違うと断言したの」愛おしげなほほ笑みが一瞬唇に浮かんだ。「すると、ジャックがすぐさま言ったわ」うっとりした口調で言う。「『私は犬の訓練係で、観客の中から犬に芸をさせるための合図を出していたんだ』と」

メアリーは、自分にもあの男の機転に感心してもらいたいのだろうとアンソニーは思った。何も言わないと約束したことを、今ほど嬉しく思ったことはなかった。

「想像できるでしょう」妻があの男の名前を出すたびにアンソニーの中で燃え上がる怒りには気づかない様子で、メアリーは続けた。「この展開に、私がどれだけ混乱したか。私は何日間も、誰も彼もに厄介者のように扱われていたの。それなのに、とつぜん見知らぬ人たちが私を巡って、骨を取り合う野良犬のような争いを始めたんだから。ジャックとその下品な女性が激しく言い争っている間に、クロエがにじり寄ってきて、売春婦として働くはめになりたくないのなら、ジャックに調子を合わせて自分は犬の飼い主だと言ったほうがいいと言ってきたの。しかも、いつのまにかその犬が私の足元に座っていて、指示を待つように私を見上げていたわ。でも、私が役者の一団と運命をともにするとまだ決めていないうちに、母親らしい雰囲気だと私が勘違いした女性は、かんかんになりながら歩き去ったの」

アンソニーの血が凍った。その女性は売春宿の女将(おかみ)だったのか？　もしあのジャックという男が間に入ってくれなければ何が起こっていたか、想像するのも耐えられなかった。

そのショックがアンソニーの顔に出ていたのか、メアリーはうなずいた。

「ええ、そういうことよ。私はきっと〝いいカモ〟に見えたんでしょうね」

メアリーはアンソニーをちらりと見て、一座で覚えたとしか思えない俗語を使うことに夫が異議を唱えるかどうかをうかがっているようだった。

「その女性の姿が見えなくなると」メアリーは続けた。「ジャックは言ったの。ああいう連中が馬車の駐車場をうろついて、田舎から出てきたばかりの汚れなきメイドを探しているのを何度も見てきた。今まで、自分はそれに対して何もしてこなかった。でも、私を見ていると、このまま遠くから見ているだけではいられない気がしてきたって」

アンソニーにはその気持ちがよくわかった。今は両手をこぶしにせずにいるだけでせいいっぱいだった。あるいは、あの男の動機に関する何か気の利いた一言を言わずにいるだけで。

とにかく、メアリーに約束したのだから……。

「ジャックは私を助けてくれただけじゃなく、私を汚れていないと言ってくれて、だからこそ私はジャックに好感を持ったんだと思う。だって、私のことを、私が自分で感じているのと同じように言ってくれる人に初めて出会ったんだもの」

メアリーは片手を心臓の上に当てた。アンソニーは神に、メアリーが言っているのは自分は汚れていないという確信のことで、初めての出会いで心をつかまれたという意味ではないことを祈った。

「それから、クロエ」メアリーはどこか悲しげにほほ笑んだ。「クロエも私を守ろうとしてくれたの。でも、信じられないだろうけど、守ろうとした相手はジャックだったのよ！」

いや、信じられる。クロエなる女性がジャックと何らかの関係を持っているなら、当然ながらライバルを寄せつけないようにするだろう。

「クロエは私に、ジャックはあの売春宿の女将が意図していたのと同じように私につけ入ろうとしているから、気をつけなさいと言ってきたの」

それだ！　それこそが自分が恐れていたことだ！

アンソニーの苦悩には気づかない様子で、メアリーは陽気に続けた。「一座は、ピッパという人が幼なじみで恋人の薬屋のもとへ戻って以来、女優が一人不足していたの。だから、ジャックは私をピッパの代わりにしたがっているんだとクロエは言った」

女優として。単に女優としてだとアンソニーは自分に言い聞かせ、いとも簡単に最悪の事態を想像してしまう自分を慰めようとしたが、無駄だった。

「ジャックは自分は慈善家じゃないから、この人が自分で働いて食い扶持を稼ぐのは当然だとクロエに言い返した。でも弁解するように、君は仕事を必要としているように見えたんだと言ったわ。それから、もし自分が勘違いしただけで、本当は君は助けを必要としていないし、舞台に立つ気もないのなら、もちろん、ええと、あっちに行けと言ってくれて構わないと言った。ただ、もちろん」メアリーは頬を上気させてつけ加えた。「ジャックはこれほど上品な言葉は使わなかったけど」

メアリーがその男から聞いたであろう下品な言葉をいちいち使う癖がついていないことに感謝すべきなのだろうと、アンソニーは思った。

感謝といえば、正直に言って、その売春宿の女将からメアリーを遠ざけてくれたことをアンソニーはジャックに感謝していた。

かわいそうなメアリー。妻がそんな形で虐待されることを思うと、耐えられなかった。あるいは、虐待されるリスクがあったことを思うと。

いったいなぜ、自分はそこにいてメアリーを助け出せなかったのだろう？

「ジャックはクロエの警告は気にしなくていいとも言った。それは主に、私がクロエよりも優れた女優になるかもしれないという不安から来ていて、クロエは誰かが自分より人気が出ることを嫌っているんだと。それからやっと、私がどういう境遇にあるのかをたずねてきた。そして、何と！」メアリーは目を輝かせて言った。「私が覚えている限りでそれまでのいきさつを話すと、ジャックはただ……」肩をすくめる。「受け入れてくれたの。クロエも。フェネラも。あっ、フェネラというのは、ロンドンに来てから私が部屋を共有していた女性よ。正直に言って、そこまで仲良くはなかったんだけど、クロエが一人部屋がいいと言い張ったから。とにかく……」

メアリーがその最も重要な情報を、取るに足りない事柄のように投げ込んできたことが信じられなかった。メアリーが部屋を共有していたのが、彼女が偶像化しているように見えるジャックではなく別の女性だったことがわかって、自分がどれほど安堵したか、メアリーには見当もつかないのだろうか？

たった今、これほど重大な何かを明かしたようなそぶりは少しも見せずに話を続けるメアリーを、アンソニーはじっと見た。

メアリーは本当に、芯の部分は今も驚くほど無垢なのだ。

今にも妻を腕に抱き上げたくなった。そして……。いや、だめだ。メアリーが重要だと思うことをすべて話してもらわなくてはならない。約束したのだ。

「それから、ジャックは言ったの」メアリーは続けていた。「役者ほど私にふさわしい職業はないって。なぜって、役者は自分が出演する演目によって、絶えず違う人間を演じるから、自分が誰だかわからなくても構わない。自分が演じたい人間なら誰にでもなれるからって。そして、私にパーディタという芸名をつけることで、私が自分の名前もわからないという問題を解決してくれた。パーディタは、途方に暮れているという意味だから。そして、私は途方に暮れているように見えたから。するとクロエが、自分は最初に舞台に立ったときはクロエではなかったし、ジャックの本当の名字もニンブルではないと言ったの。とたんに、私はあの人たちに親しみを感じた。あの人たちは道徳を理由に私を非難しなかった」メアリーはどこか苦々しげに言った。「私を厄介者扱いしなかった。それどころか、私を励ましてくれて、おかげで私は自分がどんな人間なのかを知ることができた。それが、今の私よ」メアリーは熱のこもった表情で身を乗り出した。「私が言っている意味がわかる？　まわりの人たちが私を私のままでいさせてくれることが、どれだけ目新しかったか理解できる？　〝私〟が本当は何者なのかもわからなかったとしても」

ジャックがメアリーに優しくしてくれたことは、アンソニーなりに理解できた。だからといって、ジャックが無礼で下品な男であるという固い信念が覆ることはない。

メアリーは体を起こし、いらだたしげな表情になった。「ああ、あなたにはとても奇妙で、馬鹿げているように聞こえるでしょうね。あなたには生まれた瞬間から確かな身分があった。守るべき身分が。でも、私は自分の人生をすべて思い出した今、ジャックやクロエたちからもらった贈り物をいっそうありがたく思うようになったの。前は、あなたに出会うよりも前は、自分の居場所を獲得することが人生のすべてだった。周囲のみんなを喜ばせて、住む場所と食べ物を確保しようとしていた。それでも、確かなものは何もなかった。いつレディ・マーチモントに首にされてもおかしくなかった。いつ住む家を失い、一文なしになってもおかしくなかった。まるで、崖っ縁に住んで、絶えず貧困の深淵（しんえん）をのぞいているような感じよ。目がくらむほどの深さに目をつぶって、そんなものはないふりをしていた。そうしないと夜眠ることができなかった。何年も何年も、子供のころから、まばたき一つする間にすべてを失うこともあると知っていたの」

言葉を切り、考え込むような顔になる。

「もしかして、私があれほどうまく、つらい記憶にドアをたたきつけることができたのは、それが理由なのかしら？　今までの人生でずっと、似たようなことをしてきたから……」

メアリーはそこに座ったまま、しばらく物思いにふけっているようだった。

アンソニーはこれ以上黙っていられなくなった。

「メアリー」優しく言う。「じゃまをしないと言ったのはわかっているが、でも……いつになったら、質問に答えてくれるんだ？」

メアリーの目から夢見るような表情が消えた。またアンソニーといる部屋に戻ってきたのがわかった。

「何が知りたいの？」メアリーは言い、その様子は少し不安げに見えた。

アンソニーは唾をのみ込んだ。たくさんある。だが、それらは自分が知りたいことだ。それだけではじゅうぶんではない、今日は。メアリーが話したいことをたずねる必要があった。

「次はどうなった？」

メアリーは困惑したように目をしばたたいた。

「君がジャックとクロエに出会い、女優をやってみると決めたあとだ」アンソニーは説明した。

「ああ」メアリーはにっこりして言った。「そのこと。そうね、ええと、私に女優の才能はないとわかったわ。それは、私が生まれつき内気で人に見られるのが苦手だからというだけではなかった。その部分は、メアリーもパーディタも同じなの」まるで自分が二人の別々の人間であるかのように、メアリーは言った。「それだけじゃなくて、役者には、ほかの人たちと関連づけて自分が舞台のどこにいるべきかという感覚のようなものがあるんだけど、それが私にはまったくなかったの。ジャックはできる限り私を自分の演目に出してくれたんだけど、私はどうしようもない役立たずだった。皮肉にも、おかげでクロエには気に入られるようになったけど」

アンソニーは困難に立ち向かうときが来たと判断し、質問した。「君が演技をしようとした演目はたくさんあったのか？」

「かなりね」メアリーはうんざりしたように唇をへの字に曲げて言った。アンソニーを見る。そして、夫の懸念を理解したようだった。「あなたの知り合いが私を見て、ブレントウッドやコプドックのような町の広場で芝居をしていた女だと気づく心配はしなくていいわ。だって前にも言ったとおり、クロエが最初から、自分への注目を奪われる可能性のあることはさせてくれなかったから。私はいつも、一座が持っている不細工な仮面や衣装に隠されていたの。でも、たいていは鵞鳥（がちょう）の衣装に押し込まれていたわ。ほら、あなたもあの晩劇場で、それをもとにジャックが作った芝居を観たでしょう。私は舞台上の場面ににじり寄りながら、今すぐこの場から逃げ出したがっているように見えていたはずよ。しかも、目の穴から外を見るのはとても難しかったし、自分の位置を把握する感覚もなかったから、しょっちゅう人にぶつかったり、小道具を倒したり、物につまずいたりしていた。最初のうちは、自分のお粗末さが恥ずかしかったわ。でも、そこからどうなったと思う？ジャックは少しも気にしなかった。だって、観客は一人残らず、私を面白がっていたんだもの。私が不器用であればあるほど、客は笑ったわ。それで、ジャックはあの不器用な鵞鳥をロンドンに持ってきて、笑劇の目玉にすることにしたのよ」

メアリーは挑むようにアンソニーを見た。

「妻が笑いものになるのは気に入らないわよね」

「つい数日前なら、いやがっていたと思う」アンソニーは認めた。「でも、君があれだけの経験をし、あれだけの危険に直面したことを考えると、厳密には上品とは言えなくても、少なくとも明らかに危険ではない方法で生活費を稼いでいたことに感謝しかないよ。ジャックとその仲間のおかげで、君は生きるために体を売らずにすんだんだから」

「しかも、私がしたことを誰にも知られないような方法で、でしょう」メアリーは鋭く指摘した。

「ああ。それは運が良かった」アンソニーは認めた。「でも、たとえ君がそういうはめになっていたとしても……その女性や、同類の女性に……」メアリーがさせられていたかもしれないことを想像するだけで吐き気がこみ上げ、アンソニーは唾をのんだ。

「もしそうなっていたら、あなたが折り合いをつけられていたとは思えないわ」メアリーは少し冷ややかに言った。「私が帰ってきただけで、あなたは怒っていたもの。私はまだ何も……」メアリーは言葉を切り、下唇を噛んだ。

「でも、折り合いをつける努力はしていたと思うよ。だって、私がいちばん怒っていたときも、君に欺かれたんじゃないかと思っていたときも、君を求めるのはやめられなかった。君が家に帰ってきた晩、私は君に言ってやりたいあれやこれやを計画するためにあの会合から歩いて帰らなくてはならないほどで、君に身の程をわきまえさせたあと路上に放り出してやろうなどと考えていたのに、君が裸でいるのを見たとたん、燃え上がってしまった。言おうとしていた言葉も、踏もうとしていた段階も、欲望の嵐の前では窓の外に飛んでいってしまい、私は今にも膝から崩れ落ちそうなほどだった」

メアリーはアンソニーの膝の上で指を絡めている二人の手を見下ろした。アンソニーをすばやく見る。頬が赤く染まっていた。

「部屋に入ってきたときのあなたは、雷雨の化身だった」メアリーは言った。「ものすごく怒っていた。理不尽なことばかり言っていた。それでも、私は何てハンサムなんだろうということしか考えられなかった。何てきれいな口なんだろうって。自分がその唇にキスをしていた記憶が……」

メアリーは手を伸ばし、アンソニーの唇の合わせ目を一本の指でなぞった。

アンソニーは自分が喋ることでメアリーの話をじゃまはしないと約束した。

そして、メアリーに何が知りたいのかきかれるまでは、それをきっちり守った。

だが、これは、こんなふうにメアリーに触れられることは、アンソニーの肉体にとっては耐えられるものではなかった。

「メアリー」アンソニーは歯を食いしばって言った。「私に今すぐ、またこのソファの上で抱かれたいわけでなければ、それをやめてくれ」

20

「また？」

メアリーはアンソニーがそんな提案をしてきたのが信じられなかった。あるいは、それがありうると警告していることが。応接間で一度だけでも、じゅうぶん驚きだった。だがアンソニーがこの調子なら、これが当たり前になってしまいそうだ。

「私もいやじゃないけど、その……」メアリーは頬が熱くなるのを感じた。川に落ちたあと、〝メアリー〟がどれだけ遠くに行ったとしても、完全に消えたわけではなさそうだった。今も、アンソニーがまさにこのソファでしようと言っている行為を指す言葉を口にはできなかった。一座での巡業中と、ロンドンの劇場に出入りしていた期間のおかげで、それを指す言葉は恐ろしくたくさん覚えてはいても。

「要するに」メアリーはアンソニーの口の探索を名残惜しげにやめ、唇から指を離した。「それは、すてきだとは思うけど――」

「そう思う？」アンソニーの声は、本当にその答えを知りたがっているように聞こえた。「つまり、今となっては、何がなんだかわからないうちに終わってしまったんだ。だから、自信が――」

「すてきだったわ」メアリーは請け合った。「でも、あなたが自分で言っていたとおり、それは必ずしもすべてを解決するわけじゃないわよね？」

アンソニーはため息をついた。「ああ。確かに自分でそう言った」言わなければよかったという顔だ。「それから、その、つまり、あと二つほど……ええと、白状、しなきゃいけないことが……」

メアリーに殴られたかのように、アンソニーは短く、鋭く息を吸った。

「白状？　私が激怒すると思っているのか？」アンソニーの顔は表情を抑えようとあがくように動いた。

「約束する、私は冷静でいる。ただ……」

「あなたがここからまっすぐ出ていって、ジャックを撃たなければ、それでいいわ」

「君がジャックのことで何を白状することがあろうと、私は彼を撃ちはしない」アンソニーは勇ましく言った。それから、皮肉っぽく唇を歪めてつけ足した。「私が撃つのは、自分の家族だけだ」

こんなときに、自分は明らかに心を乱しているのに、妻の心を落ち着かせるために冗談を言えるアンソニーに、メアリーは感心せずにいられなかった。

「そんなに悪いことじゃないのよ、本当に」メアリーはアンソニーを急いで安心させようとした。「少なくとも……」気づくと下唇を噛んでいた。「要するに、そのうち気づいたんだけど、役者には少し子供みたいなところがあるの。少なくとも、私が出会った役者はみんなそう。衣装を着て役を演じるのが大好きなの。それに、才能がある人、自分の〝技〟と呼ぶものを大事にしている人ほど、実務的なことをおろそかにしてしまう。請求書の支払いとか、テーブルの上の食べ物や火を燃やす炭を絶やさないようにするとか。巡業をしているときから、私が財布の紐を握っておかないと、あの人たちは少しずついろんなこと、例えば酒場で何杯もお酒を飲むことや、具体的な役を想定せずに衣装に使えそうなきれいな布を買うことに費やしてしまうと気づいたの。だからそのうち、現金を切らさないための面倒くさい作業とあの人たちが呼ぶ仕事をすべて私が引き受けるようになったの。そこらじゅうの店で借金がかさんで払えなくなったら町から逃げ出すんじゃなくてね。あの人たちは私のやり方を堅苦しいと言って鼻で笑ったわ。それでも、私を頼るようになったの。その後、一座がロンドンに着いて、冬を過ごす下宿屋を借りたとき、ジャックに、その、結婚してほしいと言われたわ」

メアリーはアンソニーがその情報をどう受け止めたか確かめるように、夫をちらりと見た。

「ジャックのことは責められない」アンソニーは堅い口調で言った。「何しろ、私も君に結婚してほしいと言ったんだ。あの男の趣味がいいのは確かだ」

アンソニーがいらだっているのはわかった。そして、勇ましくもそのいらだちを抑えようとしていた。

「もちろん、私は承諾しなかった。一つには、ジャックのことをそんなふうに思ったことがなかったから」メアリーは言った。「いくら彼が優しくても、いくら私が恩を感じていても。でも、それは言いたくなかった。ジャックが傷つくと思ったから。それで、すでに夫がいることが判明した場合に備えて、結婚はできないとだけ言ったの」アンソニーの目に浮かぶ表情を見るのが怖くてうつむく。「ジャックといちゃついたことはないわ、約束する。思わせぶりなこともしていない。少なくとも、私の認識では。最初に結婚を申し込まれたときは、すっかり驚いてしまったわ。下宿屋を見つけたとき、二つの階に分かれるべきだと主張したのはジャックだったから。上の階に女の子、とジャックは私たちのことを言っていた。そして、下の階に男の子とトビー」メアリーはジャックをちらりと見た。そして、すべてを話すと誓った以上、どんなに些細なことも隠そうとしたと思ってほしくないため、こうつけ加えた。「あ、クロエは別で、ジャックと同じ階の正面側の、建物で唯一暖炉がある居間の上の狭い部屋を選んだわ」

アンソニーは顔をしかめていた。メアリーは反論されるものと思い、身構えた。

「ジャックが君にキスをしようとしたことは？　一度でも、君に愛していると言ったことは？」

「ないわ」

「それは妙だとは思わないか？」

「どういう意味かわからないわ。あなただって求婚前にキスをしようとしたことはなかった。それに、愛しているなんて結婚後も言ってくれていないわ」

「それは、私の怠慢だ」アンソニーは苦々しげに言った。「私がそう言っていれば、君はもっと安心できただろう。もっと折り合いがつけられていたかもしれない。こんな状況にはならなかったかもしれない」

アンソニーはとつぜん立ち上がり、メアリーから離れていった。そして、獰猛な表情で振り返った。

「メアリー、私は君を愛していたよ。自分でも怖くなるくらいに。サラが私にしたように、君が私を欺く力を持つことを恐れ始めていた。だから――」

メアリーは目から鱗が落ちた気がした。

「パニックになったのね！」メアリーは言った。アンソニーはそう言ったも同然だった。「だから私をブランシェッツに置いていったんだわ。危険だと思った女から逃げ出したのよ！」

「違う。パニックではない」アンソニーは熱っぽく言い返した。「少なくとも……」一方の足からもう一方の足へと体重を移す。

「わかったわ、戦略的撤退と呼びましょう」アンソニーが自分の過ちを今以上に気に病まないようにするため、メアリーは言った。とても繊細なプライドの一形態だとメアリーが気づき始めているものを刺激しても、長い目で見れば何の得にもならないからだ。いずれにせよ、アンソニーが自分を危険だと思っていたという事実が気に入っていた。それは、メアリーが持っていた自己認識とは対照的だった。自分は弱くて依存性の高い人間だと思っていた。それなのに、アンソニーにはとてつもない力を持った人間だと思われていたのだ。

「それから、あのジャックという男だが」アンソニーは両手を腰に当てて続け、メアリーをじっと見た。「君の話を聞く限り、彼はどんな形であろうと、君を自分の人生に置いておきたかったように思える。君が自分のようには芝居への愛を持っていないのはわかった。でも、君の良識に頼るようになっていた。賭けてもいいが、君に賃金を払うのではなく、君と結婚できていたら、ジャックは大金を節約できていたはずだ。彼は君に賃金を払っていたんだよな？」

「ああ。ええ、そうよ」いくつかのことが急に腑に落ち、メアリーは言った。「ああ、何て悪い人なのかしら」愛おしげにほほ笑んで言う。「私はジャックの気持ちを傷つけないようにしていたのに、あの人ときたら……」アンソニーをちらりと見る。「私が何カ月も近くで生活していても見抜けなかったジャックの人となりを、あなたはたった五分会っただけでどうやって見抜いたの？」

アンソニーは考え込むような顔になった。そして、肩をすくめた。「わからない。かつては、自分には人を見る目があると思っていた。私の能力のその部分への自信は、サラとの大失敗のあと、ほぼ完全に消え失せた。それでも、ジャックをひと目見ただけで、どんな男かはわかった。少なくとも」顔をしかめて言う。「わかった気がした。でも、そのあと君から話を聞いたことで、彼への見方は少し変わった」

「いいえ、あなたが思うジャック像は当たっているわ。彼は確かに悪い人よ。危ない橋を渡りたがるし。でも、とても優しい面もある。それに、人の欠点や失敗を理解してくれるわ」

「言っておくが」アンソニーはいらだったように言った。「私は君がジャックの話をすることに心底うんざりしているんだ。もちろん、ジャックには感謝しているが、そろそろ私たちの話をしてもいいんじやないか？」

「ごめんなさい」メアリーは素直に言い、アンソニーは再びソファのメアリーの隣に座った。

　メアリーの手を取って言う。「これで、私に話さなくてはならないと思っていたことは全部話せたか？」

「ええ、たぶん。でも、あと一つ……」メアリーはあごを上げ、アンソニーをまっすぐ見た。「あなたが役者とかそういう人たちを良く思っていないのはわかってる。でも、私が今後もあなたと一緒にロンドンにいてもいいなら、引き続き友人たちの力になりたいの。公演ももっと観に行きたい。知ってのとおり、ジャックは観客を飽きさせないために、すべての公演で少しずつ違うことをしたいという考えを持っているの。私たちが見たのは、あくまでジャックが考えた鵞鳥を使う演目の一つで、演目はほかにもたくさんあるわ。その中のすごくかわいらしい演目では、鵞鳥が舞台主任と言い争いをしたあと、トビーを舞台に置き去りにするふりをすると、トビーはバレエ団への入団を決意するの。トビーは踊り子の動きをいちいちまねして、それがすごく笑えて……」

　つい最近までメアリーの人生のすべてだったものに、アンソニーはまったく興味がなさそうだった。

「何が不満？　あなたは私たちの将来について話したいんじゃなかったの？　だから私の計画や希望を話しておこうと思ったのに、あなたはまるで――」

「ああ、君の言うとおりだ。私は君の、その、趣味に興味を持つべきなんだ」

　アンソニーは座ったまま、部屋の反対側の窓を見ていたが、実際に窓を見ているわけではないのはわかった。やがて、彼はメアリーに向き直った。

「社交界の淑女はたいてい道楽を持っている。趣味と言ってもいい。馬が好きな人もいる。流行の最先端を行くことに熱中する人もいる。君が演劇好きとして有名になってはいけない理由はない。ただ」アンソニーはつかのま言葉を切った。「君が一時期、生活のために芝居をしていたという事実が明るみに出ないよう、気をつける必要はある」

「アンソニー、それはわかっているわ。私は馬鹿じゃないの」

「ああ、でも考えてみたことはあるか？　申し訳ない、君が彼らを友達だと思っているのはわかっているが、でも、彼らが君の立場を利用するという可能性はないか？」

「よくわかってるわよ」メアリーは辛辣に言った。「あの人たちが私の特殊な立場をできる限り利用しようとすることは。でも、それだけじゃなくて、あの人たちが、自分に餌をくれる人の手を嚙まないだけの分別があることもわかっているの。それに、あなたが裕福で、あの人たちにお金を使ってあげられることも。お金を使うといっても、馬車と馬を買うくらいですむのよ」

「ジャックの気持ちがよくわかる」アンソニーはそっけなく答えた。「確かに君は極端に実際的だ」

「だって、私はずっとそうするしかなかったんだもの。つねに自分の生活費を稼がなくちゃいけなかった。でも、あなたと結婚したときは違ったわよ。これで退屈でつらい仕事から逃れられると思った。それなのに――」

「私との生活はつらかったと言いたいのか？　退屈だったと？」

「違うわ。そうじゃない。あなたとの生活は……」メアリーは適切な言葉を探そうとあがいた。「自分が必要とされていると感じられるものではなかった。自分に自信が持てなかった。あなたのそばが私の居場所だとは思えなかったの」

「その責任のほとんどは私にある」アンソニーはい

かめしく言った。「私は自分が傷つくことを心配するのではなく、君がここを居場所だと思えるよう、自分に自信が持てるよう、もっと頑張るべきだったんだ。私はろくな夫じゃなかっただろう？」

「アンソニー」メアリーは抗議した。「あなた、私たちはもう結婚していないみたいな言い方をしているわ。でも、あなたは今も私の夫なの。それに、私が荒野の放浪から戻ってきて以来、あなたは――」

「疑っていた。怒っていた。思いやりがなかった。嫉妬していた」

「ええ、そうね」メアリーは認めた。「でも、自分の疑いを拭い去るために、真実を追求しようとしてくれた。それから、あなたが怒っていたのは、私に欺かれたと思っていたからだわ。サラの話を踏まえれば、それは驚くことではないでしょう？　それに、確かにあなたは思いやりがないときもあったけど、今は私の視点に立とうとしてくれている。あとは、嫉妬だけど……まあ、ジャックに関しては、もっともな理由があると思うわ。もし私が記憶を取り戻していなければ、ジャックとの結婚を考えていたかもしれないもの」

アンソニーはたじろいだ。

「でも、私はあなたを愛していたようには、ジャックを愛したことはない」メアリーは物思いにふけるように言った。「ジャックは私を助けてくれたけど、私があなたに思うように、英雄だと思ったことはないの」

「〝愛していた〟」アンソニーは言った。「私を愛していたと、君は言った。過去形で。君は今……」アンソニーは苦しげな表情で言葉を切った。

「あなたもついさっき、私を〝愛していた〟と言ったわ」メアリーはアンソニーに思い出させた。「それに、はっきり言って、私たちはもう夏の初めとは同じ人間じゃないという話もすでにした。あなたは自分のプライド依存やその他諸々に関する有益な教訓を学ばざるをえなかった。私は別の女性の立場を経験した。そして、その女性がメアリーにこの人生の手綱を再び取らせてくれるかどうかは見当もつかない。彼女の人生の手綱を」今の自分が何者なのかを考えようとするときによくあることだが、混乱が湧き上がり、メアリーは頭を振った。「それに」打ち明けるように言う。「自分のことを、二人の別々の人間が一つの体に棲んでいるように話すのが、少し異様に聞こえるんじゃないかという心配もあるの」

「いや。それは少しもおかしなことじゃない。いや、確かに、少しはおかしい」アンソニーは悲しげに顔をしかめて続けた。「ただ、私は君がなぜそんなふうに感じるかは理解できるんだ」真剣に言う。「君は自分の名前も、過去の何も思い出せなかったときに、自分の深いところにある性質に身を任せたんじゃないかと思う。そして、深いところの君は少し内気で、とても実際的で、正直で、頼もしくて、誠実だ。そこは変わっていない。境遇や苦難のせいで過去の君は心の内を話すことを恐れていたけど、今は思ったことをそのまま言うのも怖くない。実際、パーディタは、成長し、自信をつけたメアリーという感じに私には見えるよ」

「でも、アンソニー、それはあなたにとって良いことなの？　あなたは昔の私の、気が弱くて、自分に夢中なところが好きだったんでしょう？」

アンソニーは考え込むような顔になった。「確かに、内気で、まじめくさった妻が大好きだった。妻にするのに安全な女性だと思っていた。きっといつか、信頼できるようになると。君が一本きりのろうそくの火がちらつく寝室で、私に服をすべて脱がされることにも戸惑っていたときなら……」ソファを見て、目をいたずらっぽく輝かせる。「真っ昼間に愛し合うことを想像しただけで気を失っていただろう。つまり、君が新たに身につけた自信には、明確な利点があると言わざるをえない。君が決然と欲しいものを追い求めるところが好きだよ」

「まあ」メアリーは頬が熱くなるのを感じた。その先を続けるには少し苦労した。だが、続けなくてはならなかった。「それでも、あなたが私と結婚したいと思ったのは、私が足元にひれ伏してあなたを崇拝しそうな女だと思ったからでしょう？」

「それでは私が馬鹿な気取り屋みたいじゃないか！」アンソニーはメアリーの手を放した。

メアリーはその手を再びつかんだ。

「あなたは傷ついていた。自分に自信が持てなくなっていた。再婚するなら、自分が完全に主導権を握れると思える相手でなくてはならなかった。それは全部理解しているわ」メアリーは強い口調で言った。

「でも心配なのは、私は今後も癇癪(かんしゃく)を起こすだろうし、あなたに向かって叫ぶだろうから、あなたはそれがいやなんじゃないかということよ。そんなの従順で、あなたに夢中な妻とは違うでしょう？」

「そのことなら、さっき言っただろう？　過去の君が心の内を話すのを恐れていたのは境遇と苦難のせいで、今は思ったことをそのまま話すのが怖くなくなったんだって。それは一歩前進じゃないのか？」

「そうなの？」メアリーはアンソニーの指摘について考えた。「確かに、私は腹を立てることもあったけど、癇癪を起こす勇気がなかったから、怒りを抑え込まなきゃいけなかったのを覚えているわ。それに、まわりの人にいつもお前は役立たずのお荷物だって言われていたから、それが私なんだと思い込んでいた。でも、それを全部忘れたから――」

「そういうことだ！　しかも、これからは誰も君に役立たずだともお荷物だとも言わないから、君の自信は高まる一方だ」

「でも、あなたがいつも自分に向かって叫んでいる女と暮らしたいはずがないわ」メアリーは指摘した。

「些細なことに腹を立てて――」

「でも、君は些細なことに腹を立てるわけじゃないだろう？　信じてくれ、私は四六時中いらだっている妻の態度と、馬鹿な夫が叱られても仕方がないようなことをしたときだけ癇癪を起こす妻の態度の違いは心得ている」そう言うと、アンソニーはため息をついた。「正直に言って、私が君にとんでもない扱いをしたことをどうすれば許してもらえるのか、わからずにいるんだ。どうすれば以前の私たちに戻れるのかも。君は寛大で、私に理解と共感を示してくれているし、かつての私たちが持っていた情熱がたやすく再燃することもわかった。でも――」

「でも、何？」メアリーの中で冷たい氷のようなパニックが湧き起こった。「些細な刺激で癇癪を起こす女性を引き受けるとどうなるかが心配なの？　しかも……ええと、普通ではない女性。だって、人はたいてい自分が何者かを忘れはしないでしょう？　自分の中に新しい人格を作り出すこともないわよね？　状況によって人格が入れ替わることも？」

アンソニーは嘲笑するような音を発した。「いや、私にもあるよ！　君も言っていたじゃないか。私は外面を取り繕うから、防御壁の裏で縮こまっている本物の私のことは誰も知らないんだ！」

「あなたは縮こまっては……」

「それから、普通についてだが」アンソニーは唇を歪めて言った。「何が普通かを決める資格が誰にあるというんだ？　例えば、未亡人のレディ・ベンベリーだ。彼女は、深紅のジャケットを着せた猿の群れを家の中で放し飼いにしている。レディ・ダックショットは、男のような格好をして、汚い言葉で毒づき、大酒を飲む。あの二人の家を訪ねたら、それがこの人のやり方なんだと受け入れるしかない。みんな、彼女たちは変わっていると言うだけだ」

「そうね……」人はじゅうぶんな富と地位を持っていれば、奇妙なふるまいをしても咎められないのだと理解し、メアリーはためらいがちに言った。「でも、あなたはその二人と一緒に暮らしたい？」

「悪夢だろうな」アンソニーはきっぱりと言った。「でも、君は私が言っていたことを聞いていないのか？ 君がとりうる行動なんてせいぜい、ときどき私が誤ったことをしたら叱りつけることくらいだ。それは間違いなく私のためになる。あるいは、君が少し、途方に暮れることだ。自分が誰なのかわからなくなったときに。でも、君の話を聞く限り、パーディタもメアリーも、私が心から抱きしめられる女性だ。パーディタはメアリーよりも少し大胆だが」アンソニーは言い、ソファのほうにちらりと目を向けた。「でも根本的には誠実で、優しくて、心が純粋だ。メアリーと同じように。でも、いいかい？ もし君がまた記憶を失うことがあって、自分の名前や自宅への帰り道を忘れたとしても、次は絶対に、私が君のあとを追いかけ、髪を引っ張ってでも連れ戻す。前回もそうしたかったが、自分が見せ物になるリスクを冒すにはプライドが高すぎて思い止まったんだ」

何と……。メアリーはその響きが気に入った。もちろん、文字どおり髪を引っ張られることではない。アンソニーは自分に肉体的な苦痛を与えるようなことはしない。アンソニーがそれほど必死に自分を求めていると聞いたことで、心の奥深くの、自分に本当に価値があるとは今まで一度も思えずにいた部分が揺り動かされたのだ。

「そして、君を連れ戻したあとは」アンソニーは断固として続けた。「毎日、君は私の妻だと言い続ける。名前が何であれ、君は私が愛する女性だと。私が誰だか思い出せなくても、君は私が守ると」

メアリーの心の中の何かが溶けた。

「ああ、アンソニー」メアリーは言った。「なぜあなたを忘れられたのかわからない。今回はあなたをひと目見ただけで、私があなたのものだと確信できたのよ。たとえあなたが叫んでいても、あなたの口を見たとたん、前も言ったように、それが私にキスしたことがわかったの……」

「ああ。私もそれは感じたよ！　初めて君を見たときに感じたのと同じ吸引力が呼び覚まされるのを。それは圧倒的だった。初めて君が私にぶつかってきて、肺から息がすべて出ていったときと同じように、今回もそれに抗うことができなかった」

アンソニーは切望を込めた目でメアリーを見つめ、それはメアリー自身も心の中で湧き起こるのを感じているのと同じ切望だった。一瞬、アンソニーは再びキスしてくるものだと思った。自分をクッションの間に押し倒し、二人の人間が自分たちが一つの肉体であることを示せる最も象徴的な方法で、二人の絆を新たにするものだと思った。

だが、アンソニーはとつぜん体を起こした。

「私は元の状態に戻りたいわけじゃない」

「えっ？」

「新たに始めたいんだ。今回は正しい方法で。今までとは違う次元で互いのことを知りたい。君はありのままの君で、そのとき君の中にいる君自身で。私のほうは……防御壁の裏から出てきて、やはり、ありのままの自分で。それが何者だろうと」アンソニーは短く笑い声をあげた。「正直に言うと、私はそれが何者なのかもわからない。あまりに長い間、役を演じてきたから――」

「あなたが？」

「ああ、私が」アンソニーはメアリーをじっくりと、探るように見た。それから立ち上がり、メアリーも引っ張って立たせた。

そしてメアリーの手を放し、一人でドアまで歩いていって向き直り、うやうやしくおじぎをした。

「こんにちは」アンソニーは言った。「自己紹介させてください。アンソニー・ラドクリフと申します。妻とは死別しました。孤独な男やもめで、残りの人生をともに過ごせる女性を探しています。その女性があなたであることを、心から願っています」

「まあ」アンソニーが何をしているかが理解でき、メアリーは言った。自分たちが初めて出会ったという筋書きを演じているのだ。演技をしている！　その職業を自分がどう思っているかを隠そうともしなかったのに。

アンソニーはそれをメアリーのためにやっていた。プライドを脇に置いて。自分がどこまで謙虚になれるかを示している。自己紹介をする際に爵位のことに触れず、メアリーがかつて嫌いだと言った、自分にめっきを施すことをしない形で。それらすべての内側にいる男として自己紹介した。ありのままの自分を愛してくれる誰かを探している、孤独な、傷ついた人間として。

ありのままのメアリーを愛すると約束してくれたように。

メアリーの心は喜びに弾んだ。アンソニーのおじぎを受け、自分も膝を曲げた。

「アンソニー、お会いできて嬉しいです」メアリーは言った。そして言葉を切り、どう自己紹介しようか考えた。もう自分の影にも怯えるような、臆病で、貧困に苦しむ孤児ではない。だが、パーディタを名乗れるだろうか？　過去を持たず、試行錯誤の末、演技はできなくてもお金の管理は得意であることを発見した女性。自分はその二人のどちらでもあった。だが、今は……今は、正確にはどちらの女性でもない。この男性がその両方とも愛することを確信させてくれたときに、二人は何らかの形で溶け合ったのだ。

二人は新たな、完全体の人間を形成した。アンソニーが結婚した女性。彼の伯爵夫人。

「私は」メアリーは急に、この傷ついた、勇敢で愛すべき男性の愛される妻として生まれ変わったのを感じた。「エピング伯爵夫人です」

「それは」アンソニーは目に涙をにじませ、静かに言った。「本当か？」

「本当よ」メアリーは言い、部屋を横切ってアンソニーのもとに行った。「これまでの人生で、これほど確信したことはないくらい」きっぱりそう言った。

二人は一体となって動き、どちらが先にキスを始めたのか、あとになれば二人ともわからないほどだった。また、今回はメアリーがアンソニーをソファへと押しやる必要はなかった。意識が一つしかないかのように、二人はともにソファへと突き進んだ。

そして、二人でクッションの中に倒れ込んだとき、メアリーは疑いの余地なく確信した。自分は二度と、このソファを単なる家具としては見られなくなることを。

エピローグ

一年後

教区牧師に頭のてっぺんに冷たい水をかけられ、ジェームズ・パーシヴァル・ラドクリフ閣下は元気いっぱいに抗議の声をあげた。

アンソニーはメアリーに視線を送り、メアリーはそれを、大事な息子の平穏と幸福を取り戻すために何かしてほしいと懇願しているのだと理解した。夫は息子が泣いているのを見るのが耐えられないのだ。一方、メアリーは息子が驚異的なほど健康な肺を働かせている音をいくら聞いても聞き飽きなかった。最初の妊娠中に経験したトラウマのあとでは、二度目の妊娠の間はずっと不安で、それが悲劇に終わることを恐れていたが、息子がこの世界に生まれ出て初めての泣き声を聞くと、心は喜びに躍った。

泣き声が垂木に反響するほど健康な息子を授かった奇跡に、心の中で神に感謝しながら、メアリーは洗礼盤の向こうに手を伸ばし、小さなジェームズを牧師の腕から抱き上げ、肩に置いて揺らした。

「ああ、助かった」憤怒の泣き声が抗議のべそに変わったとたん、メアリーの義弟で甥の名づけ親であるベンジャミンが言った。「私をここに呼び寄せてこの大騒ぎを聞かせるのは、残った良いほうの耳も聞こえなくさせるための恐ろしい策略の一部かと思い始めていたよ」

メアリーはたじろいだ。ぎざぎざになったベンジャミンの左耳を見ずにいることも、このけがをさせたのは夫だと思い出さずにいることも難しかった。だが、左耳が聞こえないという義弟の言い分は明らかな嘘だった。アンソニーの話のとおり大量出血はしたものの、損傷は外側だけで軽症に留まっていた。

だが、驚いたことに、アンソニーは下の弟に笑いかけていた。ラドクリフ三兄弟の互いに対する態度に慣れる日は来るのだろうかと思う。ベンジャミンがクリスマスにラドリー・コートに到着して最初にしたことが、アンソニーのもとへつかつかと歩いていって兄を殴ることだったときは衝撃を受けた。すばらしい仲直りになると思っていたものが、二度目の仲違いの始まりになるかと思うとぞっとした。そこで、静かに座ってグラスからホットワインを飲んでいたエピング伯爵未亡人のほうを向き、どうにかしてくれるよう頼み込んだ。

「あの二人は喧嘩をしているときがいちばん幸せなの」母親らしい心遣いに驚くほど欠けているように思える口調で、義母は言った。「馬屋の庭でどなったり蹴ったりしながら子犬みたいに転げ回ったあと、破れた上着を持って、泥と痣にまみれて戻ってくるのよ」懐かしい思い出に浸るようにため息をついた。

するとそれを裏づけるように、アンソニーがベンジャミンに両腕を回し、二人は固く抱き合った。

「ほらね?」伯爵未亡人は知ったふうにほほ笑んだ。「もしベンジャミンが礼儀正しくふるまっていたら、アンソニーは本当に許してもらえたとは信じられなかったでしょうね。思いきり喧嘩することでしか、普段の関係に戻ったことは証明できないの」

少なくともその場面を経験していたおかげで、クリスマスイブの夜遅く、アンソニーの和解の申し出が上の弟にも受け入れられたという希望を皆が捨てたころに現れたマーカスもやはり兄を殴ったとき、メアリーは比較的たやすくそれを受け入れることができた。

いまだに理解はできていないが、アンソニーが全治一週間の目のまわりの痣とあごの腫れを見せびらかしながら、こんなに楽しいクリスマスは過ごしたことがないと断言したときは、その言葉を信じざるをえなかった。弟たちは本当に、メアリーの夫を道化、まぬけと呼び、床に殴り倒すことで、兄弟間の平和と調和を取り戻したように見えた。

それから数カ月後、弟たちはそれどころではない形で兄への忠誠心を証明した。アンソニーはフランクリンが殺害されたこと、メアリーを橋で待ち伏せしていた悪党について判明したことを二人に打ち明けた。

「弟たち以上の適材はいないんだ」アンソニーはその後、メアリーに言った。「私があの悪党どもに裁きを受けさせるのを手伝ってもらうのに」そう言いながら、メアリーの両手を握った。「私は連中に罰を免れさせたくないと思っている。でも、君を法廷に立たせ、連中にされたことを見知らぬ人たちに話させることにも耐えられないんだ」

メアリーがどんな反論をするにせよ、手遅れだった。アンソニーがその話をメアリーにしたときにはすでに、マーカスとベンジャミンは犯罪者の追跡を始めていた。

メアリーは幼い息子の頭越しに用心深くマーカスを見た。耳がぎざぎざになったせいで悪人風に見えるベンジャミンよりも、マーカスを見ているほうがはるかに不穏な気分にさせられた。マーカスはほとんど何も喋らない。ただそこに立ち、室内にいる誰も彼もをにらみつけるのが、彼の常だった。ベンジャミンはマーカスが軍隊でこれほど成功しているのは、そのいかつい見た目のおかげであり、部下はみんな敵よりマーカスを恐れているのだと冗談を言った。マーカスはただ肩をすくめ、ラドクリフ家の眉がついているんだから、それを最大限に活用するまでだと答えた。

メアリーの健康で声の大きい、すばらしい息子の洗礼にマーカスが到着するや否や、彼に端へ引っ張っていかれ、若きフランクリンのために正義の鉄槌(てっつい)を下したと告げられたときは、いっそう不穏な気分になった。

「連中の誰も、罪のない旅行者を苦しめることは二度とない」マーカスは陰気な声で言い添えた。

マーカスはどうやって彼らを見つけ出したのかも、何をしたのかも教えてくれなかったが、何か最終的な手段がとられたのだろうとメアリーは思った。

その予想を裏づけるように、マーカスは言った。

「フランクリンの復讐(ふくしゅう)は果たされた」

かわいそうなフランクリン。かわいそうで、勇ましい、若き英雄。命を賭けて自分を守ってくれた。今も涙せずにフランクリンを思うことはできなかった。メアリーが外の空気を吸いに行ったとき、あの小道をたまたま歩いてこなければ。メアリーを感心させるために、あの小さな馬車を自由に使えるくらい自分が信頼されていることを示そうとしなければ……。

「泣いてるのか、メアリー？」アンソニーが近づいてきて、メアリーの肩に腕を回した。二人は今も礼拝堂にいて、人の幸せを願う大勢の人々と、親族の面々に囲まれているというのに。「私たちの最初の奇跡の赤ん坊のことを思ってか？」

「いいえ、違うの」だが、そのことはよく考えていた。最初の赤ん坊の喪失を完全に忘れられる日は来そうにない。「フランクリンのことよ」

アンソニーはメアリーの頬に、そして息子の頭頂部にキスをした。

「私も最近、フランクリンのことを考えていた」アンソニーは言った。「橋の脇に記念碑を建てる以上のことをするのはどうかなと思っていたんだ」

「どんな案を考えていたの？」

「君も知ってのとおり、フランクリンには家族がいないだろう。さまざまな施設を点々として育った」

「ええ」探偵のバクスターが、アンソニーが補償金を支払える家族がいるかどうかを調べたところ、明らかになったのは貧困と苦難の悲惨な経歴だった。その話を聞くと、メアリーの心は改めてフランクリンへの同情でいっぱいになったが、それは悲しいことに、あまりにもありふれた物語でもあった。だが、ブランシェッツの馬屋で働くことになる前に、あの青年がどんな人生を送ってきたかを知ると、彼があれほど思慮深く勇敢な若者に成長したことに感嘆させられた。

「こんなのはどうだろう」アンソニーは続け、二人は通路を歩き始めた。「フランクリンの名前をつけた孤児院のようなものを設立するというのは？　あるいは、年長の孤児のために商売を教える学校を」

「あなたはそのどちらにもお金を出せるの？」

アンソニーはメアリーにほほ笑みかけた。「私なら確実に、そのような慈善施設の後援者になれる。君が不快になるような質問を大勢にさせることもなく」

アンソニーならそれができるだろう。夫のもとに戻って以来、メアリーは彼に関して今まで知らなかった多くのことを知った。例えば、慈善活動で有名であること。彼が出なくてはならないと言ういくつもの会合を、メアリーは何か退屈な、貴族らしい業務にすぎないと思っていたが、実際にはメアリーには予想もできなかったほど重要な仕事だった。少なくとも、この国の貧しく困窮している人々にとっては。

メアリーは笑顔でアンソニーを見た。これ以上すばらしい人生があるだろうか？　すばらしい夫がいて、その夫は自分を、人前で愛情を示すことにためらいがないくらい愛してくれている。自分の人生と秘密を打ち明けられる義弟たち。息子の歩みをじゃまするものは誰も、何も許さない名づけ親たち。

これ以上、何を望めるだろう？

自分に関しては、何もない。

だが、小さなジェームズ・パーシヴァルに関しては、アンソニーにいるような弟が二人いてもいい。兄が自分にふさわしくない女性と結婚するという過ちを犯したら警告できるほど、忠誠心を持った弟たち。家族全体を再び結びつけてくれたと思っている義姉の仇（かたき）を取るために、ほうぼうをくまなく捜索してくれる弟たち。そして、兄が自分勝手になりすぎたときは、地面に殴り倒してくれる弟たちだ！

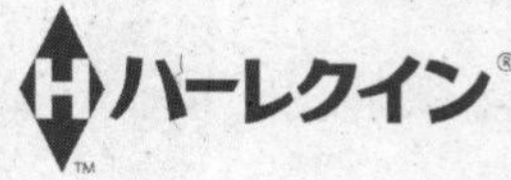

路地裏をさまよった伯爵夫人
2024年5月5日発行

著　　者	アニー・バロウズ
訳　　者	琴葉かいら（ことは　かいら）
発 行 人	鈴木幸辰
発 行 所	株式会社ハーパーコリンズ・ジャパン 東京都千代田区大手町 1-5-1 電話 04-2951-2000（注文） 0570-008091（読者サービス係）
印刷・製本	大日本印刷株式会社 東京都新宿区市谷加賀町 1-1-1
装 丁 者	AO DESIGN

この書籍の本文は環境対応型の植物油インクを使用して印刷しています。

ISBN978-4-596-53989-2 C0297

ハーレクイン・シリーズ 5月5日刊 発売中

ハーレクイン・ロマンス

愛の激しさを知る

独りぼっちで授かった奇跡	ダニー・コリンズ／久保奈緒実 訳	R-3869
億万長者は天使にひれ伏す 《純潔のシンデレラ》	リン・グレアム／八坂よしみ 訳	R-3870
霧氷 《伝説の名作選》	ベティ・ニールズ／大沢　晶 訳	R-3871
ギリシアに囚われた花嫁 《伝説の名作選》	ナタリー・リバース／加藤由紀 訳	R-3872

ハーレクイン・イマージュ

ピュアな思いに満たされる

生まれくる天使のために	タラ・T・クイン／小長光弘美 訳	I-2801
けなげな恋心 《至福の名作選》	サラ・モーガン／森　香夏子 訳	I-2802

ハーレクイン・マスターピース

世界に愛された作家たち
～永久不滅の銘作コレクション～

情熱は罪 《特選ペニー・ジョーダン》	ペニー・ジョーダン／霜月　桂 訳	MP-93

ハーレクイン・ヒストリカル・スペシャル

華やかなりし時代へ誘う

路地裏をさまよった伯爵夫人	アニー・バロウズ／琴葉かいら 訳	PHS-326
ふたりのアンと秘密の恋	シルヴィア・アンドルー／深山ちひろ 訳	PHS-327

ハーレクイン・プレゼンツ作家シリーズ別冊

魅惑のテーマが光る
極上セレクション

秘密の妻	リン・グレアム／有光美穂子 訳	PB-384

※予告なく発売日・刊行タイトルが変更になる場合がございます。ご了承ください。